U0143479

莉莉姨妈的细小南方

朱文颖 著

作家出版社

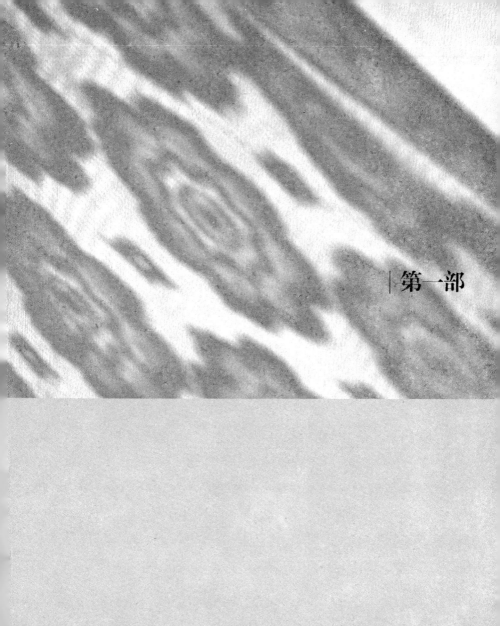

第一部

第一章

1.

　　关于外公童有源，我的外曾祖母说过这样的话。她说，在她怀孕的时候，不知什么地方正在打仗。一会儿开炮、一会儿打枪的，整日都不得安宁。其实我们都知道她说这话的意思，她的意思其实是说——那躲在娘肚子角落里蜷成一团的外公，他一定是受到了什么创伤，结果才变成了这个样子。

　　这话是由外婆转述的。所以真假难以分辨。但不管怎样，炮声隆隆中，外公出生于1905年的夏天。他是童姓家族的长子。他死的时候我四岁？十四岁？或者刚刚懵懂世事？这些都已不再重要了。他的一生奇怪而又神秘，虽然我几乎从没见过他，却一直视他为至亲的亲人。我知道我的话无法解释。

　　我的外公出生在京杭大运河苏杭段的一艘木船上。在中国最美丽富裕地区的一个大雾之夜，外公哭叫着来到了这个漆黑一片、景色不明的世界上。多年以后，我乘坐夜航船穿越这一段并不漫长的航程。当熟悉的城市景致已经被清理归类变得毫无个性以后，我发现，夜航船上的午夜仍然漆黑一片。运河两岸的田野、村庄，散落在田野和村庄中间的草丛树木，即便在安静迟缓的月光下面，它们仍然显得面目不清、景色不明。仿佛正有一种难以辨明的危险和忧伤藏匿其中。

我一直觉得，外公来到人间的第一声哭喊，其实正是因为他感到了这种危险。

"他生出来的时候，只是撕心裂肺地哭了一声，就一声……然后，就再也不哭了。"

这依旧是外婆转述的一句话。现在，我仿佛又看到了外婆那张变形的脸。像几乎所有老年人那样，外婆有着一张比例失调的脸，有着被拉长与延伸的线条。但例外仍然存在。一般老年人的嘴形，都有着惊愕而茫然的神情。它们向前突出，微微张开，配上眼睛里浑浊与惊吓的眼光，仿佛对眼前这个再也难以理解的世界既好奇又提防。但外婆不是。她的嘴在轮廓上虽然失去了年轻时柔和的线条，但那苍老古板的嘴唇却是那样高傲地紧闭着。它们微微向下垂落，仿佛一个刚刚撕心裂肺大哭一场的人，凭借着顽强的毅力，终于忍住了悲伤。外婆在我的印象里，一直是那副强忍悲伤的脸。

"撕心裂肺"，这是一个可以同时用在外公和外婆身上的词。但与外公不同的是，我的外婆一辈子都在哭。她只是勉强挣扎着诉说了一次，然后就再也不说了。在心里哭。

我的外婆有一种深藏在心里的粗鲁。我知道，我们这个家族里所有的女人都有一种深藏在心里的粗鲁。她们生命中最精彩的部分来自于历险，来自于如履薄冰怆然失重的片断……同样，也来自于这种粗鲁。

2.

就在前几天的中午，我接到一个电话。是一个已经很久没有联络的朋友打来的。

那是个终年奔波在蓝天白云以及铁轨公路之间的人。我不太了解他真正的职业和身份。因为他总是不断地变化着职业和身份。在我的印象里，他好像做过演员经纪人，买卖过水暖设备，他因为贩运假酒失踪过一段时间，再次出现的时候，他带我坐了十几个小时的车，去一片四面环山的草场看红豆杉林。

我记得每次和他见面的时候，他总是很匆忙。就像一只喷了过多香水的苍蝇。他随身经常带着很多叮当作响的药瓶药罐。身体状况好像确实不佳。据说他近年来常患的病大致计有：高血脂、高血压、高血糖、痛风病、胆囊炎、胆结石、胰腺炎、胃肠功能失调……有一次，我和他在一处郊外的农家饭店吃野味时，他还一边啃着鸡腿，一边乐呵呵地告诉我说，最近医生怀疑他因为痔疮严重发作，体内充满了毒素。

那天中午我和他在一家西餐馆吃了午饭。吃到一半的时候，窗外下起了一阵急雨。天空像是被一些巨大而浓密的眼睫毛盖住了。我和他面对面坐，我突然发现他的眼睫毛其实相当稀少，而且脸色看起来多少有些抑郁。

后来我们还为一个小细节争了几句——咖喱，那些金灿灿、香喷喷的咖喱，他竟然坚持说吃咖喱是可以减肥的，而我则坚持认为，那种黏糊糊、呛人的东西只会让人更加肥胖。

那顿饭正好延续了一场阵雨的时间。夏天的午后气压很低，仿佛有无数只淡绿色的蜻蜓低飞而过。我喝了几口酒，有点犯困。我迷迷糊糊地看到他饭前吞下了两颗药丸，饭后甜点的时候又吞了几颗。一颗、两颗、三颗……那些银白色的药丸，就像蜻蜓的眼睛一样在他面前晃动着。不知为什么，我突然惊了一下。

我好像还叫了起来："你在吃什么?!"

我一直怀疑他有比较严重的抑郁症。要知道，这种病非常重要的症状之一就是暴饮暴食。喜欢吃肉，吃咖喱，有时又像食草动物一样无休无止地抱怨。当然，在私底下，我还有一种极为强烈的感觉：其实他完全有可能患有性病。

还有一个细节我同样印象深刻。在吃饭的过程中，他突然拿出一张照片给我看。他说现在他在一家公司里工作，那张照片是他们的合影。在照片里，他穿着略微有点包紧的深色长西装，站在一群比他高出一头的外国同事中间。也不知道是不是聚焦时出了点问题，我觉得照片里的他有点虚。整个人都是虚的，飘在空气里面。就像打靶的时候突然找不到准心一样。

他死在我们分别的几小时以后。

　　我知道这个消息也是在我们分别的几小时以后。当时我正在开车。前方是一段笔直的高速公路。在下午刺目的阳光下面，宽阔的路面像惨白的鱼肚一样微微凸浮了起来。大路向东，第一眼看不到拐弯，第二眼望不见尽头。我的两只耳朵里都塞着耳机。我心无旁骛、专心致志地开车。

　　我突然想到了外婆脖颈里那道绳子的勒印。童年的时候，当我低头看着外婆颈子里的那道勒印时，我也是淡漠的。对于已然而至的死亡，我从来都没有那种爆炸式的强烈感受。惊讶仅仅是为了某种迎合。这种感觉不知道是因为时日已长、浓情渐逝的缘故，还是因为对于死亡的某种默认。我并不害怕死亡。那个躺着的人与睡在大床上的那一个并没有太大的区别，只不过更为安静更加平和罢了。我甚至还有些喜欢那铁了心肠、毫无眷恋的人儿……很小的时候我就亲吻了外婆脖子上死亡的痕迹，就如同用我心里的粗鲁亲吻了她的粗鲁。

　　3.

　　我经常会在雨天的时候想起亲爱的莉莉姨妈，我外公外婆的长女。她就站在青石板路那棵最老的梧桐树下，背对着我们，腰肢处有着细微柔软的弧度。我的莉莉姨妈直到真正的老年降临时还有着少女般的动作和姿态。她的少女和老年时代没有真正的界线。她内心有一种奇怪的东西，谈不上好坏，难以论雅俗。正是它们，最终打败了她的年龄以及她脸上垂褶累累的皱纹。

我闭上眼睛就能看到阳光穿透梧桐树叶，照在莉莉姨妈那两排白牙上。她一直都有着异常整齐洁白的牙齿。再高明的外科整形技术，也很难把一个已经六十多岁女人的牙排列成那个样子。或许正是因为这个原因，她老是习惯性地、完全不加掩饰地笑。而不管怎样，老是这样露出白牙的笑，在旁人看来，多少是有些装模作样、矫揉造作的。

有一年夏天我去看她，她刚洗完澡，正颇为费力地把自己有些过于丰满的身体塞进一件蓝色棉裙里。裙子软沓沓的，看上去没什么筋道。它从莉莉姨妈颇为可观的上半身那儿勉勉强强地吊落下来，收在她骨节突起的膝盖那儿。那是一件更类似于睡衣的裙子。当然，穿在莉莉姨妈身上的时候，它其实更像一只鼓鼓囊囊的麻袋。

"太阳太大了，不出去了吧。"她懒散地靠在那张布面长沙发上，像少女一样用手托住了自己的腮帮。

我知道其实她更喜欢冬天。夏装的单薄暴露了她晚年已然发福的体态。而冬天出门的时候，她有几身比较好的行头。一项白色绒线帽，围巾是黑白格腈纶棉的。她还有一双相当不错的棕色小羊皮靴。她喜欢听它敲击在地上的声音。那种相当不错的棕色小羊皮靴发出的声音。

然后，不管冬天还是夏天，只要出门，她都会给自己戴上两只硕大的珍珠耳环。它们很亮，很大，也很白。她看着它们的时候，又忍不住露出了那口好看的白牙。它们是假的，很多年前她在沧浪亭边的一个小地摊上买的。但现在，它们就像两轮无比灿烂的小月亮，盛开在她那布满皱纹、已然苍老的耳垂上。

"外公？你想了解你的外公？"

我记得莉莉姨妈仍然坐在那张长沙发上。她似乎对我刚才的提问大吃一惊。她猛地抬起头，瞪大了眼睛看着我——仿佛我说的不是她的亲生父亲，而是整个世界的局外人。

今天的我已经完全懂得了莉莉姨妈那一刻的表情。震惊。愕然。惊惶无措。撕心裂肺……她重新回到了黑暗里……我懂得这个。对于黑暗我是个有着天生感知的孩了。我对美艳的罂粟没有欲望，但那种毒却早已在心里了。和亲爱的莉莉姨妈一样，和这个虚荣、做作的女人一样，我的深情和暴烈像毒一样埋在心里。毒液注满了我的身体，它们在里面奔涌、冲突、挣扎，它们是运河里掩埋千年早已腐烂的沉积淤泥。

我忘了说了，那条夜航船驶过的大河对于外公和莉莉姨妈的意义。他们都曾经疯狂地往返于河流之上。在夜航船破旧不堪、风雨零乱的航线上，他们经历着独自漫长而黑暗的旅程。他们擦肩而过，彼此憎恨，敌视。在这个落日般腐朽的家族里，有很长一段时间，彼此的怨恨与折磨完全掩盖了那深水般潜流的爱意。他们悲怆而倔强地独自挣扎。他们踽踽而行，完全看不到身边同样溺水的人。

所以——直到很久以后我才真正理解，为什么莉莉姨妈是那种只有背影才能显出孤独的女人。

4.

现在，让我们再次回到那个起点的场景——

五十年前，也就是二十世纪五十年代的一个春天，我看见十八岁的莉莉姨妈正独自一人走在去苏州中医院的路上。

——路的旁边是一条河。在这个城市里面，我们经常被河、水或者雨包围着。这是一个与水有关的城市。河的很远处则是水面开阔、潜流湍急的京杭大运河的一段。但是就这样看起来，那条大河单调沉闷地独自流淌着，完全看不到与这城市里任何暗流相汇合的可能。

那天莉莉姨妈穿着一件外面套了罩衫的薄棉袄，头发微微鬈曲着。在春天暂时还没厚实起来的阳光下面，她显得眉清目秀，并且若有所思。

这位神情妩媚的姑娘得了慢性肾炎，拖拖拉拉有一年多了。每个月有那么一两个下午，是她和医院约定的治疗时间。她不太想去，因为疗程过于漫长；但她又不得不去，因为医生已经明确表示，她必须耐心、耐心、再耐心……她是个病人，除了服从别无选择。

远处传来几下零星的爆竹声。而两旁冬青树的树梢上，隐约可见淡蓝色硝烟缓缓飘过的痕迹。她深吸了一口气。

孤独的人是可耻的。走在到处散落着小红纸屑的石板路上，这位名叫童莉莉的姑娘突然觉得，在这样一个欢欣鼓舞、人心振奋的春天，却得了绵延无期的肾病，同样也是可耻的。

就在前几天，单位里组织填写个人资料表格。在"家庭出身"那一栏，童莉莉犹豫了一下。

革命干部……无产阶级工人……资本家……工商业兼地主？都不对。在富春江老家，她父亲童有源倒确实是有几亩地。她隐约也知道些情况，十五亩土地以上，五头牛或者驴以上，根据富有程度可以划分为富农、地主。但问题在于，她父亲所拥有的土地和牲畜达到那个数目了吗？况且，在离开老家的时候，他已经变卖了几乎所有的财产。也就是说，在认识童莉莉的母亲王宝琴以前，在童莉莉降生人间以前，她这个名叫童有源的父亲就已经是个身份相当可疑的人。

不过，她父亲又确实在上海的一家洋行干过一阵子。有时，他还来往于老家、上海与苏州，兼带着做一些土产生意。有一年，他甚至跟着一位不明身份的传教士去了遥远的香格里拉。当然，更多的时候，他是一个闲散而容长身材的中年人。吹吹箫，叠几块怪石。还很喜欢女人和美食。

后来，在那张表格上，童莉莉迟疑地、颇有些痛苦地写下了两个字：职员。

这是一个中性的灰色地带。童莉莉很不喜欢。在某种意义上，她是一个把革命与浪漫联系在一起的理想主义者。她从没去过北京，但她向往北京。那个火红的、纯净的、轰轰烈烈的地方。然而，她又是这样一个理想主义者：她喜欢在蓝天下看鲜红的国旗迎风飘扬，却也喜欢在月圆之夜的梅树底下听父亲童有源吹箫。

因为她觉得这些都是美好的事物，都让她感觉兴奋、愉悦和明亮。私心里她甚至暗暗觉得，其实，它们应该是没有分别的。

而"职员"——这两个没有任何感情色彩的汉字，在年轻的童莉莉看来，它们是那样的无力与中庸，几乎就像是又一场拖拖拉拉、绵延不断的肾病。

5.

这一家都是病人。这便是童莉莉的故事的开场。她还没什么不好的。她还年轻。上个月单位拍的标准相里（她在一家小报馆的资料室工作），她看上去还是相当的秀气可人。唯一的遗憾只不过是她得了肾病，经常会觉得腰酸无力而已。得点病总是难免的。再说这是一种慢性病，也是急不得的。

她倒是常常会出神、发呆。别人看到也就看到了。没有人知道这个纤弱单薄、看上去还多少有些虚弱的女孩子到底在想些什么。

她母亲王宝琴很有些抑郁狂躁症的症状。其实就是抑郁狂躁症了，到晚年的时候症状就非常明显了。只不过当时还看得不是那么分明，只不过当时还没有那么明确的说法。其实就是那样了。不管王宝琴晚年的时候是独自一人打开了管道煤气的开关，安静地躺到了床上；或者还是关掉所有的门和窗，打开煤气开关，然后把一根绳子挂在梁上，再用力打上一个结……这其实已经没有什么分别了。

其实这一切从很多年以前就已经开始了。从王宝琴站在上海外滩的一个僻静之处时就已经开始了。在那里，王宝琴遇到了这个名叫童有源的男人。那时，她有个不错的典当行。一座上下两层的小楼。那时她还很是有一些钱。她一定还是规整的。血液里的东西还在血管里规则和谐地流动。那时童莉莉的这个母亲还没有发疯。但也快要疯了。已经疯了。

童莉莉的那个父亲就更不用说了。

还在童莉莉六七岁的时候，这个家里曾一度风传童有源得了重病。有几个不那么冷的下午，童莉莉陪着父亲去盘门附近的一家诊所看病。那是个上海过来的医生，手背上长着和童莉莉一样的酱紫色冻疮。他大半个身体埋在一件织得松松垮垮、并且同样是酱紫色的毛衣里面——

"最近困觉好伐啦？"上海医生的声音从毛衣深处幽幽地传出来。

"还好的。"

"那么胃口呢，吃饭胃口好伐啦？"医生接着又问。

"也还好的。"

"近来开心伐，心情好伐啦？"医生不屈不挠地追问下去。

童有源迟疑了一下，没说话。

"家里有小人伐……几个小人啦？"上海医生从那件松松垮垮、然而却是小麻花大麻花、织法繁复纠缠不清的毛衣里抬起头来……意味相当深长地看着童有源。

童有源脸上露出了一丝不耐烦的神情。

"唉……你的这个毛病呵……"上海医生使劲地皱起眉头来。

"……"

"我对你讲，我老老实实对你讲呵……"

童莉莉原本正竖起了耳朵，听到窗外运河里有一只船划过去了，哗哗哗哗的水声；再远一些的地方，几个小孩在唱儿歌，一个嗓音嘹亮，一个声音嘶哑——而这时，上海医生的声音突然像羽毛一样飘了起来，越飘越高，越飘越远……而接下来童有源说话的声音也轻了，飘了，也像羽毛一样飞起来了……

　　笃笃笃，卖糖粥，

　　三斤核桃四斤壳，

　　吃侬额肉，还侬额壳……

或许是这位手上长冻疮的上海医生医术还欠高明，几个月过后，童有源又去了上海的一个诊所。然而这次旅途童莉莉从一开始就病倒了，低烧不断。她只隐约记得有个下雨的黄昏，在上海摇晃着的双层有轨电车上，她迷迷糊糊地睡着了。也不知道经过了多久，她突然闻到一股浓烈的、犹如夏日黄昏茉莉盛开的香气。

一个穿白洋纱旗袍的女人站在他们面前。她梳着浓密油黑的发髻。旗袍的滚边和她的头发一样黑。这女人正笑着和童有源说话。这时便向童莉莉稍稍俯下身来。

童莉莉直到现在还清楚地记得她的脸。这是一张令人过目不忘的脸。鲜艳、浓烈、奇异，仿佛她从稀薄的空气里走过，连空气也要短缺一块似的。童莉莉不知怎么就给吓住了。她一把抓住童有源的手，怯生生地问：

"爸爸，电车怎么不开了？"

"封锁了。"童有源的回答非常简单。

那次他们只在上海呆了两天就回了。火车在冷清的站台上停了下来。童莉莉听到它长长地、仿佛再也支撑不住地叹了口气。

6.

童有源到底得了什么病？

有这么一种讲法，当时很多人怀疑他患上了肺结核。虽然从没有人看到过童有源沾在白手帕上的血迹，不过那些日子，童有源确实老是无缘无故地发低烧、咳嗽，感到身体疲惫，并且日渐消瘦⋯⋯他的情绪以及脸色也是让人觉得非常可疑的。一会儿苍白，一会儿潮红；刚才还是亢奋不已，下一刻突然又变得疲惫不堪。不过他倒是并不消沉，精神上也没有什么萎缩的迹象。恰恰相反，他肝火旺得要命，虽然他那旺盛而时断时续的激情，它们绝大部分都用在了一些莫名其妙的地方——

在童莉莉的记忆里，父亲似乎总是在路上。这些年来，他几乎常常这样。想来就来，说走就走。这还是好的。有时他走了就不知道什么时候回来；还有些时候，童莉莉走上苏州老宅那道吱嘎作响的楼梯，突然看到父亲正坐在二楼朝南的窗户那里晒太阳——那是童莉莉的母亲平时常坐的位置。不管刮风还是雨雪，母亲王宝琴总是永远穿着深藏青色的衣服坐在那儿。没有人知道她在想什么。更没有人知道她是否在想念那个名叫童有源的人。那个有着闲散而容长身材的男人。那个无所事事的赌棍，嫖客。那个美雅之人……她直到死还爱着他。

他有病吗？他是否真的有病？

"我没有病！"童莉莉记得，那次童年的上海之行过后，她父亲站在河边高低不平的石板路上，一手牵着懵懂的她。而她母亲王宝琴的身影则在家门口闪了一下。很快就不见了。

或许，童有源真的没有病。他是健康的。至少他曾经是健康的。不管怎么说，任何再精确的现代医术其实也存在着可能的疏忽。况且，无论是在上海的双层有轨电车上，在飘落细雪的冬青树下，还是沿着运河逆流而上的夜航船上，她的父亲看上去都是健康的。他的身心是如此强壮而又充沛。这甚至可以再往前推溯到三十年代末的某一天。那一年他住在上海，在那段有限的时间里，他认识了童莉莉的母亲，同时也认识了两三个妓女和一位来自意大利的传教士。

而现在，每天早上，童有源便幽灵般出现在大门一侧的阴影里。

"我出去了。"他穿着多年不变的蓝灰色调的衣服，保持着多少年不变的颀长的身材与腰围——他懒洋洋地环顾了一下这间屋子，把刚才那句话又简短单调地重复了一遍。

"那么，我出去了呵。"

"中午回家吃饭吗？"这是长女童莉莉的声音。

"不了。"

"晚上呢？"仍然是童莉莉在问。

"说不准，不要等我了。"

每天都这样。几乎每天。王宝琴的声音是听不到的。她和童有源已经很久不说话了。即便四目相对，仍然毫无交集。每天这样。几乎每天就是这样。

他在想什么？这个人究竟在想些什么呢？有时候童莉莉忍不住也会在心里嘀咕。新时代来了。新世界铺天盖地地在四周、在全中国、在长江中下游平原、在阴雨不断中热气腾腾地伸展开来……然而，在这个刚刚来到的新世界里，她的父亲却像 个幽灵一样地晃悠着。他更像一个局外人。或者几乎可以这样说：

他简直就不太像这个世界上的人。

他要干什么呢？放着一个好好的家，放着一个美丽幽怨的女人和几个不知所措的孩子（童莉莉一共有四个弟妹）……他到底想要干什么呢？

坐在报馆四楼的资料室里，童莉莉可以非常清楚地看到飘扬着彩旗和标语的街道、街道两边沉甸甸的冬青和香樟树，以及走在街上、树枝和树枝的间隔中、还有被茂密的树叶遮蔽的三三两两的人群。

更远的地方是个小广场。就在那儿，附近几个单位的共青团和文工团员们正在进行一场热烈欢快的联欢舞会。先是《邀请舞》、《青春圆舞曲》，再是《咱们工人有力量》、《社员都是向阳花》……童莉莉耳边不时传来这些熟悉的曲子。这是一个阳光明媚的春天下午，空气里到处弥漫着百雀羚雪花膏和凡士林发蜡的气味。一种家喻户晓、老少皆宜的气味。一种浓烈刺鼻、又稍稍让人感觉兴奋的气味。

然而，就在这种熟悉的气味里面，童莉莉突然觉得一阵疼痛，浑身上下不知道哪里痛了起来。痛极了。

比较远的天空那里飘着一朵云彩。每天早上，童有源从家里走出去的时候，童莉莉总会有这样一种奇怪的感觉——童有源，她的这个父亲——这一走，他便走到天边的那朵云彩那儿去了。

永远都不可能再回来了。

7.

就在这个明媚春天的一个下午，童莉莉认识了同来看病的潘小倩。她是一个私营银行行长的女儿，两个人倚在医院回廊的紫藤树下聊了会儿天。潘小倩比童莉莉大两岁，短头发，大眼睛，娃娃脸上散布着细小的雀斑。她好像还有些细微的口吃……两个人很是有些一见如故的意思。

很快两人便相约着一起去看电影。为了究竟是看《渡江侦察记》还是《妇女代表》，她们还在城西的友谊电影院前面略微争论了几句。两个小时以后潘小倩带着童莉莉回家吃了晚饭。原来说好一星期过后去童莉莉家的。但那天童莉莉说她临时有事。于是这个承诺在接下来的时间里一直没有实现。

一年过后，潘小倩全家搬到了上海。童莉莉送她去了火车站。在车站那口锈迹斑斑的大钟下面，潘菊民塞给她一个厚厚的信封。

童莉莉没想到里面是钱。她更没想到里面会有那么多钱。

童莉莉第一次见到潘小倩的哥哥潘菊民，就是在一年前的那个晚上。与此同时，在潘家挂着齐白石字画的小客厅里，童莉莉还认识了潘菊民的中学同班同学吴光荣。吴光荣穿着藏青色的中山装、同色干部帽……他看上去要比潘菊民大个三五岁。然而他的相貌无疑还算是好的，健康的紫铜肤色，双目炯然，闪烁有神，尤其……是看童莉莉的时候。

是潘小倩叽叽喳喳地告诉她关于吴光荣的事情。说此人童年时代是在江西县城的一座小煤矿度过的。十多岁时随父母辗转来到苏州，后来又辗转进了潘菊民上学的那所学校——并且就坐在潘菊民的旁边——潘小倩还说，其实吴光荣原来并不叫吴光荣，至少上学坐在潘菊民旁边的时候还不叫吴光荣。吴光荣开始叫吴光荣其实也就是这一两年的事情……

“你，你注意那人的左手了吗？”潘小倩坐在绣着蕾丝花边的粉红床单上，神秘兮兮地望着童莉莉。

“左手？”

“他的左手少，少了两根手指……手臂上还有一道很长很长的伤疤，嗯，足足有这么、这么……这么长。”潘小倩伸出两只修长的手，接着又张开修长的手上那些白皙完整的手指，用力而夸张地比划着。

这少了的两根手指，以及那道足足有"这么、这么、这么"长的伤疤……这些都很快从潘小倩嘴里得到了介绍与解释。事情是有传奇性的，也是有趣而离奇的——事情的起始好像是这样的——当年，在煤矿职工子弟小学读书的时候，吴光荣每天都要路过矿上的打风房。透过窗户，他惊讶地看到空气压缩机飞轮巨大的黑色阴影……它们铺天盖地，穿云裂石，如同暮色里黑鸦鸦突然降临的庞大鸟群。"等到长大以后，你最想做的事是什么呢？"成为潘菊民同桌后的吴光荣，有一天突然兴趣盎然地问道。潘菊民模棱两可的回答是不重要的。潘菊民有没有一本正经地回答也是不重要的。重要的是吴光荣斩钉截铁的声音：

"告诉你吧，我是有梦想的——我最大的梦想就是当一个管机器的工人！"

从来没有人说，与冰冷然而有力的机器打交道不能成为一个人的梦想；同样也没有人说，一个人少年时代偶然但是狂热的梦想仅仅只能止于梦想。

果然，吴光荣的梦想很快就实现了。

在中学毕业以后，吴光荣曾经神秘失踪了很长一段时间，等到他再次出现的时候，已经成了一个身板结实、肤色黝黑、目光坚定的年轻人。他告诉潘菊民和潘小倩他们，说他这段时间一直在一家兵工厂工作。他说他跟着那个兵工厂辗转走了很多地方。他还说，有时候在颠簸的卡车上一觉醒来，窗外的万顷稻田不知什么时候变成了逶迤的山峦和绵亘的红土地；还有些时候，一整夜他都能听到汹涌的洪水的声音，它就在离车队不远的河床那里流动着，发出家禽一般奇怪的叫声……他说有那么一次他差点就掉队了。那是个冬天的下午，他闹了好几天肚子了，下车解手后发现车队已经开出很远……

吴光荣说其实直到很久以后他才知道，这些年来，他跟随兵工厂一路走过的真实路线。从皖南到苏北，再到淮南，然后转战淮阴、沂蒙山，后又渡海到了东北的大连……

"那么，你的手……"

至于这样的疑问总是难免的。总是谁都忍不住会要问的。不管这问话出自于娃娃脸的潘小倩，或者还是容长脸蛋、桃花眼睛的哥哥潘菊民。当你倾听一段坚定而充满力量的叙述；当你又同时面对一个突然之间左手少了小指和无名指的人：这两者之间的差异难免总会让人心生疑惑的。

"哦，炸了。"吴光荣淡淡地说。

"炸了？"兄妹俩几乎同时瞪大了眼睛，张大了嘴巴。

"有一次检修枪支的时候，土枪突然爆炸了。"吴光荣伸出自己的左手，朝着光亮处看了看。接着，他又略微有些牵强地动了一下剩下的三根手指，"这些都是小事情了，常有的事情……当然，也是一件让人感到非常光荣的事情。"

直到很长时间以后，童莉莉仍然记得那天晚上的情形。晚饭过后，四个年轻人——童莉莉、潘小倩、潘菊民、吴光荣坐在客厅里聊了会儿天。中途的时候，潘菊民起身在留声机里放了一张唱片……在唱片吱嘎转动的过程中，潘菊民穿着他那条浅灰暗条纹的薄毛呢裤，跷着二郎腿，若有其事、又若无其事地坐在沙发上打拍子；潘小倩则兴奋地在卧房和客厅之间奔忙着；只有少了两根手指的吴光荣一个人在说话，一刻不停地说着话……

后来，月亮升到了半空。童莉莉起身告别。刚走到潘小倩家院子里的那棵紫藤树下，潘小倩突然从后面追了出来，并且满脸涨得通红地往她怀里塞了两件新衣服。

这个晚上，童莉莉整夜都没有睡着。

8.

那天，在他们家的客厅，潘菊民放进留声机里的是一张昆曲唱片。那是《长生殿》吗？还是《牡丹亭》？《桃花扇》？或者它只是《西厢记》里的某一段？这些都不重要了，这些又怎么会重要呢？重要的是另外一些东西。重要的是对于童莉莉来说，对于那个名叫童有源的人的女儿来说，潘菊民放进留声机里的不仅仅是一张简单的唱片，而且更是一种令她既迷恋又痛恨的生活方式。

是的，一种令人既迷恋又痛恨的生活方式。

把一个人和他（她）所处的生活连接起来有很多种方式。其中有一种是这样的——一个十七八岁的女孩子，长得还算是眉清目秀，其实也真是眉目清秀的。在青春年少的时候她得了肾病，不算太严重，但一时半会儿却也好不了；她家里的状态也不是太好，有点穷，穷倒是没有关系，当时大家都穷，即便对一小部分以前不穷、现在也还暂时不穷的人来说，其实共同贫穷的日子也就在眼前了……

穷是不可怕的。穷又有什么可怕呢？举目四望，到处都是一样的吃、穿；到处都是在一样的吃穿里露出单纯而满足笑容的人们。生活是那样的崭新、那样的具有可能性……生活是那样的富有希望。

到处都是欣欣向荣、激情荡漾的穷人。

贫穷的人并不孤独。

同样地，病也是不可怕的。谁又能说不是呢，即便健康的人也可能没有那样的笑容，就如同少了两根手指的吴光荣脸上所焕发出来的那样的笑容！

但是且慢，虽然贫穷和疾病都不可怕，但这个名叫童莉莉的姑娘的处境却多少是尴尬的——童莉莉只有她一个人。她孤独一人。

作为父亲童有源和母亲王宝琴的长女，童莉莉有三个妹妹。这三个妹妹里最小的一个性格温和，但有些轻微的先天性弱智；另外两个则长相甜美，但是体质羸弱。不久以前，最小的那个妹妹被童有源送到了老家富春江，所以童莉莉几乎很少见到她。她和另外两个妹妹倒是相处得不错，但很快，她们也神情茫然地坐上了小妹妹坐过的那艘木船……临走的时候，一家人去照相馆拍过一张全家福。照片里的童有源当然地坐在中心位置，但不知道为什么，他看上去和照片里的其他人没有什么关系，和这张照片所组成的环境也没有什么关系——不仅仅是童有源，照片里几乎所有人的眼神都是溃散的，没有一个明确的交集与焦点。童有源、王宝琴、童莉莉……他们全都各怀心思，心有所感——唯一例外的是童莉莉的那个弟弟。在那张照片里，这个被大家叫做童小四的英俊少年露出一种怪异的神情。他仿佛很是有点激动，但同时又有着与激动截然相反的木然。仿佛他使出了全身的力气要去抓住一样东西，脚底下却突然一脚踩空。不过，不管怎样，至少这张照片里的人是齐全的。这已经非常难得。

童莉莉总是独自一人。

或者说，她总是觉得自己是独自一人。

那天下午去码头边送两个妹妹时，她是独自一个人。看着蜷缩在船舱里冻得嘴唇有些发紫的她们，心里全然不知何时才能相见；她从码头旁边郁郁寡欢地走回家时，也是独自一人，虽然父亲童有源就在她身边。她独自一人回到空无一人的家里还是一个人（走到半路的时候，童有源就去了别的地方。至于母亲王宝琴，她在不在家都是没有区别的）。她母亲一辈子最重要的两件事，就是爱她的父亲童有源，以及恨她的父亲童有源。以至于后来它们变得雌雄相伴，混淆不清；以至于她经常会忘了自己与那个既爱又恨的男人所生的一男四女。可能是被码头的冷风吹着了，那晚童莉莉发起了高烧，她烧着的时候也是一个人。她不愿意告诉其他的人。她烧着烧着就睡着了，下半夜口干舌燥醒过来的时候仍然是一个人。她一个人起床去厨房倒了点水，喝下去，一个人再次躺下，烧着，迷迷糊糊睡着，等待着仍然是一个人的明天到来。

第二天很快来了，她的烧还没退。没人知道她晚上发烧了，也没人知道她这一天带着烧去报馆上班。那天上午报馆开了个大会，主题是关于马克思和恩格斯的传播和新闻思想。大会结束以后，下午紧接着又开了个小会。在小会的小组讨论上，童莉莉昏昏沉沉地听到很多七嘴八舌、然而又是兴致盎然的议论。后来好像又有很多人突然鼓起掌来。童莉莉于是昏昏沉沉地跟着鼓掌。在一片噼里啪啦的鼓掌声中，童莉莉摇摇晃晃地站了起来——她得请假去，今天是她和医院预约看病的日子。她的拖拖拉拉的肾病，她的遥遥无期的肾病——那个刚才说话的人现在还在说："……所以马克思对电报这种新生事物的认识，可以归结为：用时间消灭空间。"

但是……至少就现在的情况来说，属于童莉莉的时间还是静止的。它既消灭不了有形的空间，也创造不了无形的情感。月工资能折合五十市斤植物油的毛主席他老人家说啦，他说，有些新闻发生了要赶紧报道就是新闻；有些新闻发生了我们故意不报等它变旧就是旧闻；有些新闻发生了我们永远不报就叫无闻或者不闻。这实际上就是说，时间其实是一种可以人为改变的东西。可以把它拉长，也可以把它变短；还可以将它搓搓圆或者压压扁。但在那天的童莉莉那里，这种魔术一般变幻莫测的东西暂时还是没有意义的。她在一片热火朝天的讨论声中离开了会议室，独自一人。她穿着厚厚的棉袄走在去苏州中医院的路上，独自一人。她去的时候就可以想到医生已经说过多次并还将继续说下去的话—— 一定要注意休息，注意饮食，注意心情呵。她的朋友不太多，所以她看完病回来还是孤独的。她将孤独地带着漫长难挨的肾病以及突如其来的高烧回到家里——

"今天发工资了？"

"是的，今天发工资。"童莉莉的回答显得非常疲惫。

很少有人知道，这个家很大的一部分是她撑着的。虽然她的工资与折合成植物油的毛主席的工资是无法相提并论的，但对于这个家，她的那点钱却是缺少不得的。她得养家。钱总是重要的。太重要了。对于这样一个家庭来说，还有什么东西比钱来得更为重要呢？她绵延无期的肾病所需要的钱同样也是绵延无期的；当冷风里的航船载着她的一个傻妹妹以及另外两个亲妹妹，当它们驶向运河的另一头时，她们将要吃的大米、白面、萝卜、青菜，她们洗脸用的肥皂、冬天穿的棉衣，她们在学堂至少总要认点字的费用……要知道，她们是她的亲妹妹。还未最终成年的亲妹妹。当然，她们也是童有源和王宝琴的孩子。她母亲王宝琴的那点钱是早给童有源败光了。不过话也难说，童有源自己或许还会有点钱，只不过大家不知道而已。王宝琴也说不定在哪里也藏着些钱……但即便有也是有限的，这个家从来就不是什么特别有钱的家。所以有些事情反而倒也省心，比如说每天早上，当童莉莉看到报纸上"赶紧报道"或者是及时预报的那些新闻时，她的反应总是有那么点淡然——

正当上海资本主义工业的公私合营搞得如火如荼时，北京也将选择大有粮店、稻香村食品店、同仁堂国药店、六必居酱园等十家较大的、具有传统特色的资本主义零售商店进行公私合营试点……

既然生活在流淌，顺流而下总是最初的一种反应。更何况，巨变总是相对于曾经拥有的那一部分来说。既然过上艰苦朴素、然而快乐健康的日子将是大家共同面对的命运，那么我们的女主人公自然也该欣然接受、决然前往。

但是——

为什么这一家人和周围绝大多数的那些人是那样格格不入呢？和艰苦朴素、快乐健康的穷人格格不入，和生活窘迫拘谨、内心却按捺不住兴奋的穷人仍然格格不入……她的父亲童有源，有时候，很少的时候，他倒是会给她些惊喜和快乐。她是她父亲最爱的女儿。漂亮，聪明，还算有那么一点点个性——至少他是这么说的，说在这一点上还稍稍有些像他。让他感到有所安慰。但这个父亲总像是被什么东西藏起来了，或者他自己心甘情愿地把自己藏起来了，所以她几乎很少能见到他。有时候人倒是在的，但仍然看不见，只能听到屋子里传出一些悠扬的乐声，箫的声音，昆曲的声音……她喜欢这种声音。她内心灵魂非常重要的一部分会跟着它一起悠扬、飘荡甚至颤抖，但是，她同样清楚地知道——

她恨这种声音。这种格格不入、让人觉得阴郁烦闷的声音！

其实很早的时候她就知道了，这一家都是疯子。充满了热情的疯子。除了两个漂亮的、然而生命力不是那么强盛的妹妹，和一个成年以后将在下雨天偷酒喝的有些弱智的小妹妹——呵呵，这话也不对，也说早了，谁能确信她们从来没有怀揣着别人从不知道、也不能轻易告诉别人的梦想呢？就像她，这个名叫童莉莉、十八岁清秀可人的女孩子，谁又会知道，当她穿着臃肿的灰蓝格子厚棉袄，端坐在人声鼎沸的会议室里……她的两只手安静地平放在膝盖上，她的眼睛平视前方，清澈、明亮而又乖巧……它们一点都没有泄露出她的秘密——她的奇思异想，对于危险的爱好，野性，以及那些正在生长中的、或许她自己都还没有清楚了解的……

只有一件事情她已经完全清楚了。虽然有时她仍然抱有些幻想，或者不太愿意承认。她是一个人。她的这个奇怪的家庭造成了她只有独自一人。她为这种几乎是强加在她身上的孤独烦恼不已。而更可怕的是，那天晚上，在潘小倩家的客厅里，在潘小倩的哥哥潘菊民放进留声机里的那张昆曲唱片里,这位名叫童莉莉的姑娘异常敏感地听出了(或者是臆想和强调出了)一种孤独。

她那么熟悉、并且拼了命要从里面逃离出来的孤独。

第二章

1.

然而春天总是美好的。虽然对于一部分人来说，春天就像梦幻，而对于另一部分则更像煎熬。昼夜变更着长短，四周田野里的农作物也开始蓬勃生长了。先是水稻，白薯，小麦，大麦，花生，粟，甘蔗，蓝靛；再是萝卜，胡萝卜，各种豆科植物，洋白菜，菜花，黄瓜，番茄，茄子，瓜类作物。昼长夜短也使人更容易听到一些声音，闻到一些气味。有那么几天，童莉莉对潘菊民说，皋桥外面的油菜花肯定开了；油菜花一开我就能闻到的，不管隔了多远。童莉莉晚上睡眠不好时还听到过飞机划破云层的声音。不过这声音肯定很多人都听到了，不管是在失眠的夜晚还是春光明媚的白天。这是这个国家第一次制造出自己的飞机。它们像装饰了花束和彩带的鸟儿一样飞上蓝天，欢送它们的是人群里爆发出的暴风雨般的掌声。

就在这之前，或者之后，同样欢欣鼓舞的场景还出现在一个巨大庄严的会议厅里。

——"暴风雨式的掌声整整延续了五分钟。"

在报馆新鲜出版的报纸上，是毛主席大气磅礴的正面像，以及同样大气磅礴的扬手一挥：

我们的目的一定要达到。

我们的目的一定能够达到。

2.

或许所有爱情故事的起始总是相似的。时间往前倒推个二十年，童莉莉的父亲童有源和母亲王宝琴也是在这样的春天开始的，心跳加速着，血脉贲张着。不过有些后来就平静了，有些则是久久不能平静。童莉莉新认识的朋友潘小倩和潘菊民，他们就是父母久久不能平静的产物。而随着时间缓缓地流动，那个站在医院回廊紫藤树下的潘小倩——她脸上细小俏皮的雀斑也会慢慢深起来，圆圆的脸颊陷进去一点点，说话也不那么容易害羞脸红了。她也要经历那个心跳加速、血脉贲张的过程，然后就平静了，或者久久地、甚至一生不能平静。谁知道呢。

但是且慢，所有的爱情故事往往也有着不同寻常的地方。这个人与那个人不一样，今天和明天也不一样。虽然还是毛主席说的，他在不久之前或者不久以后说过这样的话，他说——

"反对个人主义。"

这位名叫童莉莉的年轻姑娘，为了参加与潘菊民认识后的一场集体舞会，隔夜偷偷从商店里配了烫头发的药水——那是一种颜色浑浊、气味奇怪的半透明液体，装在一个酒葫芦形状的玻璃瓶子里。半道上她就打开瓶塞闻了闻。第一下感觉是氨水的味道；再闻，却又像皋桥外面油菜花的味道了。

把这种一半是氨水、一半是皋桥外面油菜花的液体抹在头发上，瞬间便有清凉而焦灼的味道。这其中焦灼的感觉，在后来火夹子放在炉子上烤热时强烈的嗞嗞声，以及再后来火夹子烫头发时微弱的嗞嗞声里到达高潮……不过，除了这些，内心的事情则没有人知道。

而那个让童莉莉产生奇怪感觉的年轻人潘菊民，每到春天的时候，他最喜欢做的一件事情就是去郊外灵岩山上独坐半天。三十年代的某一天，他出生的那一天，灵岩山下太平乡兴旺村有一户人家办喜事，迎新的队伍敲敲打打在山脚下面绕了整整两圈。而在海拔一百八十二米的山顶天灵寺，中午明晃晃的大太阳底下有人推门而入。据说后来那人便在寺内剃度了。据说再后来就成了多年以后的高僧。仍然是那一天，到了后半夜，月光下面后山纵身跳下一位痴情女子……

当然，这样的事情刚刚出生的潘菊民是不会知道的。人各有命，富贵在天，这样的道理就自然更不会懂。然而他母亲的感受或许就会复杂很多。这位有着一双放大的小脚、一对细长美目的青年女子，原先是上海小康人家的女儿。家里的境况是好的，所以身上穿着常换常新的衣裳，并且就读于沪上一所新派女中。假如思想新了，干脆新派到几年以后惊艳好莱坞的那两位美女飞行员，那便另当别论；要不就干脆旧，旧到逆来顺受，天命不违。然而这女子却恰恰是个半新不旧的人物。在一次同样半新不旧的议亲失败之后，命运在她身上踩了个小小的脚印。

在心灰意懒、意志脆弱之际，她竟然爱上了家里私雇的黄包车夫——他也许也是爱她的，要不她不会怀上他的孩子；她也许真是爱他的，要不她不会提了家里一皮箱金银细软，偷偷和他去了苏州。然而有些时候，命运在踩了你一小脚以后，是不会忘记接下来的第二脚的。

她的家人很快找了来。黄包车夫最终以盗窃、诱奸二罪并处得刑四年。她在苏州中医院生了个孩子，是个女婴。脚还是天足，眼睛紧紧闭着，也看不出以后会不会细长美目，会不会动辄感情用事，受一些女人的苦——这孩子生下来就死了。

悲伤的母亲在生产满月后坐夜航船回上海。这时命运的第三脚重重地踩下来了，因为产后体虚，她在途中突然血崩不止，竟也走了。据说还有同船的护士作为证人——当然，这回是假的。

那个黄包车夫据说后来减了刑，但因为莫名其妙的罪行在牢里呆上一天都是更大的罪孽；又据说他后来返乡务农，先是种植茶叶、橘子，后来又开始养些小鱼、虾米和螃蟹。而她，接下来便是隐姓埋名移居他乡。辗转到后来，她又被家族偷偷安排回到苏州。然后，过了几个月？一年？或者更长一点的时间，她遇到了现在的丈夫，并且很快生下了一双儿女。

长子名叫潘菊民。次女则名潘小倩。这两个名字都是他们的父亲潘先生起的。在他们很小很小的时候，有一次潘先生带他们去太湖边的东西山看梅花。山岗上除了梅花,还生满了茂密的青草和花儿,有万年蒿、茅草、房白草、羊草、马黄草、碱草、荻草、菖蒲、蒲棒、苍术、铺草、浮草、荇草、坐草、艾蒿、蓬蒿、益母草、马兰、菟丝子、四金草、鬼针、虎掌草、蝎子草、地丁草、席草、瓦松草、蒺藜、薄麻、线麻、乌拉草、串笼草、短荻草、芨芨草、醉马草,还有金沙龙、刺蘑花、狼毒花、木香花、石竹花、蜀菊、百合、黄花、指甲花、苍蝇花、苜蓿花、莠岚……

山坡的另一面是一片果园。

儒雅和善、热爱园艺、热爱基督、并且也爱着他们母亲的潘先生对他们说道——

"看到那些花了吗……你们看,许许多多的花瓣围绕着花蕊,它们共同组成了一朵花。春天来了的时候,或者是风,或者是蜜蜂、蝴蝶、甲虫和飞蛾,它们将花蕊里的花粉传播出去;有时候一阵大风,很多很多花粉在天上飞着,有些掉到水里了,有些飞着飞着就没有了,还有不多的一些最后变成了果子。"

3.

这是个花粉飘散般轻柔安静的家庭。

不能说生活完全没有遗憾。一个女人改了姓名又换了历史,要说完全心满意足那是谎话。最好的事情,是花粉正好通过昆虫或者微风,落到它最终应该落下的地方。一朵花其实就是一个植物的生殖器。这种事情讲明了有些不雅,但怎样让一朵花碰到另一朵花,这就是生活。

而那位对于植物的雌蕊雄蕊、雌蕊的湿型柱头、开放型花柱以及花粉的传播方向如数家珍的潘先生，每个星期天早晨，他都会去礼拜堂做一次礼拜。潘太太紧紧跟在他的后面。她拉着他的手。他走得快她就也走得快，他走得慢她就也走得慢。除非他快到她的手再也拉不住他，快到她那双放大的小脚完全跟不上的程度。这种事情自然是不会发生的。夫妻总是应该相濡以沫，如同种子跟着风。即便他根本就不知道，和他在一起的其实完全是个陌生人；或者她因为某种原因终身信守着这个秘密。也许以前，当她穿着学生服坐在黄包车上，当黄包车经过一个又一个尖头圆顶、尖头尖顶、圆头圆顶的礼拜堂时，她内心完全没有任何感触。但是现在，因为他信基督她便也跟着相信；他低下头对神说他是有罪的，她便也跟着说她其实同样如此。

那是一个青砖青瓦方方正正的礼拜堂。只是在两层楼的西南角那儿突然升起一层，形成一个同样方方正正的钟楼。在苏州下也下不停、然而下也下不大的牛毛细雨中，潘先生和潘太太携手走进去……钟声在这时正好响起来，不高不低的那几声，不多不少的那几声。

有种说不出来的和谐。

那两个孩子——潘菊民和潘小情，就这样看上去，他们倒也像是某种和谐的产物。两个都是安静的性格，不太喜欢动。他们那轻柔安静的家就在盘门老城墙旁边的一条巷子里。每到春天刚来的时候，两个小人儿就穿着厚厚的棉袄棉裤，站在巷子的尽头放风筝。

风筝的线很长很长，很飘很飘……两个圆滚滚的小人儿在巷子的这一头和那一头之间奋力奔跑。很多个小小的屋角翘起来，飞上天去，像很多很多把迟钝而细碎的尖刀。

潘先生有一个外国教友来过苏州几次，回去之后便认认真真、煞有介事地写了一本书。潘先生断断续续地看过里面的一些章节。他对其中的几段细节尤其感兴趣。

第一段是这样的：中国儿童不像我们的孩子们那样奔跑，嬉闹，爬行。中国学生不如白人学生奔放不羁。中国人不知道体育运动，他们放风筝、斗蟋蟀、赌博、下棋、放鞭炮。

潘先生莞尔一笑。

第二段也有意思：中国喜欢的是温驯的骡子而非马，骡子只是慢慢地走或轻快小跑。骑在骡子上的士兵加速时，所产生的一种情景使眼睛得到放松。

潘先生记得当时雇了辆马车陪他去灵岩山。走到半道的时候，那匹老马突然跑不动了。怎么打它也不跑，怎么骂它也不走。万般无奈，只能去附近的农家借了头骡子先顶替一下。

而第三段则让潘先生忍不住笑出了声来——

中国人从来不把拳击作为一种运动，斗殴很少，没有相互之间猛烈的打架，有的也不过是女人式的抓伤和抓头发。男子唱歌，不过是一种鼻子发出的假音。这与西方男子的吼叫形成了奇怪的对比。

哈哈！

哈哈！

哈哈哈！

潘先生颇为喜欢自己现在的这种生活。两个孩子他也是满意的，他的教育方式同样更是和谐自然。孩子长在一个有爱而宁静的家庭里，按照自然的规律成长，并且适当给予教育，这就已经相当不错了。至于这孩子未来怎样，是美多一点，还是丑多一点，是快乐多于忧伤，还是忧伤得忘记了快乐……这些事情父母能知道一些，但也有很多是不知道的；有些事情反而旁人看得更清楚些，但因为是旁人，看了知道了也很快就忘了。当然了，上帝是知道得最多的。

每个星期天，潘先生和潘太太都会去礼拜堂表达内心对于上帝的赞美，并且适当地和他说说心里话。有时候他们带着潘菊民，有时候带着潘小倩。潘菊民去过几次以后就不愿意去了，潘小倩则一直坚持了下来。

4.

但是，也有些事情是潘菊民能够或者愿意坚持下来的。在跟着潘先生去过一次东中市的"中和楼"书场以后，潘菊民自己又去了几次。在接下来的一段时间里，潘菊民去的那些地方就连评弹老书客潘先生都没去过。他去宫巷的"桂舫阁"，他去石路湖田堂的"引凤园"，他去临顿路的"清河轩"，他还去道前街的"雅仙居"，去葑门横街的"椿沁园",去山塘街的"大观园",去濂溪坊的"怡鸿馆",去热热闹闹太监弄里热热闹闹的"老意和"……他游荡在这些嘈杂的三教九流不断的书场茶楼里面,就像一个虚幻的、若有似无、可有可无的影子。

有时候,潘菊民和常与上帝说话的妹妹潘小倩分别从书场和教堂回来,两个人在昏暗的楼梯间遇到,彼此都觉得对方就像一个身上裹着紧身隔离衣的晃晃悠悠的影子。

当然,很多时候,爱情其实也是这个世界上穿了隔离衣的晃晃悠悠的影子。有一些爱情是天生的。无法解释的。要不就不是爱情。所以说,潘菊民第一次约了童莉莉坐在灵岩山半山腰的时候,两个人几乎都不知道该说些什么。

不知道该说什么于是就不说。不说也不要紧,因为其实心里全都知道。于是就看看天上的云,山腰那里的树,树上停着的鸟……心里是甜蜜着的,脸上还不能露出太多来。很多时候就是这样,脸上和心里的并不那么一致,并不那么和谐。这样的事情总是难免的。即便在一个满世界都是兴冲冲的春天里,总也会有一些不和谐的声音的。总也会有人心里怀揣着悲哀的。只不过有些悲哀别人看得到,自己说得出来;也有些悲哀别人看不到,所以说出来了也没有人相信。当然也会有一些自己也说不清楚、或者做梦也想不到的事情。这个世界就是这样,不管你信还是不信,总是会有些稀奇古怪的荒唐事情发生。

童莉莉就一直在想着这样的一桩。昨天下午报馆里又开了个大会，大会之后紧接着还是一个小会。大家讨论的时候和平时一样兴致盎然，并且还表现出了相当程度的气愤。确实是一件让人感到气愤的事情。邻近一个小县城医院的江姓女护士和赵姓男医生谈起了恋爱。坏事跟着好事来，男医生是因为情到浓时恍惚迷离而在工作上犯了错误呢，或者还是本来就有疏忽，而雾气一样的情感再次加深了这种疏忽……他也没得到什么人的批准，就糊里糊涂地超出制度用药为女护士治病。总之，他是犯错误了。负责调查男医生错误、并让他深刻反省的有三个人。他们每天都要在确定或者不确定的时间与男医生进行交谈，有时态度温和，大部分时间则冷静严肃——

"你知道自己犯错误了吗，赵××同志？"

"知道，我对不起党，对不起毛主席。"

"你愿意老老实实地交待自己的问题吗，赵××同志？"

"是的，我愿意老老实实地交待自己的问题。"

交谈基本上是以这样的方式开始的，问得确切，答得诚恳。但很快，问话的航船就在一块暗礁那里搁浅了。

"赵××同志，你和江××同志睡过觉了吗？"

"……"

"赵××同志，你和江××同志睡过觉了吗？"

"……这和我的问题没有关系。"

"请你认真回答这个问题，赵××同志——你和江××同志睡觉了没有？"

这个循环往复并且暂时得不到解答的问题，在接下来的清晨、正午、落日时分甚至深更半夜，又触目惊心地摆在了那位可怜的女护士面前。

"江××同志，你热爱党吗？"

"我热爱党。"

"你热爱毛主席吗？"

"我热爱毛主席。"

"作为一个爱党爱毛主席的好同志，就应该把革命队伍里的坏人揪出来。"

"……"

"江××同志，赵××是不是把你强奸了？"

"……我和赵××同志是在谈朋友。"

"江××同志，你要非常严肃地回答这个问题，赵××是否打着谈朋友的幌子把你强奸了？"

"你再不坦白，我就叫医生检查你，开除你，叫你坐牢！"

后来那位走投无路的女护士是如何如实招供、或者无中生有地——"某年某月某一天，赵××给我安眠药片吃，我吃后无力挣扎，被他强奸了。"——反正是白纸黑字，口说有凭，说出来的事情就是可能存在过的事情，而只要是存在过的事情，就没有什么想得到、或者真是想不到的区别。不过确实没想到的是，一个对不起党和毛主席的人会如此脆弱，那位名叫赵××的男医生在得知此事后竟然服毒自杀了。当然，坏人总是死也不会死得那么容易，他自然是没有死成。没有死成还不算，男医生被洗胃灌肠一阵折腾以后，糊里糊涂地被判了五年徒刑。想想也是，即便是跳进河里想死的落水狗也是落水狗，也是要痛打的。但更没想到的是，一个热爱党和毛主席、并且已经把坏人从革命队伍里揪出来了的人也是脆弱的。那位名叫江××的女护士不知在什么地方动摇了立场，她也不想活了。她倒是没有服毒，她跳井——上帝真是没有眼睛，就连她那么热爱的党和毛主席也没有看到、关心到这件事情——她死成了。一个把坏人揪出来的、受了迫害的好人就这样死了。

最没想到的事情往往就在最后。一个小城的下面有一个更小的县城，县城里有医院，医院里有男医生和女护士；那么同样地，一个小城的下面有一个更小的县城，县城里除了治病救人的医院，还有惩恶扬善的法院。法院里一定有这么一个或者很多个法官，他或者他们，把已经觉得生不如死的男医生救活了，然后又给了他整整五年的没有自由的"活着"。

现在，他们要对付同样觉得生不如死、并且真的已经死了的女护士了。

女护士既然已经死了，自然不再能够治病救人，甚至也无法更确凿地证明她和赵××睡过觉，并且还不是你情我愿那种一般的睡觉，而是或许存在过、但或许也根本就没有存在过的一种事实：强奸——但要说办法总是有的，既然大家都是坚定不移的唯物主义者。人虽然死了，但物质还暂时不灭。尸体还在那儿。在已经密封了的棺材里。连心也是党的，那么身体又算什么呢。所以棺材也是可以撬开来的。当然是在有点月光的晚上，夜深人静，好人坏人都已经睡着了的时候。在白得没有内容的月光下面，把棺材打开来，把那可怜的、被井水泡得发肿的人儿拖出来。既然是验尸，那裤子自然是要脱掉的。外裤脱掉了，内裤接着也要脱掉。接下来就要仔细地看一看了，看一看这个女人的生殖器官有没有被人动过；看一看是第一次动过，还是不止一次地动过；当然动没动过是看得出来的，但动过一次还是动过几次这就看不出来了；照理来说被谁动过也是看不出来的，但这件事情既然事实上说明不了问题的全部，那就得使用想像、推理以及判断了——如果这几种方法还不足够，那自然还有更唯物主义的方式：一个女人躺在地上，死了。虽然死了，但在她的肚子里还盛开着一团花朵。如果花粉曾经通过昆虫或者微风，落到了它最终应该落下的地方，那么果实就一定在孕育之中。

是的，方法很简单。而他们也恰恰正是这样做的。检查完女护士的生殖器后，手起刀落，他们剖开了女护士的尸体，取出了最终的物证——能够检验果实是否存在的女人的子宫。

传说总是有点邪门的。有一个细节是说，那女护士被人从棺材里拖出来时眼睛里流出了一滴眼泪。还有很多其他的细节。虽然类似的说法有很多并且各不相同，但是善良的人总是容易被煽情的。后来，这件晚上取出女人子宫的事情不知怎么给新华社知道了，并且不知怎么的给赶紧报道了出来。如果用时间定律来衡量它的话，就是说，这件外科医生同时参与的事情已经成为了全国人民都知道的新闻事件。很多和童莉莉一样的普通人从报上读到了它，在每周固定的学习时间围成或大或小的圆圈讨论着它。这件荒唐的事情，这些和我们欣欣向荣的新时代格格不入的败类……用我们报纸上的话来说就是——"××××××是完全不能令人容忍的，严惩这些罪犯是完全必要的。"

在没有成为旧闻或者不闻的新闻里面，更多的自然是与这个令人欢欣鼓舞的春天完全吻合的人和事。接下来，大家又一起再次学习了北京全体工商业者写给毛主席的报喜信。那真是窗外喜鹊一样的声音呵，"公私合营了！""公私合营了！"欢欣鼓舞，喜气洋洋。还不只是纸上写的。喜鹊蹦跳在马缨树上，而马缨树的下面远远走过来一行队伍。走在前面的那个女人美目细长，神情委婉。长得真有点像常去教堂的潘太太。脚也是不大不小的，不是天足，却也并非金莲——当然，她不是潘太太。潘太太长得永远像一幅画，一幅连忧伤都完全静止了的画。潘太太旗袍的袍边、领口、袖口永远压着那么宽的滚花锦边，宽得能让一个活生生的人活生生地倒在地上……走过马缨树下的女人可不是这样。她手里挥舞着一面巨大的红旗，铺天盖地的红色掩盖住了她的衣服、裤子、鞋子……在时大时小的细小雨滴里，只看得见一面鲜艳的红旗在前进、前进、再前进。

这可真是一个奇怪的春天。天地万物涌动着很多简直却无法解释的力量。就说走过马缨树下的这个队伍吧。大家告诉童莉莉说，这几天上海有几十万人冒雨游行庆祝公私合营。游行的人太激动了，激动得像沸水一样溅出了锅来。那几十万人分出了很多支流，到处走。大部分在上海市区走呵走呵，走呵走呵。他们走了那么多的地方，走了很长很长的浙江路、福建路、西藏路、广东路、南京路、延安路；走了很短很短的太平路、卡德路；他们甚至还走到了劳勃生路戈登路这种荒凉偏僻的地方。在劳勃生路大自鸣钟旁边的一家成衣铺楼上，一个穿旗袍的女人突然尖声大叫了起来——"×××！"——"×××！"她显然是在游行队伍里发现了熟人，于是顶着一头鬈发，从一条条彩色丝线粘着的通铺面的上端竹栏上探出头来……当然了，这种细小微弱的声音是不可能听得见的。更是不可能阻碍到队伍的行进的。走到半路的时候雨下大了。雨水点燃了激情。很多人手挽起手来，手挽着手说要走到北京去！去见毛主席！当然了，说是这样说，但要走到北京见毛主席也并不是那么容易做到的事情。但还真有很小很小的一个支流，他们真的走出上海了。或许他们是沿着铁路走的。也可能是沿着公路。更有可能他们激动得连铁路和公路都分不清了。就是这样走呵走呵，不知不觉柳暗花明，不知不觉小桥流水、人家枕河。晚上他们就在苏州桥边檐下睡了，听到远远的有叫卖菱藕的声音……一只铺满绸缎的花船漂过来……等到梦醒以后他们再次举起了旗帜，捧起了鲜花。第二天他们甚至还在观前街化妆表演了两个节目，叫做"新三代"和"老三代"。

"老三代"这么唱：

祖父拿着算盘来，儿子提着鸟笼来，孙子挽着讨饭来。

"新三代"当仁不让地和上去——

祖父读着"社会发展史"，儿子捧着"公私合营申请书"……

孙子是少先队员，心里激动得说不出话来。一阵哆嗦，把手里的一只和平鸽也放跑了。

那天苏州城里提着鸟笼出门的人可能真是不少。起码潘菊民的父亲潘先生就是其中一个。

潘先生提着鸟笼在盘门的城墙下面坐了一个上午。笼子里关着一只成年的黄头牡丹鹦鹉。前几天它和另一只新买的灰头鹦鹉打了一架，舌头下面划了条口子，流了不少血。或许是由于这个伤口，但或许其实就是情绪低落的缘故，牡丹鹦鹉已经一整天不吃东西了。有时它还勉强喝点水，有时它简直连水都不愿意喝。于是儒雅和善的潘先生便吩咐轻柔安静的潘太太，把煮熟的小米粥碾碾碎，放到鹦鹉的餐盘里去。

然而这个上午鹦鹉还是不吃东西也不喝水。中午潘先生回家吃饭，下午又提着鸟笼出来。鹦鹉的餐盘里换了潘太太新煮的小米粥。但是鹦鹉没有任何变化，仍然不吃东西不喝水，也不碰一碰盘里的小米粥。

潘先生觉得那只鹦鹉可能快要死了。

就在几天以前，潘先生也在报纸上看到了那封写给毛主席的报喜信。看完以后他把报纸放在了餐桌上。当然了，登着那条消息的版面是朝上放的。这样潘太太收拾屋子的时候就可以看到它；这样潘菊民晚上从潘先生的那家"潘记中庸银行"上班回来后，听了会儿唱片、再踱步到院子里的紫藤树下看了会儿月亮以后，坐到餐桌前吃些点心的时候就会看到它；当然了，即便潘先生不把报纸的那一面朝上，潘菊民白天在银行里就可能知道这件事了；即便是从不上班、只是定时去医院接受肾病治疗的潘小倩也是会知道这件事情的；这样的大事情早晚所有的人都是会知道的——更何况，这些日子以来像这样的大事情还真是不少。上个星期，潘先生和潘太太去教堂做礼拜时就出了一件事情。这件事情的过程和原因虽然还众说纷纭，但它的后果却已经相当明确了——

嗻，这其实正是一个星期天的早上。但是这个星期天，潘先生和他仍然穿着旗袍的潘太太却去不成教堂做礼拜了。

他们还得到了一个通知，说前几天这个教堂被一家糖果厂租了下来，很可能要成为堆放原材料的仓库。也就是说，下个礼拜他们也去不成教堂了。

潘先生和那只不想吃饭的鹦鹉坐在城墙底下的时候，突然有一种非常奇怪的感觉。他觉得这辈子他可能再也去不成教堂了。

5.

潘先生坐在城墙下发呆的时候，潘菊民和童莉莉也正坐在灵岩山上。几只喜鹊飞过去，几只麻雀又飞过来……他们也在发呆，并且同样也有一种不想吃饭、并且食不甘味的感觉。当然了，这一切都是因为爱情突然到来的缘故。

这爱情到底是什么感觉呢？就像潘菊民家那只受伤的黄头鹦鹉，

舌头下面划了条口子，流了不少血。这爱情也像是胸口的哪一个地方给划了条口子，隐隐约约的老是疼。晚上一个人睡觉的时候最疼；醒过来赶到电影院门口等待、或者接下来一步一步慢慢走上灵岩山的时候，春风拂面就把疼的感觉吹麻木些了；但仍然有一根很长很长的线，把你和很远很远的什么东西牵扯在一起了。要命的是，有时候你简直根本不知道那到底是什么东西。那根牵一发动全身的线，昨天的时候、前天的时候还没有从你身体内部生长出来。但现在，它已经和你身上的每一个或神圣或肮脏的器官紧紧相连……那位潘姓的小伙子和这位童姓的姑娘，现在，他们非但和那只受伤的鹦鹉一样，不想吃，睡不着，他们还和世界上所有坠入爱河的人一样，产生了许多奇形怪状的想法。

有时候，他们觉得这些天的感受莫名其妙，简直和眼前这个人都是没有关系的。

但紧接着他们又异常强烈地感觉到，眼前的这个人是如此重要。不能想像没有这个人。在某一个时刻，他们简直觉得自己快要死了。

当然了，他们也有和其他恋爱中人非常不一样的地方。

在灵岩山后山的一片树林里，潘菊民用树枝在沙地上画了个很大的十字。

"东、西、南、北……对吧？"

童莉莉点点头。

潘菊民又指了指十字交叉的那个点："这是中。"

童莉莉又点了点头……

语言从唇舌之间的某个幽秘之处娓娓道来，而文字则坚硬明确地落在松软但触手可及的沙石之中。

东	南	中	西	北
木	火	土	金	水
蓝绿色	红色	黄色	白色	黑色
春	夏	夏末/初秋	秋	冬
绿色	红色	白色	黑色	
龙	鸟	虎	龟	
怒	乐	怜悯	哀	恐惧

"你看，它们都是一一对应的。北方，在中国，北方对应着水，黑色的，它贯穿着整个漫长的冬天。是一只不吃也不动的冬眠的乌龟——它代表着恐惧……中心，中心是土，黄色。它从夏末一直延续到初秋。它没有鸟，没有动物。怜悯……"

童莉莉看着潘菊民写在沙地上的这些文字……现在是春天，春天万物生长；春天野兽出洞，虫子从地底下纷纷爬出来了；春天百花盛开，90%的花在春天开放，99.9%的草木在春天发芽。所以春天是绿色的，所以春天是树木发芽的木，东方对应着木，有一条巨龙……

但是——为什么是怒呢？

童莉莉想了很久也想不明白。

到了这天晚上，童莉莉躺在床上翻来覆去怎么都睡不着。窗户半开着，透进些宝蓝色的月光来。童莉莉睁大眼睛盯着那束奇怪的蓝色月光。确实是蓝色的，而且发亮。像无数纠结在一起的细碎的蓝色晶体。

她猛地从床上坐起来，伸出手去，想抓住那束神秘而让人心碎的蓝光。

突然，童莉莉觉得自己想明白了。在这个春天，怒，其实就是要表达一种非常强烈的、强烈到要把自己从里到外都炸开来的情感。

6.

这个世界上有两个人相爱了。

这个世界上有两个人在春天的时候相爱了。

"枝头跳跃着嫩绿的希望／汽车在清新的柏油路上奔驰／一个声音在车后追赶／呼唤着我的名字。"

所有的爱情都是简单的。让人烦恼不已的世界突然变得狭小了起来。不管是谁坐在了车里，不管又是谁站在窗外的柏油路上踮起脚呼喊——他（她）来了，这个世界有伴了。

7.

在这个万物生长的春天，还有一个人突然坠入了一种强烈到要把自己从里到外炸开来的情感。而这个同样处在恋爱中的人，就是短头发大眼睛、脸上长了些雀斑、说话还有点小结巴的潘小倩。

当然了，恋爱总是两个人的事情。一个人爱上另一个，而另一个却爱上那一个；或者那一个爱上了这一个，这一个倒也恰恰爱上了那一个……潘小倩的情况则是这样的：在这个春天，她突然之间毫不含糊地爱上了一个人，而那个人对她的态度尚不明朗；但也是突然之间，那个人被她的毫不含糊吓住了——

这个开始时态度不明朗、后来又被吓住的矮个子男人名叫常德发。

就在五年前，当潘小倩跟着潘先生、潘太太走进那个青砖青瓦方方正正的礼拜堂，听身材高大喉咙也大的牧师深情吟唱——"你们细想，野地里的百合花，怎样生长；它们既不劳苦，也不纺线，但我告诉你们……"与此同时，常德发正从古城西安辗转来到北京一所名校上学。

又过了几年，布道的牧师得了场大病头发脱了大半，甚至还影响到原先坚定缠绵的声线——"你们细想——细想——细想……"而常德发则学业优秀未经细想便进入了一个高级研究机构工作。

世界上的事情总是此消彼长，相生相克。梨花落，杏花开；桃花谢，春意归。就在南方的潘小倩和北方的常德发还未产生任何交集的时候，中国的西南方向却出了一个奇人。此人姓李，是彝族人。

李彝族从小就生长在云贵高原上的一座小县城里。县城虽小，附近却是方圆几百里的大森林。人多了便会区别出好人和坏人。林子大了自然什么样的鸟都有，树上树下的鸟也就因此划分出害鸟和益鸟。一个人到底是好人还是坏人，这是只有上帝才知道的事情。当然了，等到和上帝说话的屋子被糖果厂或者杂货店租下来，成为堆放原材料的仓库时，其实上帝的心里该知道的还是全都知道，只是不再轻易说出来而已。而害鸟和益鸟的区别可就要简单直截多了。上帝知道，虫子知道，庄稼和果实知道，还有我们的李彝族也知道。

据说这个云贵高原上的李彝族是个通鸟语的人。还据说他精通几十种害鸟的上百种鸟音。只要他站在大森林的一棵树下或者一大片树下，仰起下巴，闭上眼睛，张开嘴巴——一股气流在森林上空飘荡——奇怪的事情就此发生了。李彝族闭上眼睛学雄鸟叫，雌的飞来了；李彝族仰起下巴学雌鸟叫，雄的飞来了；而要是李彝族闭上眼睛仰起下巴学雏鸟叫，雄的雌的就都飞来了。

但是——人怎么可能会通鸟语呢？

这自然是个问题。但还有一个问题是：有些事情发生了唯物主义者不相信，而还有一些事情发生了唯物主义者则非常相信。李彝族通鸟语这件事非但成为了后面一种，而且还被极为精确地统计出了一个数字。说是到目前为止，李彝族通过模仿鸟语已经成功捕捉了四万多只害鸟。四万多只害鸟！想一想也要欢欣鼓舞，再一想更是心花怒放。消灭了四万只害鸟那得保护多少庄稼和果实！得有多少人民大众吃上了更多更好的蔬菜粮食！为此欢欣鼓舞、心花怒放的不但是发生了就赶紧报道的新闻单位，还有北京一家高级的科学研究机构。这家机构开了几次紧急会议，由此作出了决定。决定鉴于李彝族对于害鸟生活习性的了解和捕捉害鸟的方法都有独到之处，机构派出两个生物学工作人员跟着他学习。

矮个子男人常德发恰好就在这家研究机构工作；机构恰好又从众多的研究人员中选出了来自西安的常德发；这一年春天恰好江南多雨，万物隆盛；成千上万害鸟中的一部分恰好喜欢这种温暖潮湿的天气和地域……潘小倩和常德发相识的命运就这样曲折却又无比明确地形成了。

而现在的情形则是这样的。

在这个除了雨濛濛还是雨濛濛的下午，耷拉着脑袋、蓬乱了头发、眼睛里还分布着很多血丝的常德发被潘小倩领进了她家的客厅。经过院子里的那棵紫藤花架时，他突然停了下来。他仰起头看了看开得密密麻麻的花丛，自言自语道："上面有三只鸟，两只雌的，一只雄的。"

大约在一个小时以后，仍然耷拉着脑袋、蓬乱了头发、眼睛里的血丝有增无减的常德发跟在潘小倩后面走出客厅。在那棵紫藤树下他又停住了。他皱着眉头、闭上眼睛仔细地听了一会儿，恍然大悟般地顿了顿脚："我说怎么不对呢。明明是四只鸟。两只雌的，两只雄的。"

8.

要说春天的时候这世界上的鸟可真是多呵。除了那个彝族人了如指掌的几十种害鸟，西安人常德发后来掌握的上百种益鸟，还有潘菊民的父亲潘先生现在经常早上提着出门的黄头牡丹鹦鹉以及和它打架的灰头鹦鹉、红头鹦鹉和黑头鹦鹉……不过很多事情真的还是不说为好，少说为妙——谁都以为那只不吃饭不喝水、甚至连煮得稀烂的小米粥都不碰一碰的黄头鹦鹉活不长了，弄不好还会死掉。但谁也没想到死掉的却是那只强壮的、前几天还光顾着打架的灰头鹦鹉。它这儿打打，那儿打打，不知怎么就和一只凶狠的黄头打起来了。都说人和人打起来会红了眼睛，但要是两只鸟真打起来，非但眼睛红了，而且还要不顾体面地啄头以及咬脚。很快地，天上飞起来密密层层的羽毛。很快地，地上也落下密密层层的羽毛以及更细小一些的茸毛。

毛茸茸的硝烟让一旁的潘小倩胆战心惊起来。

她跑过整整三条街道、四座桥去找常德发。

常德发正在参加一个地区的粮食工作会议，他从三楼一块通红的大标语牌后面探出头来。

"不，不不，不好了……"

"你说什么？"

"不不不，不好了……"

很多结巴的人都是这样，遇到让人着急或者触动心扉的事病情就会骤然加重。所以一开始常德发态度尚不明朗的时候，潘小倩张嘴说话，刚讲了前半句后面就连不下去了；等到后来前半段倒是顺畅了，但余下的部分却愈发地疙疙瘩瘩起来。当然了，老天分配给众人的不公平里自有它公平的地方。若是两个人站在春天的玉兰树下说话，你说一言，那么我搭一语。交谈的习惯一般来说总是这样的。但是现在，潘小倩从玉兰浓密的树影中抬起头来，抬起她那双闪烁在平凡的短发、雀斑以及口吃深处的不平凡的大眼睛——

她看着常德发。从楼上跑下来跑得气喘吁吁的常德发。头发蓬乱得可以修筑鸟巢的常德发。这个莫名其妙、不知道从哪里冒出来的、她一仰下巴他就从老远的地方飞来的鸟一样的常德发……

她那样看着常德发的时候他就给彻底镇住了。不要说前半句后半句就连一句话都完全说不出来。直到她的眼神从他身上挪开，或者他有意地避开那种直露露的注视，这样的情况才会重新好转起来。当然了，那样的眼神里面其实谁都能看出些东西的。她头一回带着常德发走进她家客厅的时候，潘先生和潘太太就看出来了；半小时以后才回到家里的哥哥潘菊民一扫眼就明白了一切；不说这些亲人了，即便被关进糖果厂仓库、已经睡着了的上帝也是能看出来的，也是不好意思视而不见的。常德发当然也看出来了。但不知道为什么，他看出来以后却不由自主地觉得有点害怕。春天了为什么会感到浑身冷飕飕的，这是一件奇怪的无法解释的事情。而为了减少这种害怕与周遭无力的感觉，他埋头看着脚底下的路，以及这路上不断迈动着的自己的双脚——

"喏，鹦鹉呵，你知道，它们是人类的好朋友……呃……是这样的，一般来说，它们总是有着美丽无比的羽毛以及善学人语的特点……"

这种唠唠叨叨、自言自语的说话甚至还影响到了他们走路的步伐。常德发带着潘小倩，他垂着头，只顾说话。而她也垂着头，只顾着跟在他后面走路。就这样边说边走边走边说……

且慢，这一幕如此熟悉好像不久以前刚刚上演，此情此境尚且历历在目。或许有些事情就是这样循环往复、奇怪神秘。如果太阳晃眼，目光迷离，甚至会以为这走动的两个其实就是多年以前的潘先生和潘太太。这一个紧紧地跟着那一个。他走得快她就也走得快，她走得慢必定是因为他走得慢。他们甚至真的也走过了几个尖头圆顶、尖头尖顶以及圆头圆顶的礼拜堂。倒不是以前潘小倩常跟父母去的那个。不过对于教堂来说，这一个其实就是那一个。各不相同的是从屋顶或者半空悬垂下来的字条、标语。他带着她穿行其中，边走边说绕东绕西。他们绕开了几块巨大的标语牌，又绕开一堵被哪家小孩涂了一枝向日葵、一只乌龟以及两只麻雀的断墙，结果却走进了一条僻静却又陌生的小巷子。

然而这小巷子的感觉同样不对。因为它太安静了，安静得仿佛几百双潘小倩的大眼睛直愣愣地看着他……常德发觉得自己的心在胸腔与喉咙之间缓缓爬行。他害怕得差点不顾体面地撒腿奔逃起来。

幸亏是春天呵。春天把空气里所有的气味膨胀了一百倍、一千倍地塞进他因为熬夜工作而疲惫不堪的鼻孔里——

呵欠!

他很不体面地打了一个非常响亮的喷嚏。身上这才有些松弛下来,并且感到有点汗湿了。很像要大病一场的样子。

而就在潘小倩跑着去找常德发、并且已经跑过第二条街道、正跑上第三座桥的时候,她家那只善斗的灰头鹦鹉在笼子里牵了牵腿,白了白眼,死了。

自从不再去教堂和上帝说话以后,仿佛为了补偿似的,也仿佛因为一种难以名状的虚弱,这些天潘先生和潘太太无论走到哪里,都保持着一种连体婴儿似的姿势。就连去厨房和卧室也是如此。而在以前,他们只是在养育巷的那排香樟树那里才会那样。远远地教堂的钟声起来了,铛——铛——铛——铛铛——像一根、两根、很多很多根把他们连接在一起的亮闪闪的线。于是潘先生慢慢地伸出手来,牵住那根线——而潘太太则低下头,不用眼睛、只是用紧紧牵着潘先生的那只手指引着自己的方向。

灰头鹦鹉又是牵腿又是翻白眼的时候,潘先生和潘太太正围在鸟笼旁边。当然了,手牵着手。手和手之间传递着一些热力,因为即便只是一只生病受伤的鸟,有些事情还是让人感到欣慰的。比如说它刚才吃了好几口粥,还把一些很淡很淡的茶水全都喝掉了。生命亮闪闪的,仿佛也是一根垂在半空中的线,一伸手就能把它牢牢抓住。鸟笼被放在了紫藤树旁边的一块石头上,这样江南春天的太阳就能够穿过花叶相间的紫藤树，照在这个生灵时明时暗、时近时远的身体上；这样旁边两个人的手就能拉得更紧些，彼此听到对方一些同样时明时暗、时近时远的声音……但还有些事情则让人感到相当害怕。就在这天大清早的时候，潘先生还睡着。还在一个奇怪的梦中。突然，他听到了哭声。

吃早饭的时候，潘太太的泪水还差点掉进了热乎乎的粥碗里。

"怎么会这样？"她眼泪汪汪地抬头看了一下潘先生，"怎么会有这样的事情……"

"是呵，光想着它肚子上的伤口……没想到脚上也有伤……"

这样的唠嗑总是难免的。因为生活里总有一些你想也想不到的事情。相对于它猝不及防地发生，人们的解释总是显得有些吞吞吐吐、迟疑不定。比如说又有谁会想到，一只鸟会把自己流了血的脚趾咬掉呢。即便后来常德发告诉他们说："鸟身上的血一定要洗掉！洗干净！特别是脚趾！……没洗干净的话，它就会觉得不舒服；不舒服了它就开始啄脚趾；不是啄个一下两下，而是一门心思地把整个脚趾啄掉！"——

只要不是面对潘小倩的眼睛，常德发的说话总是能显示出严密的逻辑和科学性。但不管怎样，这样的事情总是有些匪夷所思的。接下来还有更为匪夷所思的事情发生。在潘先生、潘太太早饭以后，这只把脚趾啄掉了的鸟也吃了粥，喝了茶水，并且一脸宁静地晒了会儿太阳。

当然，最后它还是死了。

潘太太松开了拉着潘先生的手去抹眼泪。潘先生安慰她：

"人死不能复生，鸟也是一样。"

有句话潘先生没说出来：何况还是一只少了脚趾的鸟。

两只暂时分开的手很快用另外的方式寻求结合。潘先生抬起他的那只，伸向他所熟悉的、与她心肠一样柔顺安宁的头发。现在，因为太阳的关系，它们变得暖融融的，甚至还略微有些烫手；往下，是她光洁的、但有时也会被厚厚刘海遮住不见的额头；再往下，则是她秀气平滑的脸颊……但现在它是湿的，像已经下过雨的昨天，或者即将要下雨的明天。

潘先生摸到了一脸的泪水。

就在刚才，这只灰头鹦鹉吃完粥、喝完水，正安静地在紫藤树下晒太阳的时候，它突然抬起头睁开眼，非常清晰地说了句话。

它说："开心！"

过了一会儿，它又说了。它说："开心！开心！开心呵！"

潘太太坐得离鸟笼近些，所以听得很清楚。而正因为听得清楚，她变得尤其害怕起来。

"它说话了？它说话了！"她把整个身体重重地朝潘先生那里靠过去，"天哪……它可是一只从来都不说话的鹦鹉呵！"

第三章

1.

生活嘛，总是难免会有些这样那样的事情。好好的两个恋爱中的女孩子，却都莫名其妙地得了肾病，有时这个轻点，有时那个重些；一对热爱上帝、看起来也仍然彼此相爱的姓潘的夫妻，本来也过得好好的，但突然之间他们没法去教堂了，也没法适当地、心安地、同时又能让生活美满持续地向上帝说说心里话了；这还不算，他们养养鸟吧，那只鸟却把自己弄死了；这仍然不算，有一天深夜，院子里的紫藤树不知被谁给砍了。也可以说是被风吹倒的，但有些伤口之类的东西就没法解释了——甚至没法解释也不是一件什么大事，然而就连紫藤旁边的房子也可能要保不住——因为毛主席说了。当然毛主席没有直接说这样那样的话，但是毛主席表达的基本上就是这样类似的意思……

"生活嘛，总有些磕磕碰碰的事情。"

这话童莉莉的那个父亲童有源其实也常对她说。如果他没有喝酒或者酒意不浓，父女俩的谈话往往会以这种过来人一笑了之的基调开始——

你看，我的女儿，生活就是这样的，我想吃一只四两重小公鸡做的"童子鸡"，想吃很长时间了，非常非常想吃。但我吃不到。前天你母亲做了一锅蛋炒饭给我吃，昨天是青菜烧豆腐，今天她不知道为什么又生气了，所以连晚饭都没做……她老是生我的气，好像对我有什么深仇大恨似的，其实真是不值得；还有你那几个妹妹，为什么见了我老像是老鼠见了猫呢？我生女儿，再把她们养大，可不是要养几只哆哆嗦嗦的老鼠放在家里。真是奇怪呵，你生出来的儿女却完全不像你，你原来想娶一个每天给你做"童子鸡"的好老婆，结果却找了个恨你恨得至死不渝的女人……但那又怎么样呢，那又能怎么样呢，也没什么。我从富春江老家出来的时候，是个月圆的晚上，空气里芳香四溢；现在还是这样，时不时地月亮还是会圆，到处都是香喷喷的；总的来说生活还是挺好的，真的挺好的，虽然人生其实完全没有意义……喂，你在听吗，我的女儿？或许对你说这些也没有用，你还太小，不会懂这些的。

童有源说这些话的时候，童莉莉的两只手异常安静地平放在膝盖上，眼睛里则有一种神秘莫测的光亮。对于一些自己不能完全明白、或者完全不明白的事情，很多人都会流露出类似的动作以及神态。童莉莉也是这样。只不过她的眼睛或者嘴唇暂时并没有暴露她的内心。当然也会有眼睛和嘴唇同时强烈暴露内心的时候。比如说，在她的那些梦里——就像抽屉一样，童莉莉的梦通常分成泾渭分明的好多格——在有的梦里，她突然成了走在马缨树下游行队伍里的那个女人，手里挥舞着一面巨大的红旗；还有别的梦，在一个空旷的大房间里，她焦急地等待着填写一份关于个人资料的表格。有个穿白衣服的人手里拿了很多空白表格走来走去，一挥手朝左边扔掉一张，再一挥手又向右面扔掉一张。因为那只手的摆动幅度很大，所以看起来几乎就像是上天入地的舞蹈动作……她等待着那张一直到不了她手里的表格，越等越急，越等越慌张，终于忍耐不住大叫一声。

父亲！救救我！

父亲！救救我！

天哪，难道这真是童莉莉在梦中深切真挚的呼唤吗？要知道，有些时候她是那么地恨他……说真的，如果人的内心可以分庭抗礼独立对话，那么，就连童莉莉自己都会和自己吵起架来。但是，即便和上帝说过悄悄话的潘家夫妇也不得不承认，或许有时候上帝也会开开小差，打个瞌睡什么的。因为虽然他们是如此热爱上帝，但内心也不敢确定这个世界是由一种神圣的力量为我们制造的：它的漏洞太多了。

而现在，小小年纪的童莉莉就非常清晰地体味到了一种无奈。呵，人的爱恨真是这个世界上最没有办法精确衡量的东西。对于她的这位父亲，一整个白天连带着黄昏，她都处于一种迷茫与仇恨当中。她和坐在夕阳里的母亲王宝琴说了会儿话。

母亲，有时间的话你能不能和父亲谈一谈呢？

谈什么，还有什么好谈的。

谈一谈吧，谈一谈过去，也谈一谈未来。

未来？还会有什么未来。乡下的那些地早被他卖了，我的那些钱也被他败得差不多了。读书人不像读书人的样子，生意人不像生意人的样子。他哪里像个做父亲的呢，他又哪里像个做丈夫的呢，他简直连个好好的人都完全不像。

母亲，公私合营后他不是找到了一个很不错的职位吗？

他一共就做了几天。他说他们要管他，而他不能忍受没有自由的生活，所以就把职给辞了。

辞了？

是的。他不想做了。那天我问他，那你到底想做什么呢？

他怎么说？

他说他只想做一个废物。

废物？母亲，我不懂这是什么意思。

我也不懂，男人总是会有些女人不能懂得的东西的。有些他们心情好的时候、或者喝醉了酒的时候愿意告诉你，还有一些他们到死都不会说。男人都是这样的，等你长大以后就会知道了。

母亲，我还是听不懂这是什么意思。有些事情我还有些弄不明白。但你还是很爱父亲的，我看得出来。我现在长大了，懂得了感情。

又是生的困惑，又是爱恨交加，这种异常复杂的情绪一直延续到了晚上。等到一轮朗月亮晃晃地挂上半空时，童有源回来了。

母亲王宝琴漠无表情地回房间去了，并且关上了门。像天底下

很多女人一样，独自黯然感伤，默默哭泣；如同天底下绝大多数怀
春的姑娘，童莉莉脸上泛起淡淡的桃色的红晕，看着窗外深蓝色的
天空，想着绝大多数怀春姑娘都会想的那些深蓝色的问题——现在，
他在哪里呢？他正在干什么呢？而在这个城市的另一个角落，同一
片月光下面，也有人正表达着类似的感悟："生活嘛，总有些磕磕碰
碰的事情。"说话的一般来说应该是潘先生，而聆听的则是潘太太。
一般来说男人总是安慰者。潘先生的话其实也很少，但两只牵在一
起的手，它们用力、放松、分离、再用力的过程，其实也就是在说
出这样的话语；街上传来嘈杂而兴奋的人声，有人正在连夜张贴标
语。它们指导着人们的思想以及生活，所以理应连夜出现。今天比
昨天多，明天还会更多。其中有一幅是这样的：坚决贯彻总路线！
而旁边的一幅则已经有点模糊了，叫做："唇亡齿寒。"

　　就在这时，仿佛从天上飘下来一段清越哀怨的曲子。门里面的
王宝琴和窗台下的童莉莉同时抬起了头来。

　　我听到过这首曲子呵。门里面的王宝琴想。

　　我好像在哪里听到过这首曲子呵。窗台下的童莉莉暗自思忖。

　　然而这曲声一如既往地进行着，丝毫没有因为她们的犹疑而有
半点犹疑。它绕着月亮下面的半片浮云转了几个身，又在远处城墙
的黑影里消失了短短几秒钟；它有时候很闷很轻，仿佛王宝琴躲在
门里掩住被子的低声哽咽。有时候它又激烈跳跃，直入云霄，就像
童莉莉远远地看到了潘菊民，一声生命深处的尖叫，不顾一切地欢

笑着朝他奔去……

王宝琴和童莉莉都知道，那是箫的声音。是童有源，他正在月亮底下吹箫呢。

就在不太远的地方，黑漆漆的运河以及运河上黑漆漆的夜航船也全都悄无声息地流淌在一片月色里，流淌在这段神秘的箫声中。仿佛——这个荒唐的毫无道理的吹箫人竟然是对的。至少在这样一个时刻，在这样一种箫声里面。他显得华丽而准确，如同一个略带忧伤的微妙音符。简直都会让善感的人流泪的。

不知道为什么，黑暗中的童莉莉就突然有种想哭的感觉。这真是奇怪了，是为了谁呢，是为了什么呢？

算了算了，来日方长。但也不要紧。这个世界上总有一些事情可以解决另一些事情。比如说，爱情。至少爱情总是可以解决很多问题的。

而恋爱就像糖果放在了嘴里、红晕挂在了脸上，这样的事情就连童有源也看出来了。

他问她：

孩子，你谈恋爱了吧？

2.

在一些特定的时期或者地方，人们对于生活的感受其实有时是非常相近的。当然这种事情原本毫无规律可言，但奇迹或者巧合就在那里，并且不断出现。

大半年过后，西北风刮起来的时候，那个少了两根手指的吴光荣突然出现了。这次倒是没有再少一根手指头，或者一根脚指头。然而时间总是在强化一个人的个性，如果这个人真的还算有点个性的话。所以说，吴光荣远远地走过来时，大家都觉得他眼睛更亮了，皮肤更黑了……他就像一团坚定的、熊熊燃烧的火种向他们走来。

火种坐了下来，略略深思了一下，然后说了这样一句大家熟悉的、但一时又让人摸不着头脑的话：

"生活嘛，难免总有些磕磕碰碰的事情。"

吴光荣的这次出现，使得在座的几位青年男女发现已经很久地遗忘与忽视了此人。于是大家纷纷围坐过来，表达突然萌生的关切与问候。

这些日子你都在干什么呢？有什么好事又有什么坏事呢？怎么现在又突然回来了呢？这些问题总是要问的。大部分是潘菊民问，童莉莉和潘小倩全都沉浸在爱情里面，所以对于外在其他的事情关心得要少些。男人自然不一样些。最笨的男人在这方面也会高明很多。当然男人也会被另外的一些事情牵扯，比如说常德发念念不忘的那些乌鸦、麻雀、鹦鹉、喜鹊……他一脸茫然地看着面前这个素不认识的男人，并且一点都不想掩饰自己的这种茫然。

"我和毛主席在一起。"

吴光荣斩钉截铁地开了口。

3.

同样一件事情，由不同的人经历或者讲述，常常会产生微妙离奇甚至截然不同的效果。当然了，好事总是好事，坏事总是坏事。好事叙述一百遍也成不了坏事……且慢且慢，这话多少是讲绝对了。而在中国有个和上帝相对应的老人曾经说过这样的话，大致的意思是好事最有可能变成坏事，而坏事也最有可能发展成为好事……真是复杂而且饶舌，哪里像少了两根手指的吴光荣说得那样直截了当呢。

"你真的见到毛主席了吗？"

这个问题是潘小倩和童莉莉同时提出的，只不过一个有些结结巴巴，另一个相对从容冷静而已。男人们当然也关心这个问题，但女人仿佛更为迫切敏感，这种具有童话和传奇色彩的事情，与女人们醉心情感的天性更为吻合些。华丽的篇章自然应该由她们承担。

然而吴光荣却问了个另外的问题："听说毛主席去视察河北徐水了，你们知道这件事情吗？"这样的问题一时还真是不太好回答，因为有的人知道，有的人不知道。有的不知道的人还犹豫着要不要说他不知道……

"毛主席去那里干什么呢？"

"去视察。"

"为什么要视察那里呢？"

"因为那里的粮食收成特别好，县委书记向毛主席汇报说，全县夏收九千多万斤粮食，秋粮要收十一亿斤。"

"有这么多呵！这么多粮食怎么吃得完呵！"

"毛主席早就想到这个问题了，毛主席就问，你们全县三十一万人口怎么吃得完那么多粮食呵，你们粮食多了怎么办？"

"那他们怎么回答呢？"

"他们说，我们用粮食去换机器。"

"哦，换机器。"

"但是毛主席思考问题就是要比一般人更加全面些，他就说了，现在不光是你们粮食多，哪个县的粮食都多，你换机器，人家不要你的粮食呵……"

正说到这里的时候，楼上的潘太太可能听到了什么动静，探头在楼梯口张望了一下。

"你们都在说些什么呢？"她轻声问道。

其实这个情景需要重新说明一下。或许潘太太在楼梯口根本一句话都没有说。她只是在走道那里稍稍停留了一会儿。稍稍地弯下些身子。她朝楼下的几个年轻人笑了笑，那笑容如同鞠躬一样谦逊，又如同拥抱一样宽容。总会有这样的女人，来到这个世界上一段时间以后，终于把绝大多数的喜怒都藏进了心里。但这样的女人却又生出了潘小倩这种女儿。别说心里藏不住了，感情都快要从眼睛里流出来了。这世界可真是奇怪呵。

　　或许潘太太那双放大的小脚被一身灰色长旗袍遮住了大半,她走路的时候突然有种人鱼般的柔软与轻盈。仿佛她是没有脚的,仿佛浪花就在青灰色的楼道里翻飞涌动,仿佛——在一个很短的瞬间,童莉莉突然有种莫名的感觉——仿佛楼梯上的潘太太很快就要从这个嘈杂纷乱的世界上消失似的。

　　热闹的谈话突然停止了几分钟。像是有一阵不属于这个世界的微风穿堂而过。当然了,紧接着生活还要延续。是什么仍然就是什么。刚才的话题被不断地延续了下去。几个年轻人的头凑在一起,分开来,再凑在一起……声音一会儿高起来了,像常德发熟悉的丛林里的云雀;一会儿又低下去,叽叽喳喳的,轻了,又轻了,像紫藤花瓣在细雨里纷纷扬扬地飘落……

　　终于,吴光荣作了最后的总结性的发言。

　　"你们不要再问了。问了我也不会说的。具体的这些事情我不会告诉你们的。因为这是一个秘密。虽然我是一个非常彻底的唯物主义者,但仍然相信这个世界是存在很多秘密的。有些秘密永远都不能说……"

　　说这句话的时候,吴光荣的眼睛飞快地在这个房间里扫视了一下,并且用他那只没有缺少手指的手有节奏地弹了几下桌子。

　　这天晚上,潘菊民去父母房间聊了会儿天。因为最近潘太太老是觉得浑身酸痛,所以他又轻轻地为母亲捶了几下腰。

　　潘先生问他,白天来的那个人,你的那位同学,今天说了那么多话，他都说什么了？潘菊民捶腰的那只手没有停下，淡淡地说，没说什么呵，讲了个很长的故事而已。他们接着又聊了会儿，潘太太说，今天晚上的饭菜好像烧少了，有点不够吃的样子。潘先生插了话，少倒是不少，他那位同学就添了两次呢。

后来潘菊民就回房去了。潘先生用茶水漱了漱口，转身对潘太太说：我最近怎么老觉得这孩子很悲观，你说他到底像谁呢？

4.

但一个人到底是不是悲观，这种事情还真是不太好说。因为同样信上帝的缘故，潘先生和潘太太的标准或许是一样的；但今天的潘先生和明天的潘先生有时反倒完全不同；谁都不知道老天星期一给你的东西，到了星期二会不会收走，或者硬是再塞一件你逃都来不及、躲都躲不掉的礼物给你……

"孩子，要娴静有礼，要像个女孩子的样子呵。"

这句话潘太太在潘小倩很小的时候就对她说了，说了有用还是没用暂且不说，但至少说的时候潘太太总结了部分的人生经验，并且认定性格在极大程度上决定了一个人的命运。

但是，难道这句话反过来说就不对吗？或者不是更为正确吗？很显然的还有，一旦反过来说了以后，这句话便不再具备警戒或者教育的作用，而只剩下深深的无边无际的恐惧——又有谁能够准确无误、并且提前告知你关于命运的讯息？

潘小倩最近的身体状况就很不稳定，头晕、恶心、失眠、腰部酸软、四肢无力、情绪不佳，这些都是肾病比较常见的症状。但和肾病完全无关的也有。有时候她会突然地笑，但有时又突然地哭，并且疑神疑鬼。最关心她的父母会在背后偷偷议论几句："这孩子性情大变呵。""是呵，变得都有点不认识了呢。"但至于其他人怎么讲则完全无从知晓。我们的潘小倩，我们那个长得像个洋娃娃、说话像美人鱼慢吞吞吐泡泡、眼睛却像能杀人的女妖的潘小倩，如果她没有得肾病，如果她得了肾病而没有莫名其妙地遇上常德发，如果她遇上了常德发但并没有那种神奇的感觉，她会变得这样疑神疑鬼、脆弱无助、暴躁不安吗？所以性格到底是什么东西呢？母亲，你说性格是什么呢？

生活里有些事情，不论是性格决定命运，还是随着命运的缓缓降临而先后到来的肾病、恋爱、忧伤、衰老或者死亡，很多事情都是需要与人交谈，并且分享感受的。因为生活的智慧，有时候上帝教给你这一条，却来不及同时教给你那一条……但是有些话潘小倩就更愿意对童莉莉说，虽然父母和善讲理，私心里却总觉得上帝已经把所有的底牌都摊开在他们面前。孩子，这是命呢。但到底什么是命呢？母亲，你说命到底是什么样的一种东西呢？

这些天来，潘小倩的病情时好时坏，然而这种时好时坏反倒让她感到心安，她甚至还非常享受这种时好时坏的状态。当然了，这一切的一切，全都是因为那个能够和鸟说几句话的矮个子男人常德发。

常德发每次去潘小倩家的时候都有点战战兢兢的。有时候潘小倩站在院子里发呆，他就走过去战战兢兢地和她一起发会儿呆；有时候潘小倩正在客厅里弹钢琴——要是他去得比较早，早于事先约定的时间，琴声往往悠扬而忧伤。要是他工作忙或者临时有事去晚了，琴声则像紊乱愤怒的雷点……嗯，也像千万只害鸟扑向稻田呢。他还是怕她，甚至有点越来越怕了。有时候他胸口狂跳着从刚散的会场里冲出来，太晚了，太晚了，晚到她既不在院子里发呆，也不在琴键上暴怒，好几次了，她直挺挺地躲在床上，被子蒙住了脸……他走在她家黑漆漆的楼道里，觉得腿都软了。

他怕她怕得恨不能马上转身逃走，这个感觉是如此清晰明了；但他爱她吗？不爱她？非常爱她？他还真的说不清楚。天哪，爱到底又是什么样的一种东西呢，为什么比鸟语还要艰涩难懂呵。

那么潘小倩懂得什么是爱吗？能够解释吗？她不说，所以我们并不知道。但经常听她讲些悄悄话的童莉莉也未必知道呵。

莉莉，他最近每天来看我了，最多隔一天。

好呵，你不是最希望这样吗。你可以安心养病了，不要多想。

医生都说了，我的病不稳定。不像你呵……莉莉，我对他说，我都快要死了，你还不常来看我。

不能瞎讲。这种话可不能瞎讲的。

瞧瞧，瞧瞧，恋爱里的女人可真是疯狂呵，连这种狠话都能说得出来。谁家的父母看到孩子这种样子会放心呢。心里有事就要说话，既然和上帝说不了了，潘太太就决定和专门解决肉体问题的医生好好聊聊。连着好几个礼拜，潘小倩去医院都是潘太太亲自陪着。进了大门挂了号，再沿着楼梯走到三楼去。二楼拐角的地方老是开着小半扇窗，有一次潘太太停下来歇脚的时候，发现西北风刮得呼呼的窗外，突然开出了一朵嫩红色的桃花。

真是奇怪呵。在晚上的餐桌上，潘太太忍不住向潘先生嘀咕了几句。于是潘先生也嘀咕着回答了几句，大致的意思是，怎么可能呢，这样的季节怎么会开出桃花来。难道是从天外飞过来的吗——

下一次陪潘小倩去医院的时候，潘太太便留了心。在二楼拐角的地方她停了下来，想再看一看那朵自己长出来、或者从天边飞过来的桃花。

没有人想到就在她停下脚步的那一瞬间，潘太太突然眼前一黑，脚底一软，昏了过去。

更是没有人想到，这个瞬间竟然很快成为了永恒——除了偶尔有些腰酸背痛、看起来身体一直都很健康的潘太太竟是重病缠身，她不知道，潘先生不知道，谁都不知道，或许老天知道——三个月以后，确切地说，是整整三个月零六天以后，她就永远地眼前发黑、脚底发软，离开了最后还拉着她手的潘先生，离开了一双正在恋爱中的儿女，离开了窗外再次到来的春天，离开了这个给她带来过悲伤、也带来过幸福和宁静的世界。

这一次，窗外的桃花真的开了。成片成片的。

5.

你说做人这件事情到底有什么意思呵。根本就是今天不知道明天嘛。好好的一个人，前些天还在走道口拉住常德发，说了几句当母亲必须要说的悄悄话——你想一想，过几天我们再聊；冬天的时候，她给童莉莉织了条很厚的毛线围巾。围了几次以后，下摆垂着的绒线穗子不知怎么松掉了，于是再拿回来修补。陪潘小倩去医院的前一天晚上还在忙这件事情，下面这部分重新织过了，但好像针数上有点问题，多了几针，或许倒是少了几针。反正看上去有点别别扭扭的。"晚上弄的，看不清楚呢。"但接下来那些数也数不清的白天和她还有什么关系呢。直到潘家人收拾潘太太遗物的时候才再次发现了它。它给别别扭扭地扔在了床边的一只箱子上，蒙上了一层薄灰。有什么意思呢？你说还有什么意思呢？

但这种事情也确实没法互相责怪，因为谁都没有事先看出任何端倪。虽然回过来想想，明明还是有迹可循的嘛。怎么光就知道给她捶几下腰，却一点都没发现她脸色苍白，面露病容呢。这会儿倒是谁都想起来了，想起来多的人哭得多些，想起来少的人哭得少些。但确实每个人都哭了。哭得最伤心的是潘小倩和潘先生。都是我不好，我怎么就说那种昏话呵；于是常德发就扶住她的肩头安慰她，同时自己又想起潘太太在走道口叮嘱的几句话，忍不住眼眶也红了起来。潘先生把房门锁起来了好几天，即便把耳朵紧紧地贴在门上也是悄无声息。但这样悄无声息的悲哀更是让人心痛呵。

然而夜莺仍然在夜空里高声歌唱。

它们发出那种细巧嘹亮、动人心魄的声音时，屋里的人忍不住都抬起头来了——真美呵，他们想。

接着他们又手托下巴侧耳聆听起来。

为什么这日子会过得这么奇怪呢？到底是有意思还是没意思呢？

6.

几天以后，潘先生从房间里走了出来。

他把一双儿女叫到了身边。

这房子我不想呆了……心里难受……再说有件事情也早想告诉你们了，这房子恐怕也是保不住的……因为它太大，还有一个花花草草的院子。这样的房子本来就应该更多的人来住的。还有我们家的那个小银行……你们虽然已经长大了，但有些事也未必能够懂得。

但即便孩子们不懂，当父亲的还是要往下说——

在上海近郊我们还有一套房子，好多年前我和你们母亲买下的。房子不大，但是比较清静。我想住过去。至于你们去不去你们自己定吧，你们都大了，有了自己的主意。

但谁还会说不，谁还能说不呢。谁会忍心让一个刚刚丧偶的老人孤独地背井离乡呢。

总是这样的吧。一个生命的离去总是会改变一些东西的，至少是暂时改变一些东西的。悲哀有时就像一场纷纷扬扬的雨，淋湿了屋瓦，淋湿了砖墙，淋湿了树梢，淋湿了刚刚迈步前行的鞋面……
总是需要下一场欢乐来曝晒它，或者延绵不绝的时光来阴干它……
那么就让我们收拾行装吧。

　　第二天一早，潘小倩又跑过整整三条街道、四座桥去找常德发。

　　"常——德——发，常——德——发……"她在楼底下扯直了嗓门叫他。

　　没想到街道两旁那些香樟树、马缨树、柳树、杨树、桃树上的
鸟听到了，马上跟着她一起叫了起来："常——德——发，快下来！
常——德——发，快下来！"

　　常德发很快就蓬头垢脸地跑下来了。

　　说来也怪，最近潘小倩的口吃突然不治而愈。或许悲哀正是一
种最大的疾患，它从内心生长出来，压过了其他的一切。

　　我们结婚吧，好吗；为什么突然会想到结婚；因为我要暂时和
父亲离开一阵子；那我等你回来，再说我最近也要跟着李彝族再去
一次云贵高原，有一些事情必须认真去做，有一些语言需要重新学
习；不可以，我们结婚吧，就是现在……

　　瞧瞧，瞧瞧，有很多争论注定是没有结果的，因为它们突发奇
想，感情用事。但同样并不妨碍它们让人感动，心生感慨——都是
为了爱呵。但爱是什么呢，潘小倩？就是毫无预感地遇到一个人、
喜欢上他、并且一定要和他结婚？

　　第三天中午，潘小倩又去了。

"常——德——发，常——德——发……"因为昨晚没有睡好，潘小倩的声音有点沙哑沉闷。

那些香樟树、马缨树、柳树、杨树、桃树上的鸟有一半都在午睡，但醒着的另一半马上跟着一起叫了起来："常——德——发，快下来！常——德——发，快下来！"

常德发在窗口探了探头，很快就往里缩了进去。但过了一会儿还是下来了。

小倩，你不是个孩子了，你要懂事听话；就因为我不是个孩子了，所以我要和你结婚；我最近很忙，真的很忙，再说……你母亲刚刚走掉，这应该是一段悲伤哀悼的日子；我母亲如果在天有灵，她一定会为我高兴为我祝福的，我和她说过，我要嫁给你，我一定要嫁给你……

到了第四天晚上，当夜莺再次在幽蓝夜空开始歌唱的时候，常德发去了潘家。

他浑身上下都戴了重孝……他缓缓地从门外走进来，缓缓走过带了个碗大的伤口、却仍然密密麻麻开着花的紫藤花架，缓缓步入潘家客厅，最后，他缓缓地在客厅正中潘太太的一幅照片前面跪了下来。

半个月以后，常德发去火车站为潘小倩一家送行。潘先生显得又瘦又黑，潘菊民沉默着，而潘小倩则哭成了一个泪人。

常德发揉了揉从来都没消失过血丝的那双眼睛，和潘小倩说起了话。

你要等我，你的母亲就是我的母亲，你一定要等我。

我一定等你。如果……如果你不要我了……我就真的活不长了。

说着说着，潘小倩又哭了。

7.

等待。

等待。

等待是一件多么重要的事情呵。春天等待夏天，花开了等待凋谢，花谢了等待再开；人活着就是为了等待。生下来等待死，不爱的等待爱，爱着的等来了失去……但谁也说不清楚潘菊民究竟在等待什么。

这些天来，潘菊民重新把那些他久已未去的书场再跑了一遍。他去了中和楼，去了桂舫阁；他去了引凤园，去了清河轩；他去了雅仙居，去了椿沁园；他去了大观园，去了怡鸿馆，又去了老意和……这天晚上，他在老意和坐了很长时间。台上一位说书先生穿着深灰色半高领中山装外套、浅褐色长裤、黑色平底老布鞋……他的头发可能有好几天没洗了，在舞台的顶光底下熠熠发光，熠熠发亮，仿佛很多很多只蚕宝宝正在上面吐丝作茧似的。

　　小刀啊，亲爱的助手啊，战友啊！

　　在那烛光之下仔细瞧，叫一声亲爱的助手好宝刀。我

与你么二十二年长相伴，刀不离人，人不离刀，共同战斗

到今朝……

台下潘菊民轻声嘀咕了一句：哟，新开篇，倒是蒋调呢。

谁知旁边一位老听客马上凑过身来：嗯，蒋先生的新作呢。

潘菊民点点头。

那人又一迭声地说了下去：蒋先生真是不错呵，前几年为了给志愿军捐献买飞机大炮，和王先生、张先生、刘先生、谢先生、周先生、唐先生他们一起，从杭州开始，硖石、嘉兴、昆山、常熟、无锡，一天跑一只码头！那叫是辛苦呵，你想想看，一天一只码头呵！

潘菊民觉得他说话声音响，影响台上演出的效果，但说的话倒还是想听一听的。于是再次点头不语。

我最近是每天都来，每天来，每天来……好听呵，一天听不着饭也吃不好、觉也睡不着呵。怪不得呵，有一次严先生去常熟演出，几十里外的农民都摇着船来听。散场辰光大家分头提着灯笼回家，那灯笼可真是亮呵，亮堂堂地就这么照了几十里……

虽然这天潘菊民并没有提着亮堂堂的灯笼回家，但远远的还是能看见巷口路灯下面，一个穿白衬衣、黑皮鞋的年轻姑娘正靠在砖墙上。

是童莉莉。

你在等我？

是的，在等你。

已经很晚了。

我很早就在这里等你了。

穿少了，凉吗？

……

恋人们说话的时候通常总是声音越来越轻，身体越来越近。至于有没有亲吻或者更多的肉体接触我们暂时并不知道。但不管怎样，让年轻姑娘在夜风里等待这么长时间总是不对的。当然了，这个姑娘不是那个姑娘。但春天的时候姑娘们的感情总是相似的。虽然她们可能会说出看上去截然相反的话来。

我会等你的。这个姑娘平静地说。

而小伙子沉默着。

你放心去吧，先把父亲照顾好。姑娘仍然说得很平静。

月光如水。照在小伙子同样如水的脸上……一小片乌云在天上慢慢爬着，遮住了小小的月牙。月色突然变得诡异起来，照着姑娘的脸，安静却又疯狂。

半个月以后，童莉莉也去火车站为潘菊民、潘小倩一家送行。潘先生显得又瘦又黑，潘菊民沉默着，而潘小倩则哭成了一个泪人。

于是就回到了我们前面已经说过的那个场景——

在车站那口锈迹斑斑的大钟下面，潘菊民塞给她一个厚厚的信封。

童莉莉没想到里面是钱。

她更没想到里面会有那么多钱。

第二部

第一章

1.

童莉莉和吴光荣是在一年后的夏天结婚的。

为了慎重以及确定起见，这句话应该再次重复一遍——在一年后的夏天，童莉莉和吴光荣结婚了。进一步的扩充还是需要的——在童莉莉和潘菊民火车站告别一年后的夏天，童莉莉和吴光荣结婚了。至于第三遍的重复和解释就不再需要了。因为虽然这种突如其来的变化必然让人感觉惊讶，继而萌生好奇，这样说过来那样说过去，几乎就是一段绕口令了……但很多事情其实就是这样的。生活，本来就是一段连着一段的绕口令。从一个清晰无比的起点开始，直到让你完全糊涂才暂时停止。

童莉莉和吴光荣的新婚之夜就有一种看似尘埃落定的安静。

新娘子正在厨房里洗碗刷锅，细格蓝条纹的衬衫袖口卷起很高，露出幽蓝血管微微闪现的白嫩手臂……这样的场景着实能够让人内心欣喜、情绪安定，甚至要比更为甜蜜的那些部分更令人放心。即便做了新娘，生活仍然一如既往地流淌——这样的智慧如果太年轻自己也许还无法得出，所以长辈的提醒显得尤为重要。吴光荣那里已经没有什么亲人了，所以这样的重任自然就该落在童有源或者王宝琴身上。

但当妈的仿佛还沉浸在一种深厚的情绪里无法自拔，所以对于女儿的嘱咐也是浅尝辄止，草草了事。

孩子，好好过日子吧。

母亲，我知道。

他对你不错，这就够了，至于其他就不要再想，永远别想……

这样的对话常常具有超越喜悦本身的深意，具体是什么我们并不清楚，但不管怎样，事情本身还是喜悦的。当然了，有很多重要的事情或者时刻从来只能自己经历，独自咀嚼。所以话说多说少其实也并没有太大的区别。在这点上反倒是当父亲的童有源来得更清楚些。这个欢乐也理应欢乐的晚上童有源喝了点酒，酒后他和吴光荣谈了谈。然而话题却显得非常奇怪——关于一只鸡，一只刚才在餐桌上出现过的童子鸡。

这只鸡是在什么地方买的？

东山镇上。

真是只好鸡，是我一直很想吃的那种四两重的小公鸡。

说来也真是巧了，前几天我陪莉莉去东山，它不知道从哪家人家逃出来了，正在路边啄土吃……

所以就把它带回来了。

是的，所以我们就把它带了回来。

很好，很好……可惜盐放得少了点，糖也少了那么小半勺……葱姜呢，切得也是不够细的。其他就更不要说了，清蒸童子鸡怎么可以不放嫩扁尖呢，清蒸童子鸡又怎么可以不少许加几个香菇调调香味呢……

瞧瞧，瞧瞧，两个大男人为一只童子鸡在那里嘀嘀咕咕，喋喋不休。一个当父亲的，在女儿的新婚之夜，不着重关照以及呵护，反倒在什么盐的问题、烹饪的问题上纠缠不清，简直就是不可理喻、匪夷所思。对于这样奇怪的岳父吴光荣心里是怎么想的呢，我们当然并不知道。而等到年纪越来越大，明白这种揣测其实毫无必要并且常常出错，我们自然而然也就掉头放弃了。想也不愿再想，看都不想再看。

是呵，总会有那么一天的。

而现在，月亮再一次爬上了半空。蓝汪汪的夜色里，有一些鸟类其实也在举行或者筹备婚礼。如果那位听得懂鸟语的矮个子常德发亲临现场，他一定会再次陷入自言自语的灵异状态。

"那只知更鸟怀着春呢，都快要被内心的火烧死了。"

当然也有没被烧坏的。

假如说这个夜晚风声和缓，在月色与柳叶交织形成的光影里，站着一个鬼鬼祟祟听房的人，或许他就会听到这样几句奇怪而充满理性的对话。

莉莉，今天开始我就是一个新人了。

一个新人？

是的，以前是爱党爱国。

现在呢？

现在是爱党爱国爱童莉莉。

2.

一男一女在一个屋檐下生活、在一个灶台一张桌子上吃饭，他们可能是父女、母子、兄弟姐妹……而当一男一女睡觉的时候上了一张床，那么正常来说，他们的关系就只可能是夫妻了。

而现在，童莉莉和吴光荣就在一张床上。

他们正坐着说话，暂时还没有躺下。只是床边的一盏小灯一会儿亮起来，过一会儿又暗下去……后来灯光犹犹豫豫地晃动了几下，终于稳定在了一个半明半暗的状态之中。

童莉莉朝床的一侧靠了靠，捏住了绣着鸳鸯戏水的红枕头。

童莉莉说话了，但因为说得很轻，所以听起来更像是自言自语。童莉莉说，有件事情一直想要说的，但又一直没有说……但终归是要说的，所以还不如现在就说了吧……

吴光荣也朝床的一侧靠了靠，抓住了绣着鸳鸯戏水的另一只红枕头。

其实你要说什么，我心里都知道。

你知道？你怎么会知道……

知道……即便你不说我也能猜出来，也能知道。

童莉莉垂下头，沉默了。又过了一会儿，她把那只红枕头抱在了怀里，有些犹豫地：可是——

莉莉，不要说了好吗？你不说，我也不说。

可是——

有些话说了就是真的了，谁也忘不掉了。所以还不如谁都不说，就当它从来都没有发生过。

可是……可是有些事情它是确实发生过的。

我不问，你不说，那它就是从来都没有发生过……

接下来的话，即便是耳朵最尖的听房者都会觉得难以分辨、无法听清了。倒是有一些另外的很细小的声音，说明两个人不再是坐在床上，各自抓着一只枕头，而是躺下了；开始的时候是并排躺着，后来就一个人在上面，另一个在下面；再后来又颠倒了过来。两只夜莺在树上睡觉，还有一只睡不着，仍然在唱歌。"月亮在白莲花般的云朵里穿行，晚风吹来一阵阵快乐的歌声……"街上好像也有人在唱歌，这是奇怪的事情。已经很晚了。但也不好说，或许是心里的声音。有个刷标语的人刷着刷着竟然睡着了，这也是奇怪的事情，根本就不应该在这个时候发生的。天很快就会亮的，睡着的人都会醒过来，刷标语的人吐吐舌头赶紧把剩下的刷完……只有鸟儿悠闲地在树上蹦来跳去，今天、明天、永远。

窗外第一声鸟叫的时候，吴光荣揉揉眼睛醒了过来。他目不斜视地穿衣服、穿鞋穿袜、系好皮带……他到厨房里忙了好一阵，才把一小锅熬好的粥和酱菜放在了桌子上。

童莉莉也有点醒了。正躺在床上揉眼睛。

"早饭我做好了，你起来吃。"

"那你呢？"

"我来不及了……对了，你起床后把床单换了，换条新的。"

……

"这条旧床单就扔了吧，别再看到它了。"

3.

现在，爱党爱国爱童莉莉的吴光荣每天都很早起床，他让一只完整的手与另一只少了两根指头的手充分合作起来，在厨房里烧水、淘米、熬粥……外面院子里挂着昨天童莉莉洗掉的那条床单，那是一条浅粉色的新床单，结婚那天早上才铺到那张双人床上的，崭新、洁白、一尘不染……现在，它正在南方初夏的微风里翻飞、翻飞。床单洗得很干净，是一种洗过以后的崭新、洁白、一尘不染，因此并不知道它在用过以后、没洗以前是否沾上过什么颜色——是呵，为什么一定要知道呢。

吴光荣的眼睛被渐渐浓烈起来的阳光刺了一下，有点疼，于是就闭上了。

"莉莉，吃早饭了。"

这个世界上有很多东西是无法解释的。比如说，吴光荣对童莉莉的爱；比如说，潘小倩对常德发的爱；又比如说，童莉莉对潘菊民的爱。除了无法解释的，剩下来那些就是能够解释的，比如说，有很长一段时间童莉莉一直觉得，潘菊民的爱和她的爱是同一种爱——但是，什么样的理由能让一个爱着的人不回来？让一个承诺过的人突然消失、音讯全无？而且是整整一年，还要再加上半个桃花盛开、柔肠寸断的春天？没有理由的。不存在理由的。即便有，也是需要非常漫长的解释的——那么，如果是这样，潘菊民的爱和她的爱就完全是两种爱。

潘菊民一家去了上海后不久，在研究"粮食多了应该怎么办"已经毫无意义以后，吴光荣去一家国营糖果厂当了工会主席。接下来的整整一年、还有半个桃花盛开柔肠寸断的春天里，吴光荣不时出现在童莉莉的面前，就如同一只从天而降的怪兽。

一开始，她完全不理他。也不是完全不理他，而是她正处于恍惚焦虑之中，甚至完全没有意识到，这个人不断出现在她面前到底是什么原因。有几次，在资料室旁边的楼梯拐角口突然遇到吴光荣，她甚至根本就没有认出他来。那段时间，她正茫然地在苏州城里寻找着潘菊民——她知道他已经走了，离开了，但有些时候，在幻觉中她又觉得潘菊民的离开或许也只是个幻觉。或许潘菊民根本就没有走——好几个雨天，连同着好几个下雪天，她撑着伞在火车站那口生锈的大钟下面徘徊，徘徊，徘徊，做出一副认真等待的样子；她沿着运河走了很长时间，接着又爬上长了好多青苔滑腻腻的盘门城墙；她在引凤园听早场书，清河轩听下午场，晚上再去雅仙居，第二天再去另外三个书场……最后，终于有一天，她昏昏沉沉地登上了一列开往上海的火车。

火车开动了。先是惊叫了一声，然后就长长地、仿佛再也无法支撑地叹了口气。去的时候是这样。回来的时候仍然还是这样。

她寻找得太累了。累得甚至连生病都生不动了。奇怪的是，她的肾病竟然莫名其妙地好了，而且……当第二年春天到来的时候，她发现自己的身体再次萌动了起来。

这时，她注意到吴光荣了。他又一次出现在四楼资料室旁边的楼梯拐角口时，她认出了他来。

他们交往的时候，吴光荣的话并不太多，而且有些辞不达意。完全不像他在叙述兵工厂的传奇以及和毛主席在一起时的酣畅淋漓。但不说倒是罢了，一旦说起来却还是真的可以吓人一跳的。

接近夏天的时候，有一次吴光荣突然说了这样一句话，他直勾勾地看着童莉莉，说道：

第一次见到你的那天晚上，我做了一个梦。

梦？什么梦？

梦见我们在一起。你在上面，我在下面。

童莉莉愣住了，没说话。

你生气了？

没有。

那你为什么不说话？

我……我在想一件事情……这句话童莉莉说得很轻，接下来就停顿了，因为好像确实是在琢磨事情。又过了会儿，她抬起头，突发奇想但又异常坚定地说："那么，我们就结婚吧。"

这回愣住的是吴光荣。

童莉莉咄咄逼人地又加了一句："你——不愿意吗？"

4.

一只美味的小公鸡替代了很多乏味的问题。

一场突然的、没有理由的婚姻替代了那个烟雾一样消失、几成幻觉的人。

但至少在一种情绪上童莉莉如愿以偿了。她需要这个东西，强烈地，不假思索地……在这一点上，和她结婚的吴光荣简直就是那个她梦里虚幻的潘菊民。

谁能讲得清楚呵，到底命运是什么呢？到底生活是什么呢？婚姻又是什么呢……既然很多事情发生得匪夷所思，稀奇古怪；既然想了还不如不想，想也是白想，那么还不如把新婚的大床整理一下，把两只绣着恩爱动物的红枕头整理一下。灯光忽明忽暗，稍稍地说上几句，或者干脆说都不要说，把窗关上，把灯熄掉，让我们好好睡觉吧。

有一件事情，是吴光荣没有想到或者说根本连想都没有想过的。

童莉莉在床上很疯狂。

是的，秀气的、得过肾病的、甚至在结婚前夕还有些神思恍惚的童莉莉，就是这个童莉莉，在新婚的床上竟然表现得异常疯狂。那天半夜，吴光荣被窗外的一阵急雨惊醒。他从床上坐起来，看着身边的童莉莉。她的一只光着的胳膊以及两条光着的小腿全都露在了薄薄的被子外面。她睡得很沉，又恢复成了白天那个眉清目秀、安静内敛的姑娘。那样大的风那样大的雨，还有一阵连着一阵的闪电雷鸣……她什么都没听到，什么都没觉察。

她太累了。

接下来的几天，她几乎每个晚上都会非常主动地提出要求。一阵天翻地覆过后，她拉过薄被盖在身上，然后便沉沉睡去。有些时候吴光荣困倦得早于她就睡着了，但也有些时候，由于过度的亢奋与疲劳一时竟无法入睡，他便看着她露在外面的胳膊、小腿、大腿、胸脯以及身体更为隐秘的部分……一时竟也有些发呆。

这个女人可真是奇怪呵。

有一天，吴光荣终于忍不住了。

"莉莉，你真是个好女人。"

童莉莉非常平静地看着他。

"你真好……真的，非常非常好。"

童莉莉垂下眼睛。

"但是莉莉，身体也是重要的。"

童莉莉抬起头，再次非常平静地看着他。

"要是每天都这样，每天……会很累的，身体会垮掉的。"说这话的时候，吴光荣不由自主地放低了声音。

这一次童莉莉眼皮都没抬："那今天晚上我在上面，你在下面吧。"

她闭着眼睛，脸上跳动着三月桃花的颜色。她的模样好像是在享受，但又好像是睡着了。在一阵疯狂过后，她一动不动地躺在那里，像个盲人瞎子，也像个哑巴聋子；但下一阵疯狂很快又来了……一连很多天都是这样。

第二天早上，吴光荣仍然很早就起床做早饭。"莉莉，吃早饭吧。"等他重新走进房间的时候，童莉莉多数时间已经醒了，但仍然一动不动地躺在床上。她显得有些疲倦和冷淡，面无表情，吴光荣问她一句她就回答一句，有时甚至就像完全没听懂似的一脸茫然地看着他。

好几次吴光荣都有些恍惚起来。

昨天晚上和他在床上颠鸾倒凤的那个热情而又淫荡的女人，是她吗？真是她吗？

第二章

1.

父亲，母亲，我回来了。

一个出嫁的女儿回来探望，总是能带来些温馨与伤感交相混杂的复杂气息。母亲走过去拉住女儿的手，摸摸头发，整整衣领，说些家长里短的话。适当地偶尔也会谈些闺房里的秘事。父亲则在客厅里远远地坐着，咳嗽一声，或者起来踱会儿步。一件规整的婚姻总是带来正常的人间情感，期待、担忧、快乐、忍耐……它让童有源和王宝琴突然也变得适可而止地亲密起来。他们甚至不经意地一个人拉住了童莉莉的一只手。

吴光荣呢？他怎么没来？

他今天有事，厂里要突击学习。

女婿总是外家人。虽然这家的母亲总是很悲伤，父亲又常常说些莫名其妙的话，做些莫名其妙的事情。就在童莉莉回来以前，他们还刚刚大吵过一场。这样的争吵以及争吵过后长时间的沉默已经过于平常，所以当女儿的完全没有看出事情有什么异常。

你三妹妹病了，据说病得还不轻。我和你母亲想去富春江乡下看她……你去吗？

这是童莉莉第一次坐上夜航船来到这片广阔的水域。在她还小的时候，父亲童有源常常会有很长一段时间突然消失了，又会在突然之间穿过阴湿的青苔小巷出现在她面前。母亲王宝琴一言不发地回房间去了，并且关上了门。就剩下父女两个在月光底下叽叽咕咕地聊会儿天。

有时候童有源会吹上一会儿箫，有时候则不吹。他喝了点酒，就会讲些出门远行的见闻给童莉莉听。当然了，没说的总要比说了的多很多。

他说等你长大以后你一定要去看看长江，这条神奇的河流从中国的中部流过，沿途经过这个国家最富裕的一些省份。成千上万只大大小小的帆船和海轮从宽阔无边的入海口蜂拥而入，逆流而上，深入到高山峡谷和富饶的河流，深入到四面八方……他说有一次他就是跟着一只货船去遥远的西部地区。他在船舱里昏昏沉沉地睡着了。这一刻睁眼醒来，船只航行在两岸是一望无际的平原的河道上，而到了下一刻则要迎着急流而上。他懵懵懂懂地看着数百名纤夫在黑硬冰冷的岩石上拖拽着船只，吓得手脚都哆嗦了起来。要知道，汹涌的河水在峡谷里咆哮着，一旦绳子拉断，货船以及货船上所有的一切都将葬身江底……

童莉莉歪着脑袋看着她的这位父亲。就在他突然消失的这段时间里，一个穿黑洋纱旗袍的女人到家里来过两次。

第一次是童莉莉开的门。

"童有源在伐啦?"女人向童莉莉稍稍俯下身来。

"你是谁啊?"

"我是谁?哈哈,我是谁……"

还有一次是母亲王宝琴迎出去的。童莉莉在门缝里看到黑洋纱旗袍的一角,面目则不清楚。好像是上次那个,但好像又不是。童莉莉甚至连对话的声音都没听到一句——王宝琴面无表情地走出去了,然后又面无表情地回来了。

瞧瞧,瞧瞧,有些事情就是这样循环往复,让人绝望不已但又忍俊不禁。过了一阵子,童有源不出所料地再次神秘失踪了。童莉莉走在门口长满青苔的石板路上,心里想着,父亲快要回来了,真的快要回来了;只要时间过去了一天,就距离父亲回家的日子又近了一日。而终于有一天他真的也就回来了,就在下一个月圆的晚上。美妙的有些哀怨的箫声……甚至让人怀疑这种莫名其妙、毫无道理的失踪其实还带有一丝美感。

孩子,我回来了。

父亲——

等一等,先等一等,不要告诉我那些令人不快的消息。我知道,也懂得,稍稍一猜也就猜出来了。慢一点,慢一点再说。还是让我们先来讲点其他的,其他的更有趣的事情……

父亲——

我的女儿,你听我说,你一定要听我说,等你长大以后,你无论如何都要去走一走黄河……

2.

一只孤独的轮渡缓缓漂浮在渐入暮色的宽阔大河中。

一个五十多岁的男人站在船尾，仰着头，看着先是暮色底下、接着再是月光下面的江南渐渐地从身后退去。

船舱里坐着一位略显憔悴的中年女子。对着烟水朦胧了河岸的河流，这种年龄的女人常常会有一种说不分明的悲哀。日子仿佛都能看到头了。但看到头了又能怎样呢，也不知道究竟是平安还是忧伤。

年轻姑娘则在缓慢航行的轮渡上久久地发呆。她的脸朝向大河，所以脸部的表情、眼睛的湿润全都隐没不见。只能看到仍然纤瘦明净的背影。如果你在那个夏天的渡船上看到这个细弱的身影，就会突然明白，光看背影是很难区分姑娘或者妇人的。正面也不行……不行，反正是不行，完全不行。

而这，就是那天童有源、王宝琴以及童莉莉三人乘坐夜航船去杭州的情景。

渡船中间并不停靠，而是沿着月光下面的京杭大运河溯流而上，直接从苏州开往杭州。船开得很慢，仿佛久久地发着呆并且随时都会生气、变卦、停下不走。仿佛就像一个有点怨怼但又深藏不露的小妇人。有时候一条船从后面轰隆隆地赶了上来，超过了他们；有时候他们轰隆隆地赶上了另一条开得更慢的船，并且同样毫不犹豫地超了过去。有一次，一条船民的小船惊天动地地从后面冲了上来。在柴油机震耳欲聋的马达声中，小船带着它的厨房、卧室、客厅、院子，带着爱着或者恨着、不管怎样都得生活在一起的男人、女人以及孩子，轰隆隆地超过他们了。

还不睡吗？

这时童有源到船舱里看了一下。他们的房间在靠近船尾的地方，和破旧的小餐厅离得很近。原本王宝琴是带了干粮上船的，但一个人既然可以扔下妻儿不管、用掉老婆所剩无几的私房钱，去顺着长江逆流而上、沿着黄河顺流而下……那么他花掉点盘缠去喝上几杯啤酒、再啃上个把鸡腿也是极为正常的事情。

你们……不吃吗？

这样的问话自然是没有人会回答他的。但很快童有源的注意力就被其他东西吸引去了。有个黝黑皮肤的农妇上船的时候带了一只母鸡。它不胖但是安详。或许月色撩人它也悄悄做起了春梦，月上柳梢头的时候，躺在农妇竹篮里的它生下了一个温暖的鸡蛋。

这是处女蛋吗？童有源拿起鸡蛋，在月光下面起劲地照着。

当然是。农妇莫名其妙地骄傲了起来。

这是一枚白壳、透亮、同时还带着几丝血迹的鸡蛋。它很有可能真是处女蛋。但是白壳、透亮、同时还带着血迹的鸡蛋也有可能并不是处女蛋。为了这只鸡蛋，童有源和农妇讨价还价了很久。因为无聊或者好奇，好多乘客都涌到甲板上来看两个人、一只鸡以及一枚身份可疑的鸡蛋。但同样的事情因为触景生情往往产生不同的效果。王宝琴头也不抬地沉沉睡去了。而童莉莉也跟着起来去看了一下，接下来的情况是她很快阴沉了脸回到船舱，并且把头埋进了有点脏还有点气味的被子里。

接下来的事情便有些支离破碎。好像后来童有源又进船舱来了，并且坐在床头看了她很久。

我知道你在想什么的。

……

该想什么……就想什么吧。想到头了……也就好了。

……

这样的劝慰总是有些奇怪。含混不明，混淆不清，既不说明事情的原因，也不道出应该的结果。就像这年春天的时候，童莉莉无缘无故地发了两天高烧，后来又无缘无故地好了。童有源不知从哪里弄来了几条黄鳝，熬成汤端到了她的床前。他好像很想说些什么，看了她好久。但终究还是什么都没有说。

这个奇怪的、让人又爱又恨的父亲多少是有些懂得她的……有时童莉莉的脑子里会飞快地闪过这样的念头。一丝一缕的感动。但这做父亲的又经常会被各不相同、五花八门的人和事吸引注意。这不，甲板那头突然传来了三弦和琵琶的声音。

> 香莲碧水动风凉，水动风凉夏日长。
> 长日夏，碧莲香，有那莺莺小姐唤红娘。

红娘啊，闷坐香闺嫌寂寞，何不消愁解闷进园坊？

……

是个跑码头的小评弹团。几个穿浅色衣服的身影在甲板上晃动着。像肥白的月亮，终于从漆黑夜空以及层层乌云中间探出了头来。

3.

直到很久以后，童莉莉仍然记得那一小段闪电般的甜蜜时光。仿佛生活里所有的矛盾都暂时停了下来，重的变成了轻的，原来轻的更轻……

姐妹们——刚刚结婚的这个以及被伟大的父亲像小狗小猫般扔在河边的那三个，她们笑嘻嘻地挤在一起钓鱼，顺带还捉上来很多活蹦乱跳的小虾米；她们每一个看上去全都面色红润，体态轻盈，就连原先病的那个也毫无例外——

实际的情况是，就在童有源他们到来的第三天，那个病得不轻的三妹就奇迹般地完全康复了。

奇迹没有结束，它甚至才刚刚开始。所有的人都突然发现，天哪，她们真是做梦都没有想到，童有源变了。一夜之间，他成了一个好脾气、好心肠、几乎还有些喜洋洋的人。他看上去简直都有点像个好父亲了。

他带着他的那几个女儿，站好了，看一看，数一下，一、二、三、四……他带着她们到附近或者更远些的田野里去。她们乖乖地跟在他后面，特别是小的那几个，就像一群安静而羞涩的羚羊。她们怕他。他再坏，再没有出息，再胡闹，再让她们的母亲绝望哭泣，她们也仍然怕他。她们甚至还有点偷偷地爱着他。那些田野里的时光像极了少女的梦境。他是那样的英俊而和善，周身上下都充满了活力。他教她们很多以前听都没听说的游戏。天哪，她们悄悄地捂住嘴巴，不时地窃窃私语，叽叽喳喳。他还让她们坐在小树林里，等待日落时分暮色划过树梢时的神奇景象。山坡的草尖尖上像霜打的白色，而姑娘们则因为多少有些营养不良而显得轻巧纤细。她们不敢离他太近，但又不想走得太远。玩得高兴时她们会像麻雀一样尖声叫喊起来，但只要他一走近，她们立刻就会变得鸦雀无声，低眉顺目。

有一天晚饭的时候，童莉莉告诉大家说，刚才在小树林里她看到父亲了。停顿了一下，她又说，旁边还有母亲。

"他们在亲嘴。"

正在吃饭的三个姑娘，其中两个因为饭粒呛住喉咙而大声咳嗽了起来。另外一个，嘴里的一片青菜则像雪花一样缓缓飘落。

然而情感这种事情年轻姑娘们自然难以完全懂得。即便姑娘已经长大成女人，完全懂得也是不可能的。因为情感本身也在长大。过不多久，关于父母的情感则又有了新的变化和发现。

这回是老实到有点傻乎乎的小妹妹发现的。

"昨天晚上，我看到妈妈对着月亮笑了起来。"她悄悄地对大姐童莉莉说。

"哦，那是因为妈妈爱爸爸。"当姐姐的回答得很从容。

"但是后来，但是后来我又听到了哭声。"

"哦……那还是因为妈妈爱爸爸。"

还有一件想都没想到的事情，也让整个行程变得美妙无比近乎奇迹。有一天童有源陪着女儿们在河边捉小螃蟹时，突然遇到了一个姓林的女人。相遇总是勾起往事——这个女人的丈夫是童有源小时候的玩伴；后来他去上海做生意，女人就跟着去了；后来就娶了这女人；再后来生意败了，人也病死了……而这女人不知怎么远兜远转地就回了故乡，鬼使神差地又在河边遇到了童有源和他的孩子们。

生活的奇妙之一在于常常让人重拾往事。

生活的奇妙之二还在于，有些往事拾起来放在手里竟然还开出了花。

这姓林的女人长得胖胖的，穿一件让她显得更胖的衣服；她的眼睛本来就长得亮并且发着光，看到童有源时亮了一下，看到童有源的孩子们就亮得更厉害了。

她看上去很快乐，自然并不是想不开而来河边自杀。虽然无法知道她那种莫名其妙的快乐来自哪里，但显然她看到童有源的孩子们以后，就愈发地快乐开朗了起来。

她在她们每一个的脸上留下了一点口水。

她让她们叫她林阿姨。

4.

在接下来的时间里，这个胖胖的林阿姨几乎成为了童有源一家快乐的源泉。

她不知从哪里翻出了一些干净好看的花布，为姑娘们缝制新的衣裳。

"我可怜的孩子们呵，"她胖乎乎的手指在空中卖力地飞舞着，"看看，看看，你们的妈妈都给你们穿了些什么啊！"

她坐在一张狭小的藤椅上，丰满的身体被藤条挤压出一个应该减肥减去的准确数字。

"年轻的时候呵，就应该尽量穿得好点。"她挨个地打量着姑娘们，一、二、三、四，"瞧瞧，瞧瞧，一个个长得绿豆芽似的，也花不了多少布呵。"

可第一件缝好的衣服就太大了，所以她只能穿在自己的身上，接着再缝第二件。

"林阿姨年轻的时候呵，和你们长得一样苗条……不对，应该是比你们还要苗条。你们不相信？林阿姨举个例子给你们听。当年遇上我那男人的时候，我也就比你们现在大不了多少。有一天他告诉我说，他明天就要去上海了。我说那你还回来吗。他说可能回来，但也可能不回来了，听老天的吧。我说那老天到底是什么意思。他说谁也不知道老天是什么意思，你不知道，我也不知道，只有老天自己知道。那天晚上我躺在床上怎么都睡不着。折腾到下半夜的时候，我突然想明白了。我想我不能傻等着老天到最后告诉我是什么意思，我得自己去弄明白。这样想了，我就从床上爬了起来，从柜子里翻出我最好看的一套衣服。我记得那是一件细蓝格子的小袄，深蓝色的裤子。我穿好鞋子就打开了窗户。我不能从大门出去，那样会被父母发现的。所以我就只能从窗户跳下去。窗户开到一半的时候我发现了问题。也不知道是怎么回事，那扇窗只能开一半，不管用什么方法，使多少力气，那扇窗就是敞开了一半，冷冰冰的……"

"那你后来逃出去了吗？"姑娘们突然着急了起来。

"当然逃出去了。"林阿姨仍然掩饰不住内心的得意。

"从大门？"

"从那扇开了一半的窗户——现在，你们知道林阿姨当时有多苗条了吧。"

曾经那样苗条的林阿姨，现在怀里能搂住两个童莉莉的林阿姨，这同样的一个林阿姨，喜欢在午饭以后躺在两棵树之间的吊床上睡会儿觉。

"喏，这片树林的后面是一条小路，沿着这条小路走出去还是一条小路，大概要走过四五条这样的小路就上公路了，公路通向码头，码头上停了几只轮渡，坐上轮渡你就漂在大运河上了……"

有些破旧的吊床在金色日光下面颤颤巍巍晃动起来时，林阿姨就开始闭上眼睛说起话来。

"当年我从窗户跳下来以后，就顺着小路上了公路，再从公路到了码头。在码头我追上了他，然后我们一起上船去了上海……"

有时她说着说着就睡着了，但睡着了嘴里还在说。

"我小的时候，有一次这里下了整整三天三夜的雨……那时候我真是好看呵，不管是谁看到我，都会惊讶得张大了嘴巴，说这么好看的小姑娘是从哪里来的呵，说他们从来都没看到过这么好看的人……"

有一次她照常闭上眼睛说着梦话——"那时候是秋天，我妈妈带着我去镇上，远远的有个小伙子看到我突然路都走不动了，像石头一样蹲在那里……"说到这里，她出人意料地连了一句，"莉莉，你听到了吗？"

于是大家这才知道她原来不是做梦。于是以后每当林阿姨躺在吊床上开始说梦话时，只要略一停顿，姑娘们就自觉地把她的话接了下去。

"那些小路真是曲折呵——"

"是的，林阿姨。"

"那条公路可真是长呵——"

"是的，林阿姨。"

"穿着一只鞋子走路，那些公路和小路真是又长又曲折呵——"

"是的，林阿姨。"

……

有一次林阿姨正说到月光下面，她轻盈的身影如燕雀般飞向码头时，童莉莉只听到清脆的嘎吱一声，紧接着是沉闷如陨石从天坠落——

吊床的拉绳断了。

林阿姨四脚朝天地躺在了几块破布、遍地杂草和姑娘们的惊诧不已和哄堂大笑之中。

童莉莉倒是和母亲王宝琴聊起过林阿姨。

母亲，林阿姨是个有趣的女人呢。

是吗？是很有趣……但也是个苦命的人呵。

但她看起来很开朗呵。我们都觉得，没有人能比她更开朗了……

这种横亘着时间和阅历的谈话，就像当年林阿姨穿了一只鞋、光着一只脚，向月光下的轮渡码头、向水色迷蒙中未知的将来飞身扑去——那是一个怎样的季节呢。那是一种怎样的天气呢。但不管是春夏还是秋冬，穿鞋的脚和光着的脚感受总是不同的。

然而就在母女俩慢说细聊的时候，暮色真的很快就来了。就在不远处的小树林里，就在短短的几秒钟前，黄昏最初的光芒和黑暗交织起来，划过了层层的树梢，划过了坡上的草丛，划过了母女俩细微迷茫的面容。

她们终于沉默了。

5.

乡村之行的高潮是随着少年童小四的突然到来而到来的。

有一天下午，他风尘仆仆地出现在树林后面的那条小路上，格子衬衫，军绿裤子，一脚高一脚低的奇怪步伐……躺在两棵树之间的吊床上睡觉的林阿姨其实很早就预见了他的路线——

坐上轮渡他就漂在大运河上了，轮渡停在了码头上，码头通向公路，公路的尽头是四五条曲折不平的小路，还要再走过两条曲折不平的小路，然后他就出现在这片树林里了。

他一定是感到孤独了。

孤独的人往往都能找到相同的路线。对的或者错的。然后一路寻来。

已经很久没有讲到这个容易激动、但也容易孤僻的英俊少年了。自从三个妹妹被童有源送回老家，特别是最近这一两年的时间里，每当黄昏慢慢降临，童莉莉就会在门前的林阴路上开始寻找。先是装作若无其事地四下张望，抬起头，踮着脚，后来就轻声叫唤了起来：

"童小四——你在哪里呵——童小四——你快出来……"

没有声音。没有回答。一切都静悄悄的。两旁的树，树边的草，树上探出头来看了一看或者头都没抬一下的鸟。

这时童莉莉就会突然想到那个懂鸟语的矮个子常德发。如果常德发在，那么街道两旁的那些树，不管是香樟树、马缨树，还是柳树、杨树、桃树，这些树上的鸟听到了，一定就会跟着她一起叫唤起来：

"童小四——你在哪里呵——童小四——你快出来……"

但是没有，常德发不在，那些鸟就都睡着了；潘小倩去了上海，不久以后常德发就也跟着去了；潘太太走了，远远地听说潘先生像秋天的草一样蜷缩起来，被潘太太一只没有放开的手轻易就牵走了……

接下来的事情不能想了。

开始的时候，童莉莉在树与树的阴影之间就能把童小四找到。她牵着满脸愁云的他，穿过一排又一排叶与花都能发出清香的树——它们在某个时刻就会开满了花，虽然小，但密密匝匝，就像雨日即来的天穹——她牵着他，互相抚慰着，回到那个奇怪的、父母都在、却又好像都不在的家。

但后来在地上就找不到童小四了。

有一天，童莉莉发现他突然出现在一棵冬青树的树梢那儿。她吓了一跳。后来就更难找了。他一会儿坐在香樟树的第三个分枝那里；一会儿又躲在女贞树密集的花瓣后面……童莉莉经常为了寻找他而花费上整整几个小时的时间。童小四就躲在每一棵可能躲藏的树上，密密层层的树叶把他埋了起来。他在树叶与树叶之间向下窥望，甚至对童莉莉呼唤他的声音都完全不加理睬。

有一次童莉莉在林阴路上走了两个来回都没有发现童小四。她突发奇想，脱掉两只鞋，再把裤腿卷高一些……她的手触摸在粗糙的树干上。慢慢地，她的身体升腾起来了，许许多多散发着清香的树叶和花瓣围绕在她周围……一种从来没有过的温暖和芳香，一种从来没有过的柔软和安全……她坐在一棵凹凸不平的枝桠上，把脸深深地藏在一团团的花叶后面……

她觉得自己不想下来了。

然而不管怎样，童有源还是很爱他的这个儿子的。有时候他会指着童莉莉和童小四，指着他们俩说，你们两个，你，还有你，是我最喜欢的。或许这两个孩子有些地方都还有点像他。奇怪的，冷静的，内心暴烈的。并且还明白自己在这个世界上处境孤独，或者说最终也是免不了处境孤独。

孤独的人总是能嗅出同类的气味。

所以童有源爱着童莉莉和童小四，童莉莉和童小四爱着开满了花、温暖而安全的树干，所以这个爱着那个，那个爱着那个，所以这个的态度暧昧不明，那个的心里爱恨交织——而这就是童莉莉一家、同样也是很多很多人的情感状态。

6.

这是一个心血来潮的夜晚。

先是最小的那个妹妹把自己灌醉了。谁也不知道她能喝酒。甚至她自己也不知道自己能喝点酒。最要命的是她以前几乎连碰都没碰过酒这种东西……但那天也不知道怎么了，她的父母在喝酒，她的姐妹兄弟举起了酒杯，所以她也就傻乎乎地跟着喝了起来。而且一喝就不知道停了。而且一喝就简直不要命了。

其实从她那个晚上那张红扑扑的脸、那副不要命的样子就可以知道很多以后的事情了。确实是这样的。童有源的儿女们在他们的父亲远离故乡几十年后，又一一地被送回到这里，其中这个最小的妹妹永远地留下了。她生了第一个孩子以后更是变得嗜酒如命。那些芳香如同泉涌的酒呵，她在家里的每个房间、每个角落、那些瓶瓶罐罐、碗橱柜子甚至于床底下寻找着它们。她手里拿着酒瓶，或者干脆把酒瓶扔碎在地上……窗外就是童有源老家那条长长的石板路。街上仿佛总是有着淡蓝色的晨烟。它们长年不散，不论刮风落雨，不论寒暑秋冬。你久久地盯着看，有时觉得它们是从远处的山上一点点飘过来的。而有时又不是。它们更像是树林上空凝结了很久的一大团雾气。

而多年以后，这个今天晚上喝醉的小妹妹，这个小妹妹的脸将出现在淡蓝色的晨烟以及不散的雾气之中。相对于她那些被生活弄得困惑不已、但仍然还在竭力弄清它到底是怎么回事的姐姐们，她可是自在悠闲得多了。无论白天还是夜晚，只要找到了酒喝，她立刻就会变得兴高采烈、满面红光；而一旦酒瓶被更好地藏了起来，她则会紧接着陷入一种莫名的恐惧之中。

她穿着姐姐们从远方寄来的毛衣毛裤，用自己的手紧紧地抱住自己的腿和脚；她把厚厚的身体蜷缩在一扇扇窗户后面，心里则充满了她完全弄不明白、也不想弄明白的忧伤。

而现在，这个心血来潮的夜晚还只是刚刚开始。

心血来潮的童有源，心血来潮的王宝琴，心血来潮的林阿姨，心血来潮的童莉莉和她的妹妹们，还有那个心血来潮的童小四……

他们先是围着一张桌子开始吃饭。已经很长时间没有这样了。没有这样大家围成一个圆圈，这样父亲母亲姐姐妹妹地坐在一起，你喝一口汤，我吃一口饭的。先是几个小妹妹有点不好意思了，后来再是大的那几个。不过吃着吃着就好了。吃着吃着就把很多事情全忘记了。

菜是林阿姨烧的。只有林阿姨能烧出这样肥嘟嘟的菜来，一点都不知道人间愁苦。她从什么地方弄出了那么多的美味呢，一只甜蜜蜜的小母鸡。一只昂着脖子肉质紧实的小公鸡。还有一种羽毛光泽如灰白丝缎般的小小水鸟。那么多的美味，甚至还有前几天童莉莉她们从小树林里带回来的深褐色的坚果……它们全都被做成了菜，生的，熟的，半生不熟的，全都喜气洋洋地端上了饭桌。他们还喝上了酒。谁都不知道那些香喷喷、装在瓶瓶罐罐里的液体是从哪里冒出来的。他们心里也奇怪着，这些东西是从哪里冒出来的呢。全都这样想着但也就是想着了。后来真喝起来了也就忘了。也可能是喝起来了才开始产生那样的疑问，但前后次序弄颠倒了。知道的和不知道的搞颠倒了。其实也就是酒精的作用。完全就是酒精的作用了。

先是童有源开始胡说八道起来。其实也不是胡说八道，只是在这个家里面，只有他想说什么就说什么，想干什么就干什么。有些话他已经说过多次，但只要喝多了他仍然要说，也不管其他人想听不想听，爱听不爱听。那天晚上他又指着坐在他对面的童莉莉和童小四，指着他的这一双儿女说，你，还有你，你们两个，是我最喜欢的。但那天晚上他明显要比平时喝得更多些，所以他接着又往下面说了。他指着围成一圈吃饭的另外几个孩子，那几个对他又爱又怕、不知道爱什么也不知道怕什么的孩子，他对她们说，其实我也很爱你们，真的，连我自己都不知道为什么要这么爱你们……你们懂得吗……我知道你们不会懂得的，你们一个个胆子小得像老鼠……

但那天晚上那几个胆子小得像老鼠的孩子也喝了点酒，所以她们一反往日的胆怯羞涩，她们竟然仰起红通通的脸朗声笑了起来。

童有源放下了手里的酒杯，惊讶地看着他的孩子们，就这样一动不动地看了很久。突然他高兴起来了。天哪，他最平凡温顺的孩子也有这样开朗的时候。看哪，她们笑得那样放肆，那样无所顾忌。她们毕竟是他的孩子。

后来就真的喝多了。

姑娘们跟着父亲跑到后山坡上。当然是父亲先跑出去的。他跑出去了她们才跟着跑出去，即便喝多了也是这样。这种出格而荒唐的事情只有这个看起来漂漂亮亮、斯斯文文的父亲才做得出来。后来童小四也来了。月光下面好像还看得见另外一些黑漆漆的人影。林阿姨穿着原先给姑娘们缝的花布衣服，给姑娘们穿大了，穿在她身上则多少有点小。把屁股呵胸部呵之类的地方勒出了山峦起伏般的曲线。林阿姨扭动着屁股在山坡上跳起了舞，嘴里还唱着一支奇怪的歌曲：

小妹妹推窗望星星

姆妈一口说我有私情

姆妈为啥都晓得

莫非姆妈也是过来人

姑娘们跟在胖乎乎肥嘟嘟的林阿姨后面，跟在她的屁股后面一起跳。这个孤独得像疯子一样的一家人，发起疯来也像疯子一样。小妹妹已经喝多了，至少是看起来已经有一个喝多的人才有的状态。这样年纪小小的女孩子，就把自己喝成那种样子真是不成体统。但有时候还真的不得不承认，只有把自己彻底变得不成体统以后，紧接着才能够不知羞耻地快乐起来。

听听，听听，林阿姨又在唱了：

心底里爱你横竖横

做仔黄鳅勿怕烂泥浆

油锅刀山闯过来

不会撑船只会横

这样魔狂粗俗的歌林阿姨唱了一个又是一个。像是从她的嘴巴里、从她的心口里扑腾扑腾跳出来似的。小妹妹在山坡上跳舞被滑腻腻的草绊了一下。她像一只笨拙的鸭子，手脚并用着爬了起来。继续跳。跳得仍然像一只笨拙的鸭子。童小四跟在后面笑得嘴都不知道怎么合上了。是另一只笨拙的鸭子。

然而月亮却突然无比安静地亮起来了。

母亲王宝琴坐在山坡上看林阿姨和姑娘们跳舞。开始的时候她还有些故作深沉，但后来也笑了。看到那种滑稽有趣的场面，很少有人能够完全忍住不笑的。在银白色的月光下面，她很美。她的笑容也很美。就像童有源刚刚遇到她时那么美。这句话，童有源一定也凑在她的耳朵旁边说了。他总是这样，只要愿意对待女人便很有那么一招。他假装轻声地说，偷偷摸摸的。像月光在山坡上洒下的影子。他的嘴巴凑在她耳朵旁边。她一定听到了，并且还乐意听到，因为她再次微笑。

在欢乐的时候笑着的时候，有一件事情却很少有人注意到。很少有人注意这时只有童莉莉独自一人。她坐在山坡的另一面，月光照不到的那一面。

而天底下很多事情就是这样。只有她的这个父亲，这个她又爱又恨、所有的人又爱又恨的父亲，只有他知道、懂得、并且在这个时候及时地给予体恤。

他走到她的身边，轻轻地摸了摸她的头发。

他在她旁边坐了下来。

"山坡上长满了各种各样的草，只是在月光下面你是看不真切的。不管是月亮能照到的这一面，还是照不到的那一面。但到了白天你就能看清楚了。就在我们的脚底下生满了茂密的青草和花儿，有万年蒿、茅草、房白草、羊草、马黄草、碱草、荻草、菖蒲、蒲

棒、苍术、铺草、浮草、荇草、坐草、艾蒿、蓬蒿、益母草、马兰、
菟丝子、四金草、鬼针、虎掌草、蝎子草、地丁草、席草、瓦松草、
蒺藜、薴麻、线麻、乌拉草、串笼草、短荻草、芨芨草、醉马草，还
有金沙龙、刺蘑花、狼毒花、木香花、石竹花、蜀菊、百合、黄花、
指甲花、苍蝇花、苜蓿花、莠岚……"

　　我们想起来了，这样的话以前那位潘先生好像也说过。作为一
个父亲对儿女们说。当他们年龄尚小的时候，或者青春年少的时候。
带着一些过来人的口气，告诉他们对于自然和生命的认识。当然，
当父亲的心里真正要说的不是这个。是其他的一些事情。但有些事
情暂时还不能明说，现在不能说，过一两年也不能说，到底什么时
候可以说其实也没人知道。很有可能就永远都不能说了。但总要通
过一种方式间接曲折地表达心绪。所以也就借助于这种奇怪的方法。
他好像紧接着还讲了很多其他的事情，很多其他同样毫不相干的事情。

　　他说林阿姨。

　　他说其实林阿姨这样倒是挺好的。他说你们几个姑娘呵，要是
都像林阿姨这种性格，他这个当父亲的反倒要放心不少。

　　他说王宝琴。说你们这个母亲其实年轻的时候、他刚刚遇到她
的时候也是这种性格。但后来就变了。她对待他的方式——讲到这
里的时候，他突然像个孩子似的笑了起来。她对待他的方式真是很
奇怪的，他说。但他真的很明白，非常明白，谁都不知道他心里有
多么明白。

　　讲着讲着就讲到童莉莉了。

"我真的很想对你说点什么，"他轻轻地搂住她的肩膀，"但是我又真的不知道该说些什么。"

童莉莉静静地看着远处。在接下来生命慢慢展开的过程中，在多年以后的回忆里，她都将清晰地记得当时的那个情景。她和她的父亲坐在南方月光下的山岗上，看着深蓝色的天空以及更远处模糊不清的地平线。

"因为很多事情我也不懂。"童有源那种孩子气的笑声又响起来了，"如果有谁对你说，他已经弄懂生活，那这个人一定是个骗子。"

"而这——就是生活。"他说。

7.

我要走了。

去哪里？

跟一个评弹团沿着运河跑码头。

评弹团？什么评弹团？以前从没听你说起过。

就是来这里的渡船上遇到的那个。

真奇怪，萍水相逢就要跟着别人去跑码头。

人活着，很多事情是没法预测的。

一定要去吗？

一定要去。

不去会怎样？

不去我就不会快乐。

那你去吧……你去了，就永远不要再回来了。

这是三天过后的一个中午，在老家门前走廊上童有源和王宝琴的一段对话。那天王宝琴穿着林阿姨给她做的一件花布衣服，正歪在椅子上做针线活。阳光细细的，还夹着点微风。她一定是想到了什么快乐的事情，或者预感或者推断出将要发生些什么快乐的事情。所以她那双做针线的手停了下来，停顿在了半空里。像一个梦幻中的女人的雕塑。

前几天的晚上，那个晚上的月光还照在她的头发上。

然后，童有源就从走廊的那头走过来了。嘴里好像还有一点口哨的声音。也不是很明确，不是可以听得很清晰。紧接着他就在她面前停了下来。在这个刚刚对他、对生活恢复了一点信心和视觉的可怜的女人面前停了下来。

他告诉她。他要走了。他要离开她们一阵子。也不知道到底会是多长时间。他要跟着那个小小的评弹团沿着运河走上一段时间。

他讲得很诚恳。声音很有乐感。明显是在叙述一桩生活里的美事。

王宝琴用了很强的定力死死抓住椅子的靠背，不让自己昏过去，不让自己从椅子上摔下来。

这一天是星期一。

而第二次的谈话一直要到星期三晚上才得以延续。

"你为什么要走？"林阿姨从窗户后面探出头来，把童有源吓了一跳。

"应该先告诉我,你为什么突然从这里冒了出来。"

"宝琴对你不好吗?"林阿姨的头像长颈鹿一样,又往里面伸了一截。

"不是。"

"孩子们惹你生气吗?"

"不是。"

"那么是你讨厌我在这里?"

"也不是。"

"那是为什么?"

"不为什么。"

"那你还会回来吗?"

"可能回来,但也可能不回来了。听老天的……"

林阿姨很响亮地打了个喷嚏。在打喷嚏的同时顺带着把眼泪也带出来了,"你让我想到我那死鬼了……太可怕了……我那个死鬼,当年他也是这么说的,太可怕了,他说谁也不知道老天是什么意思,你不知道,我也不知道,只有老天自己知道……"林阿姨从窗户那里收回她伸长的脑袋,一路打着喷嚏,一路流着眼泪,向门外荒凉的黑影憧憧的树林奔去了。

星期四和星期五下了整整两天两夜的雨。

雨下得细小而绵长,却有着一种狂风暴雨般的力量。姑娘们整天呆在屋里,感觉上却像几只从头湿到脚的落汤鸡。屋顶也好像开始漏雨了,墙缝里渗出水来……一只经常在屋子附近转悠的野猫进来躲雨。它东看看，西瞧瞧，走过王宝琴的身边，林阿姨的身边，童小四的身边，几个姑娘们的身边……外面的雨没有停，下得更大更猛了，根本就没有丝毫要停的意思。那简直就是一种灾难性的天气。简直就是糟糕透了。但那只进来躲雨的猫，它在屋子里东看看、西瞧瞧，体验了一会儿以后，仿佛感到更加孤独更加寒冷了。显然它对这种糟糕的处境非常不满，所以后来它还是毅然而然、晃晃悠悠地走进了门外的风雨之中。

只有童有源不在家里。午饭过后，他就撑了一把伞去后山摘松果了。

"你去吗？"临出门时他问童莉莉。

童莉莉摇摇头。

"你呢？你去吗？"他转身又问童小四。

"为什么我要去？"

"因为这把伞下可以站两个人。"

星期六上午雨停了两个多小时，但中午前后又开始下了。下午的时候出了一会儿太阳，又下了一会儿雨。大家都昏昏沉沉的。午睡一会儿醒过来，一会儿又睡过去。但其实都是在梦里。王宝琴坐在走廊上打瞌睡。她的面前放了两把椅子，一把大些，高些；一把小些，矮些。她坐在大的那把椅子上，把脚搁在另一只矮凳子上。

她看上去好像突然胖了，松弛了。坐的样子也不成体统，手和脚就那样随随便便地散落着。完全无所谓了。她打了会儿瞌睡，再睁开眼睛看看。然后再接着打瞌睡。有几次她看到童莉莉在走廊里走来走去……要是平时母女俩多少是会聊上几句的。但显然她已经放弃了。不想说话。不想挪动。脑袋歪在那里就歪在那里，嘴角流出点口水就流出点口水。整个星期六星期天，她一言不发。就连梦话都没说过一句。

到了星期一早上，大家都还在睡梦中的时候，童有源走了。

8.

童有源和童莉莉是在码头上会合的。其实用会合这种带有目的性的词是不对的。至少是不准确的。因为父女俩事先并没有交流过。童有源并不知道他这个大女儿在太阳初升的时候，将会和他沿着相同的路径一路寻来。同样的阳光，透过同样的树影，照在面目渐渐清晰、神情恍然相似的父女俩的脸上……如果冥冥之中还有另一双眼睛，可以同时看见奔走在这条路上的他和她——

几天的阴雨终于停了。

天蓝得一往情深，像长着深蓝眼睛的情人；草木朗朗，在不时刮过的清风中婆娑起舞，彼此深情抚摸；还有渐渐清洌起来的空气；还有在公路上空、树林上空、在更远处浩瀚广阔的运河上空以及狭小局促甚至肮脏的小小轮渡码头上飘浮的气流，这个季节飘忽不定、时来时去、时晴时雨的冷暖气流……这一切的一切，在这路上奔走着的两个人面前突然都变得淡淡的了，模糊的了，稀松平常的了。

只有这两个人在奔走。一前一后。前面的不知道后面的存在；后面的心里另有心思；天上的云彩跟着他们向前面飘，路边的树林刷刷刷刷直往后面退去……只有他们在奔走。

坚定，疯狂，义无反顾。

"就是觉得想跟你去走一走。离开一阵子。不为什么，说不清楚。或许，走一走就好了……"

对于女儿这种语无伦次、胡说八道，对于她这种完全没有逻辑、理由也基本站不住脚的说法，也只有这个名叫童有源的父亲能够心领神会，点头默许。他看看她，低头沉默了一会儿；他又看看她，轻轻地叹口气；后来他干脆笑了起来。他笑起来的样子真的很好看，就像她梦里的父亲。

从头至尾他一句话都没有说。本来就是这样，到了他这个年龄，对于生活，有时候不说要比说好；至少他是懂得了。就像一条船在河里面航行，一直顺流走的，但有时候突然改变方向比永远不变要好；这点他也有点懂。只不过这次船上顺便捎上了他的一个孩子，一个和他有点像的孩子，一个直觉超越年龄的孩子……走就走吧，或许走到半道她就下来了。谁知道呢。

父女俩站在码头上等船。

所有这种小码头的气息都是相似的。潮湿，肮脏，还有一种鱼或者人身上散发出的腥气。神秘感也是少不了的，那种莫名其妙、像裤脚被水浸湿后渐渐蔓延开来的伤感——汽笛每叫一次，这种伤感就突然神经质地爆发一次——而在灿烂起来的霞光里面，在脸色铁青、活蹦乱跳，或者小心戒备、陌生警惕的人群中间，这父女俩一前一后、稍稍错开一些地站着，有一种说不清楚的默契与疏离。

"我们去哪里？"她问。

"到常熟去。"他说。

有些他就不问了。当女儿的也就不说。但心里是清清楚楚、明明白白的。他知道他的这个女儿心有不甘。到了这个份上她还心有不甘。也只有他的女儿会这样。这父女俩可真像是同谋呵，也活脱是一对活宝。他实在是应该狠狠教训她一通的。把她赶回去，赶回到她那个富有现实精神和行动力的丈夫吴光荣身边去——但是——但是现在这样又有什么不好吗？

"好的。"他眯起眼睛，看着她。多少有点像是不认识似的。

一个手里提着大包小包的中年人从远处奔过来，奔向一只已经撤去跳板的渡船。他经过童有源身边时狠狠地撞了一下，像是顺带也要把他带走，不讲道理、用足蛮力地统统带走。

童有源跟跄了一下，重新站直身体。

"好的。很好。"他说。

等到再过一会儿，等到那艘油渍斑斑的旧船真正离岸的时候，他们就要和一种现实告别了。离开了。要离开一种现实、离开一种或许也爱着、或许让人心绪复杂、但是自然也并不尽如人意的生活。生活就是这样的呵。不是吗？抬头瞧瞧这种雾秋的天气，瞧瞧那个雾气慢慢起来的河面，他们又能走到哪里去呢？

就在他们启程的第二天，王宝琴也带着孩子们坐轮渡回家了。林阿姨原先讲好是送他们到码头的，但在码头上，也不知道是被离别的伤感突然击中，还是其他什么莫名其妙但是让人动容的理由，她一下子改变主意了。

"我跟你们去吧……我也没什么亲人……你们就是我的亲人了。"

王宝琴没有任何的意见。

"好的。"她看着远处一只开远了的轮渡。就在昨天，在这个码头上，也有这么一只轮渡带走了一个她永远弄不懂的男人，带走了一段她天真地以为已经好起来的生活。

"好的。很好。"她说。

"男人都是靠不住的，还是和孩子们在一起吧。"

话刚出口，林阿姨连忙背转身吐了吐舌头。是呵，孩子也走了一个了。也不听话，也是靠不住的。

是呵，但什么又是靠得住的呢？

第三章

1.

在清晨渐渐苏醒过来的雾气里，童有源、童莉莉父女俩远远看见了一幢两层的青砖小楼。

从窗户数目以及建筑的机理上分析，这应该是一幢二楼一底或者二楼二底的房子。当然了，也不排除一楼一底或者三楼三底的可能。因为雾气正在渐渐浓郁起来，秋雾仿佛抽纱，晨雾如同剥茧……一阵抽纱剥蚕以后，童莉莉的脸上就像蒙了一块搭配婚服的面纱，而童有源则变得面目模糊、神情迷离起来。

他们在河边一条弯曲不平的小路上慢慢接近那幢小楼。几丝晓风吹过，小楼隐隐约约露出一个童话故事里积木般的小尖顶；但雾气很快又聚拢来，童话消失了，眼前是一座青砖青瓦、轮廓清晰、方方正正的旧式老屋。

然后，风又来了。

带路的人把他们领到小路中间就走了。

"前面就是了。"他说，"就在桃花庵的后面。"

他转身走了几步。像是又突然想起了什么，再次回过头来。

"好些天前，有个女的带着一个孩子，后面跟了个拿琵琶的男的……他们也在找那个评弹团……那女的是个骚货……"

那人突然骂骂咧咧了起来，但后面一句被风和雾肢解得支离破碎，实在听不分明。因此童莉莉几乎以为是个幻觉。

而这种幻觉竟然在接下来的时间里再次得到延续。

父女俩刚走到楼下时，风声再起。

童莉莉猛一抬头，看到二楼西面窗户那里一个女人探出头来。长脸，很黑的头发，身上穿着红衣服。

很快，风停了。女人、头发、红衣服全都看不见了。

2.

开门的是一位四十来岁有点发胖谢顶的中年人。童有源把来意说明之后，中年人把半开的门又拉开了一点。他手上的皮肤相当白嫩，手指纤长绵软，像一朵晨雾里的白色幽兰。

中年人介绍说他姓季，单名一个古字。

"你们叫我老季、小季、阿古或者季先生都可以。"

中年人甩了个女人一样的眼风，用一种歌唱一样的声音对他们说。

很快，童莉莉和童有源就领教了，这位季先生除了拥有百灵般清脆婉转的嗓音，还具备一种天才的叙述才能。完全没等童莉莉他们发问，他就把事情几乎所有的来龙去脉都说清楚了。

先说说我。你们已经知道了，我姓季，全名季古。我二十来岁的时候在附近一个评弹团里唱过评弹。三十来岁的时候不唱了。现在我整四十，也不能说唱，也不能说不唱，现在我能唱能不唱，是个票友。

再说说这幢房子。这幢房子一九四九年前是个小教堂。一九四九年以后有一段时间它仍然还是个小教堂。但后来又过了几年，它不再是小教堂了，它成了一个土特产商店的仓库，里面的东西那可真是多呵，有鸭血糯、河豚鱼、绿毛龟、浒浦黄花鱼、福山鲥鱼、桂花栗子、叫花鸡、锅油鸡、出骨生脱鸭、出骨刀鱼球、清汤脱肺、软煎蟹盒、石梅盘香饼、莲子血糯饭、八宝南枣冰葫芦、白汁西露笋尖、荸荠饼、松树蕈油、桂花栗饼……

季古一口气把这些拗口的名词说了出来，童莉莉惊讶得张大了嘴巴，像是能把他刚才说的那些东西一口全吞下去。

但是，再后来你们也知道了，一个堆了这些食物的仓库是非常不安全的。先是小偷来了。好几个小偷。男的女的老人小孩都有。有从窗户翻进来的，有搭了梯子从屋顶上爬进来的。后来就不仅仅是小偷了，又来了强盗。玻璃窗全给砸碎了，门也给撬了。屋子里好多东西都给抢跑了，剩下的那些鸡呵鸭呵也都成了骨头，到处都是骨头呵，就像死了好多人似的。所以仓库也就做不成仓库了。

后来我就出现了。我去找到了这房子的主管单位。我说我想租这幢房子。他们说，你发疯呵，一个人租这么大的房子，晚上不怕闹鬼呵。我说我想把它再租出去。他们说，你是真的发疯了，现在是什么时候了，你还想做二房东！也不怕给人吃生活！我连忙说，其实不是这个意思，根本就不是要做什么二房东的意思。我说现在人民群众都很想了解新人新事新生活；他们说是，是，是这样的；我说我们桃花镇就有很多这样的人民群众；他们说是，是，当然是这样的；我说在我们江南这一带，评弹是一种能够歌颂新人新事新生活的艺术形式；他们想了想，说好像是这样，好像是这样的，是好像听说过有这回事；我说我就认识很多常来桃花镇跑码头的小评弹团，他们既能演《苦菜花》、《野火春风斗古城》、《青春之歌》、《红色的种子》、《江南红》，也能唱《蝶恋花》、《新木兰辞》、《小妈妈的烦恼》、《我的名字叫解放军》；他们的眼睛都亮起来了。他们说是吗？是吗？这是很好的事情呵，用人民群众喜闻乐见的艺术形式来歌颂我们的生活……

然后我就总结性发言了。

我说那就这样好吗，这个房子呢先找人来弄弄干净，喷点水，消消毒，上上下下地彻底打扫一下。接下来呢再把它隔一隔，这样楼上楼下能隔出四五间房间来，专门租给那些跑码头的艺人。至于我么，就带只眼睛看好他们。我也不要什么报酬，也不是什么二房东三房东，就在楼里隔出一间让我住住就可以了……

正说着话，楼板那儿传来一阵柔软细碎的声音，像是一只白色皮毛、蓝色眼睛的猫伸了伸懒腰，还顺带着打了几个滚；又过了会儿，那声音突然竖立了起来，加快了节奏，提高了亮度，仿佛一只或者好几只漂亮的小母鸡咯咯咯地叫着，在头顶上跑过来跑过去，然后又跑过去跑过来……

童莉莉抬头望了望天花板。

童有源也抬头望了望天花板。

接着，父女俩又相互对望了一下。

那个姓季单名一个古字的人没抬头也没望天花板，好像他已经习惯了一只猫在头顶上伸懒腰打滚、或者几只小母鸡跑来跑去的生活。他用那只空谷幽兰般的手拿起一只杯子，润了润嗓子，又开始继续他的述说——

你们讲的那个评弹团呵，上个月来的。说了几回书。后来无锡那边有点事，他们就过去了。说是过个把礼拜就会回来的……

这时，楼板上的声音又响起来了。紧接着是嘎吱一声门响，传来一个女人娇滴滴的声音：

"我说老季呵，开水烧了没有呀？"

童莉莉连忙转身去看，只见楼道那里一个红色的影子，只一闪，又不见了。

"是个房客，房客。前几天跟她男人一起来的。"季先生放低了声音，"以前也是唱评弹的，和团长搞得不清不楚，还生了个小女孩，后来不知怎么给赶出来了……"

正要接着往下说，娇滴滴的声音又飘了下来：

"老季呵，我说的话你到底听到没有呵？"

3.

童莉莉他们在楼下朝东一间住下了。这基本上就是童有源的意思。既然那个评弹团过几天就要回来，那他们就在这里等着。上次在渡船上就和他们讲好的，为他们创作一些新的弹词开篇。这不，童有源手里已经弄好了几个，只等他们回来就可以恭手奉上……再有，今天和季古季先生的见面也是一场意外的惊喜。他们相谈甚欢，两个人的脸上都有着含苞欲放的花朵。等到中午的时候，季先生就亲自烧了两个小菜，招待童有源他们吃了顿午饭。菜虽然简单了些，一个鸡毛菜炒百叶，一个土豆烧牛肉，再有一个蛋花汤。但季先生从碗里各余出一点端到二楼去的时候，童莉莉和童有源还是觉得有点遗憾。

"她生病了，男人又不在家里。"

季先生从公共的碗里夹出两块牛肉，一大一小，后来他把那块小的放进碗里，重新补了块大的。

他们头顶上是季古季先生的房间。季先生隔壁一间空着，再隔壁则住着声音娇滴滴的那个女人。这样一种空间结构让蓝眼睛猫和咯咯直叫的母鸡在幻觉上再没有出现。

倒是传说中的那个小女孩，那个因为不清不楚而来到这世界上的小女孩，她很快就出现了。

第二天下午，童莉莉正在小天井里晾衣服，眼梢里瞥见一个六七岁的小女孩，她站在一棵桂花树下，正向童莉莉这边探过头来。

小女孩穿着粉色的薄毛衣，小小辫子上扎着淡橘色的蝴蝶结。她的右手背在身后，左手大拇指则放在了嘴里。看不清楚她到底是在啃手指头，吃棒棒糖，还是因为无聊正仔细辨别自己一个个手指头的滋味。但很显然，小女孩对这个新来的阿姨有点感兴趣。

"阿姨，你的眼睛真好看。"她朝童莉莉这边走近了一步。

"你的眼睛也很好看。"童莉莉笑了。

"我妈妈的眼睛才好看呢。"小女孩骄傲地昂起了头。

"告诉阿姨——你叫什么名字，今年多大了？"

童莉莉话音刚落，小女孩把手指从嘴里拿了出来。她站直了身体，站站直，立立好，突然，她声音清脆地唱起来了：

"侬姓啥？我姓黄。啥个黄？草头黄。啥个草？青草。啥个青？碧青。啥个笔？毛笔。啥个毛？三毛。啥个三？高山。啥个高？年糕。啥个年？一九五九年，拿（你）姆妈养了个小痢痢。"

童莉莉忍不住笑出声来。忙问她这是谁教的，为什么能唱这么好。

"我妈妈每天都在楼上唱歌呢！"

童莉莉顺着小女孩手指的方向望去，二楼最西面开着两扇窗，屋顶一定杂草很盛，因为有几条藤蔓已经顺着瓦片的缝隙垂到了窗前……很难说屋顶没有被麻雀燕子或者喜鹊乌鸦之类的筑了巢，甚至孵了卵，因为老是有一些窸窸窣窣的声音……一只长尾巴的鸟猛地冲向天去，略略盘旋了几圈，很快不见了。

天上也传来一些窸窸窣窣的声音。

一滴雨水掉在小女孩睁大的眼睛里。

下雨了。

4.

直到第三天中午，童莉莉才看到了那个住在二楼最西面的女人。

她比童莉莉想像中要胖，也要高些。在楼道拐角处看到她时，童莉莉突然心里一惊。也不知道为什么，她让童莉莉想起童年的时候，她跟着父亲去上海，交通封锁时在有轨电车上见到的那个白洋纱旗袍女人。

是她自己说的？季先生说的？还是聊天的时候你一言、我一语地，就把事情零零碎碎地讲了个大概？

她叫柳春风，几天前一家人一起从上海过来的。她和这个团里的一位老先生有些相熟，说好了两个人合作一阵子，去河对岸一家茶馆拼双档演出评弹。但事不凑巧，就像季先生告诉童有源的那样，季先生也把同样的情况告诉了面容甜美、身材曲折紧张的柳春风——

"你说的那个评弹团呵，倒确实有这么回事，来过，住了几天，说了几回书，但后来无锡那边有点事，所以他们就过去了。不过说好过个把礼拜就会回来的……"

于是柳春风他们准备留下来了，等一等，再等一等。而就在等待的过程中，她男人上海家里有急事，又赶着回去了……留下柳春风和那个小女孩子。母女两个，一个在楼上开了窗，勾出半个身子唱；另一个则绕着天井里的桂花树直打转。后来季先生便也加入进来了。季先生站在天井里，仰起头说："那家茶馆来催了几趟呢。"柳春风从窗口探出头来，也不说话，嘻嘻一笑。季先生继续仰着头，而且把脚尖也踮起来了："今天早上你出去的时候，他们又来了。"柳春风仍然不说话，伸出左边一只手托住了腮帮子。季先生又说："这样等下去总也不是个办法。"柳春风干脆把头缩回去了，声音则像珍珠一样从楼上滚下来："那你倒是说说看，该想个什么办法。"季先生手上打出一朵白兰花，半光的脑门在太阳光底下熠熠有光，他轻轻跺一跺脚，干脆直截地说道——

"要不，就我来吧。"

天迷迷瞪瞪刚亮的时候，季先生就迷迷瞪瞪地站在了天井里。

迷迷瞪瞪的季先生摆开架势开始吊嗓子的时候，附近很多迷迷瞪瞪的公鸡跟着一起叫了起来。

这一叫便吵醒了柳春风。

柳春风伸着懒腰、打着哈欠推开窗户，顺便也张开了嘴巴。

这一唱不要紧，屋顶鸟巢里发出一阵接一阵的好听的声音。先是一只秃尾巴的鸟钻了出来，东看看，西瞧瞧；紧接着，两只脑门上涂了红胭脂似的小家伙也来了；接下来可就嘈杂多了。秃尾巴、卷尾巴、长尾巴、短尾巴的鸟全都出来了，迷迷瞪瞪地扇着翅膀，互相打着招呼……

这一招呼，倒是招呼来了柳春风那个会唱好听儿歌的小女孩。还有柳春风突然变得饱满尖厉的声音——"柳小妹！刚刷完牙你就吃糖！谁让你刚刷完牙就吃糖！"

新的一天来了。

5.

晚上，童有源和季先生还酒杯碰得嘭嘭响时，柳春风一个人到童莉莉房间来了。

她问童莉莉借一把剪刀。

她站在屋子中间的一盏吊灯下面，一只手叉着腰，另一只手波涛翻滚似的作着比划。她说："你来瞧瞧，这条旗袍是不是长了点？就长了那么两三寸的样子。"

童莉莉从床头柜抽屉里拿出剪刀，伸手递给她。还没来得及说话，柳春风手起刀落，咔嚓几声……

"你听过《玉蜻蜓》吗？"柳春风歪过头看着童莉莉，眼睛亮晶晶的。

童莉莉摇摇头，说："我父亲倒是爱听评弹。"她脑子里飞快地闪过另外几个名字，它们像萤火虫一样一闪一闪，一亮一亮，但很快便又陨灭了。

"明天我和老季要去说里面的一折。"

童莉莉见她大大方方坐了下来，并没有马上要走的意思，就又

134

问她那一折讲的是什么，都有哪些人物，到底发生了什么事情。谁知这一问问得柳春风着实兴奋了起来——

"那很有意思呵。讲金大娘娘和金贵升小夫妻吵架，那金贵升是个小白脸呵，脸皮又薄，一气之下出走家门，去了一个庵堂。在庵堂里他和三师太好上了，但不久以后却又生病去世。这下子苦了金大娘娘，一个女人家，男人走了，活不见人死不见尸呵，心里当然是非常不安的。这不，这天早上起来打碎了一面铜镜，心就往底里沉了，没有办法，就请了关亡婆来，不是都说关亡婆可以望见阴间里的人物吗……"

童莉莉沉吟了一下，问道："那后来呢？"

"后来呵，关亡婆就进了金家。她哪里看得见阴间里的事情呵，但她一定要假装能看到呵。金大娘娘年纪轻，糊里糊涂的也不太懂这些，但她身边有个上了岁数的苏妈，苏妈懂呵。所以关亡婆没被金大娘娘吓出汗来，反倒是被苏妈吓出了一身冷汗。但后来说着说着，关亡婆突然说看到了阴间里苏妈故去的丈夫——这下子苏妈骨头马上轻了起来，连忙问老头子在那里过得怎么样，早晚有没有人为他透透被子。关亡婆假装听了一会儿，说苏妈的老头子传话来了，说有人给他透被子的，阴间里已经为他配了小老婆了……"

听到这里，童莉莉也忍不住笑出声来，"这下苏妈可要气坏了吧？"

"可不是，不是一点点的气呵，简直都快要气死了，气得苏妈都破口大骂了起来，吃死人醋呵！"

"吃死人醋？"

"可不是吃死人醋嘛！"

6.

第二天，天迷迷瞪瞪刚亮的时候，季先生就站在了天井里的桂花树下。

这是一株有些奇怪的桂树。平常的时候它倒是真的稀松平常，根系深埋于土壤之下，笔直的树干清秀挺拔，伞状的树冠枝叶稠密……整个就是一棵下定了决心要好好成活、好好生长的南方的桂树。但问题在于，长着长着，奇怪的事情终于发生了——它长得太认真、太用力，或者也可以说它长得太不认真、过于自由散漫了，以至于本来应该规则齐整的枝叶突然发了疯病，它们向四面八方、向天空、向所有可能生长的空间扩展出去，铺天盖地，蛮不讲理……

以至于童莉莉第一次站在这棵桂花树下的时候，觉得整个天空突然暗淡了下来。

"真是奇怪，"她有点像是自言自语，也有点想要和正在天井踱步的季先生交流的意思，"桂花树见过很多，但从没见过这样的。"

"是有点怪。"季先生停了停脚步，又抬了抬头，"确实有点怪的。"

"不过，很早的时候就是这样了，"季先生又补充了一句，"也不知道是什么时候就成了这样的了。"

"它长成这样，其他的花草就没法长了。"

"是呵，阳光没有了。全被它遮住了。"

而现在，季先生就站在这棵遮住了阳光的桂树下面。就在几天以前，它开花了。花开得也很奇怪，香喷喷的一树，一半是金色，另一半是银色。

就在季先生开始等待的十分钟以后，柳春风睡眼惺忪地提着琵琶从楼上下来了。但她很快再次折身上楼，等她重新回到季先生身边的时候，手里已经挽了一个叠成三角形的小包裹。

"好了？"

"好了。"

天一点一点地亮了起来，等到季先生和柳春风推开院门，走上那条通往河边木桥的曲折小路时，四周的景致已经慢慢明亮、渐渐清晰；而当他们走到木桥中间，桥底下涨水的河床发出清脆快乐的声响时，天地之间已经还原成一幅画卷的美丽，而季先生和柳春风，则更是画中人了。

季先生背着琵琶和三弦，柳春风随身带着的小包裹里则露出水红色丝绸旗袍的一角……雾是昨天晚上就已经起来了，散了大半，几乎已经完全散去了，但那些岸边草丛里纷纷扬扬飞出来的蜻蜓、蝗虫、蝼蛄，那些蝉、蜻类、小瓢虫，还有那些羽翼接近透明的蛾、蝴蝶、蜜蜂……这些大大小小的昆虫在草丛里飞呵飞呵，在风蚀雨啮已经有些残破和腐朽的桥栏边飞呵飞呵，在湿漉漉的空气、雾蒙蒙的太阳光底下飞呵飞呵，在季先生光秃秃油亮亮的脑门附近飞呵飞呵，在柳春风穿着长统丝袜、呈现出书法一样阴柔弧度的纤细脚踩那里飞呵飞呵……

也不知道为什么，它们总让人想起那种灰暗的、风雨欲来的天空——风平浪静的河面上，船娘和船夫依偎着还在梦中；远远地传来叫卖菱藕的声音；一只铺满绸缎的花船从天边飘过来……但谁知道呢，又有谁会知道呢，或许就在下一刻，水鸟们就在头顶上啸叫了，久久地盘旋了，从上到下地俯冲，再从下往上地惊飞……一副担惊受怕、四处逃窜的样子。

谁都不知道呵。

"你脚底下要当心点。"柳春风走在被露水打湿了的木桥上，踮起了脚。

"你也脚下放慢，脚下放慢。"季先生走得比柳春风还要小心翼翼。

7.

这天晚上，童莉莉正在房间里给吴光荣写一封信。窗户半开着，正好能望见天井里那棵疯长的桂花树。不过从童莉莉的这个角度来看，只能瞧见黑漆粗壮的树干，以及小半部分中国水墨般泼洒出去的枝丫与树叶。所以说，在浓烈得几乎让人窒息的香气里，这棵树显得更加神秘了。

在看不分明的树的阴影里，隐约传来童有源的箫声和季先生断断续续的吟唱。再后来，星星点点地开始有了雨声。在这样的雨声里，很多虫子、很多鸟、很多人一定都在忙碌着往回赶。形成了各种复杂丰富的声音。有的先在这棵或者另一棵树下躲一躲，避一避雨；有的则在一个素不相识的屋檐底下，挤作一团；很快就会有雷声，剑一样的闪电已经劈下来过了——虽然大家都知道这样的雷声和闪电其实是同时发生的，但还是忍不住发出了前后两次、一次比一次更为尖厉的叫声。

只有一种声音让人安心、动人心魄，那就是夜莺的歌唱。几年以前，潘太太走的那个晚上，童莉莉就听到过夜莺唱歌的声音。也不是童莉莉一个人听到，屋子里很多人都听到了。当时屋子里的每一个人都在哭泣，有的眼睛肿了，有的鼻子红了，还有的只是肩膀抖动，眼神却是呆滞的。但他们每一个都无一例外地听到了夜莺的声音。

是夜莺吧——他们的眼睛在互相询问。

是夜莺，只有夜莺才能发出这样的声音。

但它在哪里呢——他们朝窗外望去，天空黑漆漆的，院子黑漆漆的，紫藤树黑漆漆的，哪里都看不到那种名叫夜莺的鸟呵，但它又明明就在那里，它的叫声把人的心肠都快要勾出来了。

这是多么奇怪呵。谁都看不到它，即便是那个懂得鸟语的常德发，他一把眼泪一把鼻涕地伸手往外一指——"喏，它在那儿！就在那儿呵！"——但仍然还是黑漆漆的天、黑漆漆的地，只有一种谁都没有看见的鸟儿的叫声，它像闪电一样划破夜空，每个人在心里都暗自讶异——

天哪！它在那儿！它明明就在那儿呵！

　　而这个客居南方小镇的秋雨之夜，好几个人又都听到了夜莺的声音。

　　所以说，这个秋天的晚上是安心的、愉悦的甚至可以细细交心的。先是童莉莉的房间传来了细细的、富有节奏的敲门声。柳春风的闺女柳小妹从门后面探出头来。

　　她向童莉莉伸出手来，手上是两枝金灿灿、香喷喷的桂花。小姑娘说她下雨以前就爬到桂花树上去了。童莉莉便问："你妈妈也不管你吗，年纪这么小，一不留神从树上摔下来可怎么办呢？"小姑娘晃了晃辫子说："以前就常爬的，以前家门口也有一棵树，不过不是桂花树。妈妈出去跑码头或者在附近什么地方唱评弹，她不带我去的时候，我就爬到树上等她。有一次，等着等着我就睡着了，醒过来的时候，天已经快黑了。我看见旁边一棵树上也坐着一个小哥哥，正瞪大了眼睛看我呢。他说你醒了呀，你都睡了很长时间了。我说你看我干什么呀，你怎么也爬到树上来了，也不回家。这时候小哥哥突然把手指竖在了嘴唇上，还轻轻地'嘘'了一声。我说怎么啦，他说不要说话，不要说话，家里人又出来找我了，你听，他们在叫我呢。但我听了半天也没听出什么声音来，我坐在树枝上，又不敢说话又不敢动，后来我就又睡着了……"

　　"那你爸爸呢？他也不管你吗？"

　　小姑娘有点忧伤地垂下了头。

　　"我没见过我爸爸。我妈妈说，我爸爸去一个很远很远的地方唱评弹去了。"

"但是——"她突然想到了什么，立刻又开心地晃动起辫子来——"我有好几个叔叔呢，有一个叔叔经常买糖给我吃，只要我跟着妈妈出门跑码头，他就会买很多很多的糖放在我的口袋里。还有个叔叔，他呀有一个眼睛是假的，他和妈妈一起坐船出去跑码头，手里就老是抱着一只玻璃瓶子，里面呀就装着那只假眼睛……"

正说着话，柳春风突然推门进来了。

小姑娘被打发回房睡觉去了，童莉莉和柳春风挨着坐了下来。这个安心、愉悦甚至还有些亲谑的夜晚仍然还在延续着，两个女人突然非常自然、毫不唐突地聊起私房话来了。

大部分是柳春风在说——

"小丫头话多吧？没办法，从小就跟着我走南闯北的，我看她以后倒也是块说书唱戏的料子。"

童莉莉便笑笑，说："这孩子还真是可爱。很多大人都说不像她那么生动那么清楚的。"

柳春风也笑，说："是呵，以前有个男人和我拼双档的，后来他倒嗓子了没法再唱。我和其他人出去跑码头，他就买好多糖给小丫头吃，让她看着我。他还老是问小丫头，晚上你和妈妈住里间还是外间呢？你猜她怎么回答的——"

童莉莉有点尴尬，一时不知怎么回答才好，于是也就跟着笑了笑。

"小丫头鬼精鬼精的，也不说住里间，也不说住外间，光说一句——窗外有棵桃树的那间——鬼知道哪间外面长着桃树呵，弄不好两间窗户打开来，外面都开着桃花呢。"

本来不是什么摊得上台面的事情，却被她说得这样明亮而坦然，简直就成了非常非常干净的事情了，童莉莉一时接不上话，于是不轻不重地问了句——

"听说……你们是一家一起来的？"

"一家？谈不上一家吧，不过也可以说就是一家吧。不过现在这个倒是不太管我……"柳春风习惯性地使了个妩媚的眼风——"对了，我看了几天，他和你父亲的性格倒是有点像呢，喜欢自己过自己的日子，心里很有主张的那种。"

又说——

"你父亲的箫吹得真好呵，能吹这样一手好箫的男人，一定是很多情的。"

童莉莉忍不住也放肆起来——

"你很懂男人嘛。"

"当然——"柳春风笑得和颜悦色，灿若桃花——"经历多了，自然也就懂了。"

8.

就在两个女人掏心掏肺、真真假假地说着话，或者干脆就是自言自语的时候，还有很多事情正在更为正常而有序地进行着。是呵，天晓得到底是怎么一回事，或许对于女人们来说，无论怎样的交流方式，归根结底只有一个，归根结底只有一个真正隐秘的、令人惴惴不安的心灵果实。它才不说话呢，它也不轻易开花露出底色。当然，梦里的事情除外。

而两个男人——季先生和童有源也在聊天说话。男人们自然也虚虚实实真真假假，自然也有惴惴不安的心灵果实，但他们通常都藏在深得很难找到的地方。通常连梦境都是这样。所以昨晚的梦第二天他们经常就忘记了。

因此他们大都谈些更为现实、或者更为虚幻的事情。

当然时局总是可以谈的。时局总是男人最为关心的事情里的一桩。但是且慢，老祖宗是怎么教咱们的——逢人只说三分话，未可全抛一片心。所以不说也就不说，不说也就罢了。再说时局不就全写在人的脸上吗？一看就明白了，喝了酒淋了点雨就更明白了。

不说时局那我们谈谈天气吧。为什么不可以谈谈天气呢。既然时局可以让人谈得虚伪莫测，冷冷冰冰，那天气也可以聊得让人感动落泪呵。江南这一带不是老是下雨嘛，老是下，老是下，从我们一生下来的时候就是灰蒙蒙的雨天。我们都习惯了，谁都不会抱怨什么。所以我们的屋檐全都盖成这种样子，所以我们的女人全都长得像一只只雨燕。你过了一些江、过了一些河往北去，或者往西去，就不是这样了。一生下来的时候就是满天的沙子，满地的青草，人家也习惯了，也不会抱怨什么。所以人家的屋檐全都盖成那种样子，所以人家的女人全都长得羽翼丰满，看到你直朝你扑过来，生生把你吓出汗来。有的地方在闹洪水呵，粮食长不出了，有的地方却在闹干旱呵，粮食也长不出了，但总会好起来的，是不是？都会好起来的，是不是？没有什么是不好的。给了你的就是好的，作为男人就更加要有这样的态度。

说了天气我们再聊聊艺术吧。呵又说错了，又说错了，说点简单的，比如说下棋，琵琶三弦，烧一只童子鸡，还有音乐，对呵，还有音乐。有音乐吗？当然有，怎么会没有？你睁大眼睛、竖起耳朵就能听到音乐。我告诉你吧，我今天喝了点酒就乱说了，反正到了明天我也忘了自己说过什么了，我告诉你吧，我到处乱跑，哪儿都呆不长，哪儿都呆不住，连我老婆女儿都觉得我神经兮兮的，其实就是因为音乐。真的，你不要瞪大了眼睛瞧着我，我一出门就能听到音乐，哪儿都是音乐，我听着听着就能掉下眼泪来，我知道你会觉得我疯了，胡说八道根本不知道在说些什么，我也不知道我在说什么，我根本就说不清楚自己要说什么。好了，这就是我要说的，音乐。

女人？

女人有什么好说的吗，有时候我简直觉得我就是女人。你不要笑呵，你一定又会觉得我疯了，不过真是这样。我经常说这种疯话，要不我就一句话也不说。其实就是应该这样的。要么说疯话，要么一句话都不说。

我女儿？

我当然爱她！她愿意怎么样生活就怎么样生活。当然了，当然这是不可能的。你瞧，你瞧，我又在胡说八道了，喝了酒我总是这样胡说八道，但有件事情我是清楚的，我手里已经没钱了，明天要问她要一点。

还要住几天？

我也不知道。我没法回答我不知道的事情。或许很快就走了，或许还要再住一阵子。谁知道呢？

呵呵，你不要问我什么具体的人。我不知道，我全都不了解。要了解一个地方或者一个人，要么需要十天要么需要十年，因为到了第十一天，你就习惯了，你就什么都看不到了。我已经在这里住了十几天了，我什么都没看到，什么都看不到了。

第四章

1.

等待的日子又延续了不多的几日。其实用等待这个词也是不对的，也是有问题的。因为其实谁都不知道自己究竟在等待什么。

天一日日地亮得晚了，有一天是晴天，看得见慢慢探出头来的太阳；有一天到了中午前后雾还没有散；还有一天阴云密布，断断续续地下了两场暴雨。而每天天刚蒙蒙亮的时候，头发一天比一天少的季先生就站在桂花树下，等待手里提着小包裹的柳春风下楼。

但这样的等待其实等不等都是一样的。几回书很快就会说完，即便还没说完也不是什么大不了的事情，不是已经有人听着听着就在茶馆店里睡着了吗，人生烦恼的事情太多了；而一个女人偶尔向你抛几个眼风，这更是又有什么呢？当然了，当然，或许在荒凉广阔的人生的荒原上，这还是有点意义的。

季先生等来了柳春风，两个人就一起去河对岸的茶馆。大部分时间他们从木桥上过去，但有一次，小河涨水了，他们就站在岸边等船。就在不远的河面上漂着一只小船，一个船夫靠在船舷上睡着了。他一定是等累了，等了很长的时间，希望有个摆渡客远远地走过来，上了他的船。但人来的时候他却睡着了，什么都没有看到，你说这样的等待又算是什么呢？

倒是两个女人间的亲谑以及天性中的防备、忌妒、小心眼……倒是这些有根有据或者莫名其妙的东西在慢慢延伸，渐渐微妙。还有那个小丫头柳小妹，因为等待的东西万分清晰，所以每天都显得兴高采烈。她甚至在河对岸的茶馆店里学到了一套简单有效的魔术表演——怎样让纸花在放进帽子后变成一朵怒放的玫瑰。孩子总是天底下运气最好的人，至少在她真正懂事以前是这样，甚至不用乞求，不用做梦，只要等待——闭着眼睛、抿上嘴巴、竖起耳朵——天底下的美事就乖乖地来了，就连白纸都要变成红花。

有那么几天，晚饭过后，季先生、童有源、童莉莉、柳春风，还有坐立不安、老是跑来跑去的柳小妹就坐在楼下的客堂里。每个人看上去都有点心神不宁的样子。窗外传来风声，还有风刮过树叶以及树梢的声响，童莉莉面无表情地在看一封信，看过前面一页翻到后面一页，信纸也会发出沙沙的响声。

童有源问了问信的来源，童莉莉仍然面无表情地回答了他。当然了，有些事情问与不问其实都是一样的，所以问的人没有往下延续，而回答的人也不再加以补充。倒是老季季古季先生流露出一种难以掩饰的焦虑。他先是动作夸张地开了窗，并且探出大半个身子去，然后又楼上楼下地跑了好几个来回，直到本来就光亮的额头沁出一排细密有光的汗珠。

"这可怎么是好呵——"季先生摊手摊脚地往椅子上一坐。

"什么好不好?"这种奇怪的情形,大家当然忍不住要问上一问。

原来这季先生在河对岸茶馆店里说书的时候,遇到了一位老听客。有时季先生他们去早了,就先泡上一杯茶,和他聊聊天。有时季先生书说完了茶还没淡,就又边喝茶边和他聊聊天。这样聊着聊着,不知怎么就聊到了季先生的头发。有一天那听客突然哎哟哟地叫起来了。说哎哟哟,季先生你这年纪和你头发的数量可不成比例呵。季先生脸腾地就红了。那听客又说,其实我以前的头发和你一模一样,还没你多呢。季先生惊讶万分,说你现在的头发多好呵,又浓又密,春天田野里的新草也只不过这样。听客自然很得意,在太阳光底下,他又仔细观察了一下季先生头发的现状,说,嗒,有个偏方,专门就是治疗你这样的脱发的。季先生一拍大腿,说好呵,你也是用了这个偏方吗?听客点点头。季先生很是有点急不可捺的样子,说,那你还不早点告诉我——

那听客就掰着手指头说了起来。说:"嗒,是这样的,槐树,你知道槐树吧,就是那种大家都知道的槐树,十月份的时候,你去采一些槐树子,二十一颗,记住了吗,一颗也不能多,一颗也不能少,不多不少就是二十一颗,连着皮把它吃下去……"

"槐树子,二十一颗,连皮吃下,就这么简单?"

"当然不是。当然不会那么简单。"

"那还有什么讲究呢?"

"得在月圆的晚上、身上又恰好出了汗以后,这个时候把槐树子吃下去，效果最好了。"

"那也不难呵。十月份，二十一颗槐树子，月圆之夜……"

且慢，且慢——

接下来才是让季先生真正烦心的事情呢。因为那听客把最重要、最棘手、最为性命攸关的交代放在了最后面。是呵，就按着那偏方去做吧，很多人都做成功了。至少有三分之二的人长出了又浓又密的头发，春天野草般旺盛蓬勃的头发，即便是山里荒凉的野百合，但野百合也会有春天呵——但是，但是——

"也有很少一部分人会失败的。"那听客的声音变得凝重起来。

"失败？那也没什么，现在这个样子，我也早已经习惯了。"

"那可要比现在还不如呵。有很少一部分人用了这个方子后，头发会全部掉光的，直到变成一个真正的秃子。"

"哦？有这样的事情？"

"是的，事情就是这样的。"

"那什么样的人会长出好头发，什么样的人会变成秃子呢？"

"不知道。没人知道。只有天知道。"

这是金秋十月的一个月圆的晚上。只要推开院门，走上那条通往河边木桥的曲折小路，走到大约一半路程的时候，就可以看到路边站着一棵高大的槐树。旁边还有一棵略微矮小些，但也是槐树。就着月光远远地望过去，槐树的树冠就如同一团墨绿色的浓云。你盯着那一团浓烈不散的云团，看它，死死地看它，目不转睛地看它，看着看着免不了就会恍惚起来。有时你会觉得，它就只是一大团树叶和树枝嘛，从树根那里伸展开来，在碧蓝的夜空里成为凝固的、静止不动的树的形象。风吹过来的时候，有沙沙的声响，还有不易察觉的细微的清香。但还有些时候，你会觉得它突然动了起来。它不再是一棵树了，也不再是一棵树的所谓组成部分了。它更像暴风雨到来前天空中不断聚集的雨云。它们在天空中神秘而诡异地集结，随时都会移动，随时都会飘走，随时都会消失……但也随时都会被天空中飞流而下的闪电击中，周围的一切被通通照亮，坦荡，通透，无耻，曲折幽深的南方景致隐遁不见了。

但现在，它看起来还只是一大团晦暗的阴影。因为白昼和夜晚交替而出现的幻觉。如果月色明净如水，湖面风平浪静，那么墨绿的色泽则还是清晰可辨的。当然了，其实墨绿是一种相当晦暗的色彩。浓云同样带来晦暗。所以不管怎样，这月色下的槐树看起来还是晦暗的，让人感到有不可知的事物藏匿其中。

是呵，又有谁能够声音宏亮、不假思索地表达——表达对于未见之物的完全信任？

季先生的头发尚且还是小事，季先生看了农历看月亮，看了月亮看槐树……季先生楼上楼下地不断奔跑，直到把自己弄出一身臭汗，但是季先生还是不敢把已经在手上揉得潮腻腻的二十一颗槐树子吞下肚了——坦然地接受命运，就连这也是很难很难的呀，谁知道命运到底会给你什么呢？一头乌黑浓密的新发，还是寸草不生的不毛之地？

2.

月亮在白莲花般的云朵里穿行。但月亮很快就会落下去的，月落星沉。当然月亮也很快就会升起来，月明星稀。然而明天的月亮和今天的月亮是不同的，明天的月亮与那二十一颗槐树子已经没有因果关系。所以季先生才会如此焦灼地抬头望望月亮，低头看看槐树子。

季先生在看完月亮和槐树子以后，又曾经求助般地望着大家。只可惜没人应他。这事情就自己拿主意吧。他们说。除了命运的信息有时确实让人担惊受怕，也因为每个人都有着心神不宁的原因或者隐情。

童莉莉手里的信是吴光荣写来的。

莉莉：

你究竟哪天回来？

我单位里的事情很忙。你四弟的眼疾好像又犯了。你母亲前几天来过一次，也不说话，坐了会儿就走了。

你不在，家里的一切都乱糟糟的……

莉莉，你究竟哪天回来呢？

吴光荣的信总是这样，冷静，简短，克制。永远不会说得比别人多，比心里的多，比该说的多，就像他手上永远比别人少的那两根手指——然而吴光荣无疑是坚定的，斩钉截铁的，像燃烧的火种一样热烈的，所以童莉莉明显地觉得就在信纸的背面，就在那雪白的纸片上，沉默的、一言不发的吴光荣其实还写着另外一段文字：

　　你疯了。你真是疯了。你们这一家全是疯子。你到底在想什么？你到底要干什么呢？！

　　你快回来！听到了吗，你赶快给我回来！！我是那么爱你……你回来吧，你随时都可以回来的。我等你。

　　当然了，这样炽烈而又直接的话其实在信纸上并没有出现。拿在童莉莉手里的这封信简简单单、明明白白，信纸的正面写着不多不少的几句话，而信纸的背面则是空白的……

　　现在，我们这位秀气的姑娘，我们的童莉莉，正在把信上的另外一些事情告诉父亲童有源。这些事情自然是可说可不说的，因为即便不说也是可以从报纸广播里知道的。而每个人隐秘广阔的生活道路就不是这样了。好几年以前，在我们的女主人公还没有认识潘菊民的时候，有一天下午报社开小组会，因为有几个新来的职员，大家就开始一个个地自己介绍自己——

　　我叫李小翠，二十二年前出生在浙江奉化的一个小山村里，父亲替地主做长工，母亲在家里纺线做饭，哥哥帮爸爸种田，姐姐比我大一岁，和我一起玩，所以叫我小翠；我五岁就开始干活了，什么都会，八岁的时候，家里子女多，地主剥削重，先是我姐姐被人带去做了童养媳，接下来就轮到了我。我在做童养媳的那家人家里也是什么都做，但做了也没用，婆婆照样打我；十四岁的时候我们来了苏州，婆婆让我去里弄的袜厂摇袜，但摇了袜深夜回到家里，还是什么都要做；十七岁的时候，我的丈夫病重快要死了，婆婆逼着我和他成婚，一星期后丈夫真死了，测字先生却说是我的八字太硬，把他克死了，说我必须一辈子守寡才能为他在阴间赎罪；后来终于天亮了呵，苏州解放了，我加入了家庭妇联，加入了学习班，新婚姻法颁布后我还离婚得到了自由，现在又来报社看管仓库，我高兴得几个晚上都从睡梦里哭醒了呀！

我叫刘毛毛，我从小就住在沧浪亭后面的小巷子里，我父亲母亲爷爷奶奶全都是工人阶级，全都是老实人，所以我也是工人阶级，也是老实人；上学的时候我就是个好学生，上课我用心听讲，不做小动作，下课我也不和人打架，不给别人起外号，虽然我体育成绩不太好，但那是因为谁也不肯将球传给我，怕我个子矮守不住；我虽然个子矮，但是在没人的时候我可以唱很好听的歌，我站在树林里唱，树林里的鸟就跟我一起唱，我站在沧浪亭外面的河岸上唱，沧浪亭里面的鸟也跟我一起唱；这次能够加入报社的合唱团，我一定要好好地唱，和大家一起唱，好好地歌唱党、歌唱人民、歌唱我们的新中国。

我叫潘子林，是这个报社的副社长，报社的同志大多都认识我了，有些新来的同志可能对我还不是很熟悉，这没关系，因为熟悉起来也是很快的；现在报社的所有同志都说我忙，所以不能对我多要求；同志们对我原谅，在同志们说来当然是好意，我非常感谢，有的同志恐怕还会原谅我岁数大了一些，因而对我不作苛求；但是，原谅对我没有好处，况且岁数一大很容易倚老卖老，所以我在这里要先向全报社同志表示一下决心，我一定坚决地做一个真正的又红又专的工人阶级知识分子……

……

……

大家发言到中间的时候，童莉莉就悄悄溜出去了。后来，当童莉莉认识了潘小倩、继而又认识了潘菊民以后，有一天晚上，潘菊民约她出来散步。街上人倒是不多，不时有断断续续的爆竹的声响，还有隐隐约约的歌声……但那天晚上夜莺倒是悄无声息了，不再歌唱。童莉莉竖起耳朵听了很久，有一个静谧的瞬间，她甚至听到了一只漂亮的小夜莺发出的鼾声。大多数夜莺都睡觉去了。大多数睡着了，睡不着的也埋着头开始想心事。童莉莉发现那天晚上潘菊民也在想心事。

潘菊民说其实今天他才刚刚回家，回去了一会儿就又出来了，出来找她；潘菊民说其实今天特别累，刚从父亲那家"潘记中庸银行"下班回来，原本想听听昆曲唱片、在院子里紫藤树下看看月亮就睡觉去了；潘菊民说他回家以后稍稍吃了点心，他是坐在餐桌旁吃的，所以就留意到桌上放着的一张报纸；潘菊民说那张报纸给翻看得有了好多褶痕，但又被小心压平了规规整整地放在了桌上，这说明已经有好几个人看过了这张报纸，这也同时说明——看过的人希望没看过的也仔细地看上那么一看；潘菊民说他们家一直就是这样的，有什么重要的事情、不完全是好事的、好好坏坏、或者干脆就是非常糟糕的事情，他们家的人就会用这种比较曲折委婉的方式来告诉大家，特别是他的父亲和母亲；潘菊民说他母亲是个古典的人，他父亲也是个古典的人，他父亲爱着他母亲，他母亲更爱他父亲，就像一种最美好最古老的传统；潘菊民说他们走路的时候也是轻轻的，慢慢的，怕吓着了自己，更怕吓着了别人……

潘菊民说他看完那张报纸后就出门了，想找她，找她童莉莉说说话，哪怕只是简单地走一走，哪怕只是一句话都不说。潘菊民说，报纸上说的那些他都懂，都明白，他绝不是漠不关心、无动于衷的，绝不是这样。有些消息有些事情他看着看着也会热血澎湃，甚至还差点流下泪来。问题不在这儿，问题完全不在这儿……

"你不用说了，"童莉莉打断了他的话，"我知道，你只是感到孤独。"

是的。我只是感到孤独。难以名状的一种孤独。

两个人在街上走着，同样的月光照在别人身上，也照在他们身上，同样的柳阴遮在别人头上，也遮在他们头上……但也不知道为什么，这两个人却就是让人觉得态度暧昧，形迹可疑。他们走着走着就走得近了些，更近了些，几乎靠在一起了，其实也是为了反抗以及淡化那种暧昧、可疑与孤独——他们聊了会儿天，有些是可以聊的，现在终于找到了一个可以聊的人，于是心曲尽吐；还有一些不是那么可以聊，但想了想，因为孤独终于还是说出来了，说出来心里于是就会好受很多，于是就不管是不是非常合适非常得体；再有一些，总会有那样一些事情的，埋也要埋在心里，烂也要烂在心里，那就把它埋起来了，那就干脆让它烂下去吧。

　　但是有一件事情，也不知道为什么，童莉莉没有告诉潘菊民。其实也不是什么很大很重要的事情，童莉莉突然想起了那天，那天下午报社开小组会，大家一个个介绍自己的时候，发言进行到中间部分童莉莉就悄悄溜出去了。她在附近的林阴道上走了走，又顺道拐进了一个公园。春天的太阳暖洋洋的，春天的柳枝绿油油的，同样暖洋洋的太阳照在她的身上，同样绿油油的柳枝拂在她的脸上……但那天下午的童莉莉却就是感到自己形影孤单，意冷心灰。甚至还不是形孤影单、心灰意冷那么简单——要知道，她的心里有很多很多的热望，她的心里有那么多那么多的热望呵，但是又有谁知道呢？又有谁能够懂得呢？她，年轻而热情的童莉莉是多么希望挽起街上迎面走来的哪个人的手，汇入那浩浩荡荡的人流里面去。和大家在一起，和人民群众在一起，和大街小巷涌动着的那些简直无法解释的力量在一起——但是，那么多人从她身边兴高采烈地走过去了，他们的眼睛是明亮的，他们的歌声是嘹亮的，他们手里的红旗是鲜亮的，但是他们看都没有看她……

　　他们雄赳赳气昂昂地从她身边走过去了，把她一个人暧昧不清地丢在了那里。

　　那么，她究竟属于哪里呢？她到底又是谁呢？

带着这样的心情回家，月亮下面父亲童有源的箫声，她那么喜爱的箫声突然也变得面目模糊、暧昧不清起来。

幸亏，后来，潘菊民来了。

潘菊民来了以后，至少有一件事情是完全改变了，或者说，因为潘菊民的到来，童莉莉突然异常强烈地意识到了一件事情——她的这个奇怪的家，她又是爱又是恨的这个家，她的孤独、尴尬以及无奈，一切的一切，这些她都没有办法去改变了。但潘菊民的到来点燃了她的希望，现在，她只有一个希望，她渴望一种力量，和另一个人（现在是潘菊民）一起去和这个硬得让她心痛的世界对抗的力量。她要拉着他的手，就像他那连体婴儿般的父母亲那样。他们要在一起，死也要在一起。一起去争取胜利，一起去承受失败，而不管是能成，还是不能成，这种手拉手的日子让她的生命有意义了。而生命一旦具有了意义，孤独也就随之死去了。

她曾经以为那个人就是潘菊民，就是他了，但是——再后来，潘菊民突然不见了，从她的生活里消失得无影无踪。而她，扬起的手和心在半空中做着奇怪的姿势。

生活，给她送来了吴光荣。确实是给她送过来的，莫名其妙、死皮赖脸地就这样摆在了她的面前。吴光荣不好吗？不，吴光荣好，至少是对她好，不要说消失，她连狠命地甩都甩不掉他。吴光荣对她好，好得连坚定不移地坚持马克思列宁主义、毛泽东思想的他，坚持辩证唯物主义的他，也在枕头旁边偷偷地对她说，认识她真是一种缘分，是命。但吴光荣不是她的命。因为吴光荣的命把他放在了她的面前，她却看不到它，听不见它，所以吴光荣不是她的命。因为吴光荣没有让她产生拉起手来去对抗世界的力量，所以吴光荣不是她的命。而既然她看不到它，听不见它，那它就是没有意义的。就是不存在的。就不是她的生活应该展开的地方。那么，总有一天，她一定要想方设法地摆脱它。

是的，我们的好姑娘，我们的童莉莉从心底里不相信生活就这么停止了。她要追寻它。不顾一切地追寻它。当然，有一些瞬间她心里也是犹疑的。这句话是谁说的呢——在生活的巨浪面前，爱情，有时只是一堆狗屎。

真是这样吗，她在等待的，只是一堆狗屎？

3.

这是一个显得特别漫长的夜晚。

季先生在窗口边的椅子上打起了瞌睡；柳春风把玩累了也快要打瞌睡的柳小妹带上楼去；过了一会儿，柳春风又下来了，这时季先生仍然在打瞌睡，于是柳春风就和看上去精神尚好的童有源聊了起来。

童有源问："你们来的时候走的是陆路还是水路呢？"

柳春风说："走了段陆路，后来又走了段水路。"

童有源说："我们倒是坐船来的，以前我出门很多次都是坐船的，所以也就习惯了。"

"那有什么有意思的事情吗?"柳春风问。

"经常坐了，当然有时候也就会遇上。已经是很多年以前了，有一次我乘船去扬州，路上经过一个小镇，船停了一会儿，大家上岸放风的放风，买东西的买东西。我也上岸了，去吃点点心。我吃了馄饨和烧卖，刚要走，旁边来了个测字相面的人。他一把拉住我就要和我说话。我说我不要测字也不要相面，而且我也没有时间了，因为船马上就要开走了。那相面的狠狠地跺了跺脚说，难道你就不想知道你的命运吗? 我就笑了，我说我想知道呵，不过不知道也没什么，因为它总有一天会来的，不管自己知道还是不知道……那相面的也不让我往下说了，他死死抓住我的手，把我按在点心店油腻腻的凳子上，然后探下身来，一边在我耳朵旁边哈热气，一边神秘兮兮地说:'你知道不知道呵，你这个人，以后是要出家当和尚的呀!'"

柳春风静静听着，不时咬着自己的手指甲，还稍稍地微笑一下。后来的事情她是不用问的，说的人自然会自己说下去。在这人世间活了三十年了，零零碎碎、断断续续的悬念从来就没有真正断过，看得多了，就知道它们自己总是会连起来的。这些天她和季先生在河对岸唱评弹，弹唱之间总要加进去一些小插曲。她和季先生便讲了讲地震。前一阵报纸上说，云南地震了，再前一阵报纸上也说过，广西也在地震，还有很多旱灾水灾虫灾鸟灾的。"新中国好呵!"季先生说。"是呵，还是新中国好呵!"柳春风紧跟着说。接下来，他们两个便你一言我一语的:"听众朋友们，你们知道吗，旧社会的时候是什么样的？地震过后，老百姓找不到东西吃，就互相吃呵！
灾荒闹得厉害的时候，即便是最亲近的朋友，也不敢一起走到田野
里去。小夫妻两个，平时恩恩爱爱，热热乎乎的，到了这个时候，
每天早上从被窝里饿醒过来，就抱头痛哭，说现在我们两个里面只
能活一个了，怎么办呵？到底是我先把你吃掉，还是你先把我吃掉
呵？咱们新中国就是好呵！地震了，地震了怕什么！不就是有些房
子的屋檐和烟囱掉了下来，有些墙壁裂开了一些缝吗？咱们有伟大
的毛主席，咱们有伟大的党，咱们能让掉下来的烟囱回到屋顶上！
也能让裂开来的墙壁重新严丝合缝！"

"你在听吗？"

"当然。"柳春风扭过头，冲着童有源嫣然一笑。

"还是那一年，还是那次坐着船去扬州。到了扬州住了一个礼拜
我又坐船回来了。回来的路上那条船出了点故障，就在中途靠了岸。
说来也巧，停靠的就是那个小镇的码头。我又上岸吃了馄饨和烧卖。
但镇上人很少，我既没再次见到那个测字相面的人，几乎连居民也
很少看到。走着走着，不知怎么就听到了诵经的声音。我跟着那声
音走呵走呵，走着走着突然就飘起了雨来，很小很小的雨，但是很
密，停呢是不会停的，下大呢也是不会下大的那种。我就带着一身
湿腻腻的雨点走进了一个小小的寺庙。庙里有一个老和尚正在念经，
底下坐着几十个人，垂着头，有几个好像都要睡着的样子。我就挨
着他们坐了下来，一会儿听听窗外面的雨声，一会儿听听老和尚诵

经的声音，有时还分神着码头上是否传来汽笛声。就在这时，我旁边有个穿黑衣服的人突然站了起来，他压低了声音对我说，能换个座位吗？太热，我想靠窗些。我想换就换吧，就起了身。大概又过了十来分钟的样子，黑衣服的人又站起来了。我想这个人怎么回事呵，都靠了窗了，难道还是热吗？所以我就格外地注意他。他的手一直放在上衣口袋里，这个细节我注意到了。但还没等到我多想，他的手突然从口袋里拿出来了。一只手，手里拿着一支枪。这支枪对准了前排一个胖子光光的后脑勺，一声枪响，一丝烟火，那个胖子立刻应声倒下了……"

童有源正想继续往下说点什么，他一定是想继续往下说点什么的。但这时楼梯上突然开始有了动静。不时地有人上楼去，又不停地有人下楼来。先是柳小妹噔噔噔地从楼上跑了下来，看上去还有点眼泪汪汪的，她说她刚做了个噩梦，真是吓人，真是太吓人了，说着说着她就扑到柳春风身上咬起了耳朵；这一来，半躺在椅子上打瞌睡的季先生就懵懵懂懂地醒了过来。他在窗前又站了会儿，就上楼去了，但过不了十来分钟，楼道里又响起了季先生的叹气声和垂头丧气的脚步声；柳春风第二次把柳小妹带上楼去哄她睡觉，但小姑娘一溜烟地跑了，跑到院子里的桂花树下去了；这一跑，大家才发现原来童莉莉一直在那儿，一直在绕着那棵桂花树一圈接着一圈地转圈……

大家重新坐了下来。都觉得这个晚上有些奇怪。

你的脸色很不好；你的也有些苍白；晚上睡不着的时候总是这

样的；以前也有过吗；是的，以前也有过，过一段时间就会这样；不要多想就会好些，想得多了自然就难以入眠；但这不是自己能掌握的事情呵，或许昨天睡得很好，今天就不行了，但或许明天又会转好，这种事情谁也说不准的……

是呵是呵，即便就是这几个看起来心神不宁的人，其中或许也有人看上去脸色特别的好，好像刚刚才从春梦里醒过来。但这种事情看了也就看了，说了也就说了吧，因为仅仅根据今天的脸色，其实完全无法判断明天究竟是会发生好事，或者还是糟糕透顶的灾难——

那你们就等着吧。

不要睡觉吧。

安安心心地、心惊胆战地、畏首畏尾地、无所畏惧地等着吧。

但是，不管怎样，这个晚上总是要以某一种方式得以结束。那就干脆大家都许一个愿吧。许个愿，也不要说出来。放在心里就可以了。

好不好？

4.

这个世界上除了一些经常难以入眠、彻夜不睡的人，也还有另外一些脑袋沾上枕头就开始做梦的幸福者。这和每个人在白天遇到的高兴事、伤心事有点关系，也和每个人在夜晚回忆的积德事、缺德事有点关联，但其实也并不完全相关。主要还是取决于老天的一个秘密指令。所以睡得着的也别高兴得太早，至于睡不着的，你就绕着桂花树、桃花树、杏子树、李子树在那里绕圈子吧，没人救得了你的，《国际歌》里就是这么唱的：从来就没有救世主。

没有救世主，所以也就不要寄希望于什么奇迹发生。而既然天上掉不下馅饼来；潘先生、潘太太神神道道去讲悄悄话的小教堂，已经彻底变成一览无余、整天弥漫着奶油香的大仓库；柳小妹把白纸放进帽子后变出的红玫瑰——老母鸡变成了鸭、老母鸡变成了鸭——但最终还是要露出原形，还原成苍白的纸片，那么，这个世界多少还是有些让人失望的。

所以说，除了不知天高地厚的疯子、得过且过的正常人，这个世界上还有另外一类人，那就是悲观主义者。

所以说，虽然这个世界只有一个世界，但是因为有疯子、正常人，以及悲观主义者，所以这个世界在每个人眼里都是各不相同的。

现在，就有一个人正站在开往常熟的轮渡上。他正面向大河，一脸忧郁地看着面前的这个世界。

这是一个在我们的故事里已经消失了很长时间的人。是的，就是他——潘先生、潘太太沉默优雅的儿子，潘小倩的好哥哥，童莉莉曾经的恋人，我们知道了一些、但或许并不那么了解、甚至可能一无所知的潘菊民先生。

是的，潘菊民回来了。但仅仅是回到了我们的故事当中。回到了我们的视线当中。至于在他自己的生活里，他自然从未缺席过。

只不过因为种种原因，如同一个事物的正面与侧部，如同明与暗、光线与阴影，我们暂时看不到他罢了。而这次他之所以重新出现，也只不过承担了一种隐秘的功用：有些人、有些事终于到了不得不交集的时候，需要通过一种途径，把他们、她们、他和她、他们和它们用另一种方式强烈而牢固地联系起来。

所以有时候，我们会拍案惊奇、黯然神伤，我们说，这个世界真是戏剧性呵。

也有的时候，我们把这种东西称为命运。

5.

潘菊民是从苏州轮船码头坐上轮渡的。是的，来常熟以前，他偷偷地回了一次老家。扳扳手指头，从他离开这里算起已经快要两年了。当然了，两年的时间，说长不长，说短也不短。对于一个怀春的姑娘，两年几乎就是一辈子呵，而对于一个悲观主义者来说，两年，也就是一颗心往下沉了沉，还不够，于是再沉了沉。

潘菊民在苏州的那几天心也是往下沉着的。他带着一颗往下沉的心，像幽灵一样地穿过一些大街小巷。就这样看上去，他的气色倒还是不错，但也只是从那些裸露在外的皮肤判断，因为他脸上奇怪地戴了一只很大的口罩。还有些细节可以从身材判断，他瘦了些，穿衣服也很不讲究了，好像好几天没有洗，更不用说替换了。但这样的情况其实和大街上的人没有什么区别。区别还是在看不见的那颗心上。除了那颗心，现在的潘菊民和街上的其他人没有什么分别。

　　从上海到苏州的这段路程，潘菊民坐的是火车。火车站闹哄哄的，还多少有一点脏。有的地方不止一点脏，而有的地方简直就是脏极了。一眼望过去，望到的都是人，乱哄哄在车站里面、车站外面、总之是在地上挤来挤去的人。天上的鸟好像少了很多，它们好像有点焦虑，有些几乎是凶狠了，恨不得把对方咬上一口。很少数的地上的人有时候会突然抬起头看看天，看看天上的鸟。能飞上去吗？或许并不是这样想的。心里的事情总是很难猜到。

　　生活总是自己过自己的。每个人早餐吃了多少东西，午饭吃到荤菜没有，吃饱了吃撑了还是根本没有吃，昨晚睡得怎么样，做梦的时候说出了哪些平时想想都害怕的真心话，这些事情原本就是自己知道。别人的生活看不大清楚，有时候还会看错了。所以也就不去看了。

　　火车晚点了。

　　而且晚点了很长时间。这样人正常的生理功能就会被打乱。有的人累了，干脆一屁股坐了下来，有的人坐下了就开始打瞌睡，有的人眼神涣散，有的人突然就像双脚上了发条，在站台上走过来走过去，走过去走过来……

　　但大多数人其实是觉得饿了。

　　同样感觉到了饥饿的，还有在站台上站了很久的潘菊民。所以他慢慢地站了起来，慢慢踱出站台来到了车站的出口处。潘菊民去买了一个馒头——可能是个肉馒头、菜馒头，甚至就简简单单的一个白馒头。馒头热腾腾的，拿在手里就像仙山仙水一样地往外冒着仙气。这种云蒸霞蔚的情致总是那样漫长而恒久，但实实在在在馒头的烫手以至温热却是短暂的，因为从乱哄哄的人群里突然伸出了一只手——

"抢馒头了！抢馒头了！"

"抢馒头了！有人抢馒头了！"

有人喊了起来。接着很多人喊了起来。但潘菊民没喊也没动，虽然丢的是他捏在手里的仍然冒着热气的馒头。

然而抢馒头的那个人却突然跑了起来，他一边跑一边咬着手里的馒头——他跑得可真快呵，馒头从大变小也变得真快呵——但我们不知道将要发生的事情却是最快的——马路上突然开来了一辆卡车；卡车发出了一声惊叫；于是我们看到了抢馒头人的脑袋，我们就叫他张三吧，张三的脑袋和他的身体分开了，张三的脑袋在街上滚来滚去，嘴里还咬着半个馒头。

这样的场景可能是真的，因为潘菊民重新回到站台时仍然觉得胸口隐隐发堵。但同时站在街边的李四却并没有这种生理现象。李四甚至还和潘菊民聊起了家常。你到苏州去吗；是的，你呢；我也是到苏州去的；哦，很好，这很好……萍水相逢的人能这样说说家常话已经很不错了。特别是像潘菊民这样的人，别人说一句，他也就答一句，这样已经很好了，不可能再多，只有可能更少。所以张三这个人或许其实并不存在，那只是悲观主义者潘菊民站在路边啃馒头时的一种错觉罢了。

潘菊民吃完馒头，重新回到了站台；或者潘菊民手里拿着馒头，一边吃一边向站台那里走去。火车终于意气风发地进了站，潘菊民很快在车窗玻璃里看到了自己疲惫不堪的面容；在布满灰尘的车窗玻璃里，潘菊民还看到了变得越来越小的王五的身影。

外面开始起风了，刮起了落叶，刮小了云彩，王五渐渐变成了天地之间一个可有可无的黑点。

火车上的广播室开始广播了。

东风力量大无穷/吹得迷信连根拔/吹得保守一扫空/吹得落后沉海底/吹得贫穷影无踪……

开始时潘菊民还留意看着窗外素不相识的王五，留意听着喇叭里耳熟能详的歌声。到了后来，他渐渐地既不留意看，也不留意听。他的脑袋随着火车的晃动而不断晃动着，并且保持了这样一种稳定不变的节奏。

而这几乎就是我们前面已经说过的那个场景了。也就是差不多两年的时间吧，空间和场景重新用另一种方式得以连接。就在差不多两年以前，在相反方向的那个火车站，在布满灰尘的车窗玻璃里，潘菊民看着远远向他挥手的童莉莉。

也不知道为什么，随着童莉莉的身影变得越来越小，越来越淡，随着童莉莉渐渐变成了天地之间一个可有可无的黑点，潘菊民突然有了一种奇怪的感觉。

他可能应该离开她了。他想。

或许是因为很爱她。太爱她了。

也或许并不是这个原因。

他没深想。很累。他觉得自己丧失了很多能力。只有这种累是身体内部的东西，他感受得到的。

两年以前，潘菊民的对面坐着潘小倩，因为要暂时离开常德发的缘故，她一直在哭。眼睛都肿了。

但潘菊民一点都哭不出来。他只是觉得累。于是他靠在车窗玻璃上，随着火车晃动的节奏而不断晃动着，很快睡着了。

6.

生活很沉重。而他天生是孤单的——这，就是悲观主义者潘菊民、就是他眼睛里这个世界的主要色彩。

在还没认识童莉莉的时候，每年春天，太湖边的油菜花黄得刺痛人眼睛的时候，潘菊民就会一个人去郊外灵岩山上坐个半天。还是在很早的时候，他妹妹潘小倩跟着他上过几次山，但后来不知怎么她就不再跟着去了。这当中也没有发生什么事情，自然而然就这样了。如同这兄妹两个奇怪的、并没有理所当然的像其他兄妹一样亲密无间，无话不说……他们当然内心是爱着的。但不知道为什么爱得却有点害羞了。

我们已经知道了——"这是个花粉飘散般轻柔安静的家庭"。没有什么不对的，无论怎么看、无论怎么想都没有什么不对的。父母是那么相爱，他们手拉着手去教堂，他们让兄妹两个学习昆曲、京剧、评弹，学习老子和庄子……所有的力量都是和谐的，至少在这个家庭内部是这样。在一个暮春的雨后黄昏，潘先生甚至还让潘小倩从厨房拿了一只小纸盒、一把小扫帚，把院子里紫藤树掉落的花瓣清扫干净。就是这样的一个家庭，这个家庭里爱太多了，太纯净了，太恒定了，反而他们兄妹俩却有一种不真实的感觉。好像有什么东西随时要被打破、屋顶随时要漏雨的样子。这是一件非常奇怪的事情。

有一件事情是肯定的，这兄妹俩各自具有暴烈的力量。后来他妹妹潘小倩用一种奇怪的方式把它爆发出来了，但他没有。他内心的力量也闪过强光，但慢慢地黯淡了下来，和静水深流的生活犬牙交错在了一起。

当然了，其实绝大多数人都是这样的。

但绝大多数人黯淡也就黯淡了，但潘菊民的黯淡却不像是要停止的样子。他一个劲地沉下去了。

有一次，他和童莉莉坐在灵岩山顶的时候，他突然迎风说了这样一句话："真的，我发现从我出生那天起，我就注定要失败、注定要孤独的。"

这话说得没根没据，没法让人心服口服点头确认。至少那时潘菊民父母健在，恩爱和谐，虽然妹妹坠入情网有点神经兮兮的；父亲的银行暂时也还在正常运转，虽然潘先生从来不像满大街的人那样慷慨激昂、意气风发。

那么，难道是潘菊民发现了母亲埋藏多年的那个秘密？有时潘太太确实会在院子里迎风落泪，伤神感怀，但这几乎也是女人们的通病了。流几滴眼泪算不了什么的，更说明不了什么。鱼流的眼泪消失在了水里，女人流的眼泪也和无处不在的空气相差不多。但潘菊民的这个母亲呵，他是那么爱她，他爱他的母亲，那个被称作潘太太的人。一个幸福至少是看似幸福的家里，母亲的力量总是伟大的——

在这个世界上，很多美好的事情总是简单的、相似的、可以用形象的语言加以归纳总结的。

爱情是什么呢？就是潘先生和潘太太各自坐在餐桌的一侧。

婚姻是什么？就是潘太太终于遇见了潘先生。

那么童年呢？就是幸福仍然呈现块状的那些日子。

最后问一句，生活是什么样的？生活就是潘先生和潘太太在一起，各有所思，各有所梦，彼此相爱，彼此深爱；生活就是大家不问，互相隐忍又时而暴怒；生活就是一只鸟突然说出了人话，又突然死了；生活就是一个人地上呆不住做梦也想着睡到树上去；生活就是终于把爱变成了支撑，这支撑又突然倒了；生活就是两个人充满可能又永远压抑；生活就是潘先生最需要潘太太的时候，潘太太走了，但在潘先生心里潘太太根本没走；就是想要和满大街的人一起笑，并且真的也具有一起笑的理由，但不知道为什么却就是笑不出来；就是你哭了我也想跟着一起哭，结果还是各自哭各自的。生活是最乱七八糟、最相互矛盾的——

最毫无规律可循的那种东西，它就叫做生活。

两年以前，在那列从苏州开往上海的火车上，潘菊民左手扶着父亲潘先生，右手牵着妹妹潘小倩，他们在火车中部的一个车厢里坐了下来。潘先生和潘小倩的悲哀全都写在了脸上。人来到这个世界上，最有幸的事情就是找到了与自己深有关联的另一个人。而现在，潘小倩的那一个正站在站台上，他变得身影模糊，越来越小了；而潘先生的那个则正在去往天国的途中，或许都已经到了。不管怎样，现在无论潘先生坐上开往哪里的列车，潘太太都已经离开他越来越远了。

在很多情况下，劝慰其实都是毫无作用的。所以也就沉默。然而沉默的这一个其实内心同样也是怅惘悲伤，只不过当时少有人注意到罢了。他要离开童莉莉了。他应该离开童莉莉了……他脑子里突然冒出了这样一个念头，把他自己都吓了一跳。他要离开童莉莉吗……他太累了，或许他生来就缺乏这种力量，像常德发那样的力量，即便疲乏劳顿，眼睛里还有着隔天或者好多天前的血丝，但仍然能够简单而坚定地对潘小倩说——你要等我……你一定要等我！

他说不了这个。即便说了他也不相信这个。即便说了就能实现吗，即便说了又能怎么样呢？今天都是那么无常，谁又能知道明天的事情呢。

7.

但是世界上仍然还是有那种特别简单的人。女孩子说了喜欢他，要嫁给他，他就朝着人家母亲的遗像跪了下来；等到暂时分别的时候，女孩子哭得像个泪人，说没有你我就活不长了。想想看，这个世界上谁离了谁会真的活不下去？很少的，太少了，但特别简单的人就真的信了。特别简单的人非但信了别人的话，而且自己也回上这么一句——

"我知道，因为我离开你也活不长。"

在潘小倩跟着父亲和哥哥去了上海两个月以后，常德发也去了上海，并且找到了潘小倩。而很多事情就是这样的，要么没有变化，一旦变化开始，接着基本就是一发不可收拾的过程。一个月以后，常德发和潘小倩在上海结了婚，十个月以后，就在研究"粮食多了应该怎么办"早已毫无意义、所以吴光荣调去国营糖果厂当工会主席已经很有一段时间的时候，就在有些个小夫妻晚上开始做奇怪的噩梦，梦见自己肚子饿呵，真是饿呵，饿得只能两个人抱头痛哭，说现在我们两个里面只能活一个了，怎么办呵？到底是我先把你吃掉，还是你先把我吃掉呵？就是在这样的时候，潘小倩突然得了一种奇怪的病：厌食症。

这事情到底是怎么发生的呢，或许是从潘小倩和常德发结婚半年后的某一天开始的。那时常德发已经不再跟着李彝族研究鸟语方面的事情，而是去了运河沿岸的某一座小城工作。那自然还是一个高级的科学研究机构，并且据说还是高度保密的，所以这小夫妻两个才会有这样的对话——

"你到底是在哪里工作呢？"潘小倩问。

"运河沿岸的一个城市。"常德发回答得结结巴巴的。

"一个城市？那到底是北京、天津、杭州，还是镇江、扬州、苏州，或者淮安和徐州呢？"

"是……南方的一个。"

"哪一个？"

"小倩，这个……我不能说，不能告诉你……不单单是我不能说，不能把具体的情况告诉你，我们那里所有的人都是这样，谁都不能说，谁都不能把具体的情况说出去，因为这是国家的机密，因为这涉及到我们祖国的利益……"

然而这样的对话要是一个礼拜出现一次，十天半月出现一次，提出问题的那个人难免还是会感到心中忐忑。现在常德发就是一个礼拜回去一次，十天回去一次，半个月回去一次，甚至中间相隔更长的时间。他从一个神秘的不能说的地方来到潘小倩的身边，很快，他就发现了潘小倩奇怪而微妙的变化。

"你去洗洗手吧。"潘小倩看着他，用一种他以前从来没有看到过的眼神。

"把脚也洗洗。"她还是那样看着他。

"你干脆去洗个澡吧。洗过了？不行，再去洗一次……"

她变得不太让他碰她。但也不是真的不让他碰她。就像几年前他们谈的那场同样奇怪的恋爱。他们那样谈恋爱的时候，她最爱他的时候，恰恰就是他最怕她的时候。他的胸口总是狂跳着。他老觉得自己的腿是软的。他怕她，怕她怕得恨不能马上转身逃走，撒腿就跑。有些爱的感觉是怪异的，相悖的，莫名其妙的，但谁也不能否认，那同样也是一种爱。

但这一次，潘小倩的变化却才刚刚开始。

或许是经常看不到常德发的缘故，或许也并不仅仅因为这个，而是还有其他的什么原因，潘小倩很快就把注意力放在了自己的身上。她不再关照神出鬼没的常德发去洗手洗脚，去彻彻底底地清洗身体，而是不厌其烦地亲自加以实行。为了不让别人听到水声，她把自来水龙头开到最小；她甚至还对自己脸上的几颗雀斑产生了兴趣——如果说，不停地洗手可以把手洗干净，那么，不停地洗脸、用力地搓拧是不是也可以把深浅不一的雀斑消灭干净呢——瞧瞧看，瞧瞧看，现在这个干净得几乎有点肮脏的女人，这个不断把自己弄得青一块紫一块、弄得有点神经兮兮的女人，谁会想到她只是因为起初一个简单的原因呢。这个娇嫩而固执的女人，更年轻一些的时候，遇到一点点事情她的脸腾地就红了，但瞧瞧看，她现在把自己搞得那么脏，那么结结实实的，甚至常德发在与不在这件事情、常德发明天回来吗，后来是不是急着要走这样的事情，都变得不是那么重要了。她先要把自己弄干净，彻彻底底地弄干净，那种纯洁的要求，那种永远都弄不干净的绝望（那可真是绝望呵，越来越绝望），那些雀斑为什么怎么洗都洗不掉呢，脸都搓红了，手都疼了，皮肤都搓薄了快破了……

"小倩，你怎么啦？你怎么变成了这样？"

"我也不知道……我控制不住……"

是呵，这世界上又有多少东西是可以真正控制得住的呢，控制住随便扔在地上的一粒种子不发芽不开花？控制住一个年轻貌美的姑娘不衰老不肥胖？控制住两个天真懵懂的孩子不长大不世故？或者还是控制住一个孤独的人如同春水般涌动的深爱、无助以及难以言明的恐惧？

该来的总是要来的。

这不，紧接着，更为可怕的厌食症跟着就来了。

这又是一件相当奇怪的事情了。我们现在回过头来想仍然会觉得奇怪，而当时的常德发就更是感到不可思议并且心痛万分了。

"小倩，你吃一点吧，你真的一点都不想吃吗？"

"我真的一点都不想吃，真的。"

"吃了又会怎么样呢，难道你完全都不饿吗？"

"我不饿，真的不饿，我看到吃的东西就害怕，真的害怕极了。"

"小倩你不要这么任性好不好，一个人怎么可以不吃东西呢，再说你真的已经瘦得太多了，你没去照照镜子吗，你瘦得都快像一根黄瓜了……"

一根黄瓜？是的，一根黄瓜。这个关于黄瓜的比喻，或许多多少少还是对潘小倩有所触动的。她犹豫了一下，并且伸手摸了摸自己的脸。又细又长、蔫不拉叽的一根黄瓜？她不美了吗？她确实不美了，

她倒是不在乎自己美不美——但是不对，她怎么忘了呢，这一切都是
因为爱常德发才开始的呀，她得在乎常德发看她美还是不美……

她勉勉强强地去厨房吃了点东西——这已经是第二天早上的事
了，但同样是在第二天早上，常德发在睡梦里听见有人呕吐的声音。
他翻了个身，但是不行，那声音仍然在延续，空气里似乎还有一种
酸臭而难闻的气味。他又翻了个身，突然醒了过来。

那声音是从隔壁房间传过来的。

呕吐物和眼泪让潘小倩看上去就像一堆被人随手扔掉的垃圾，
一根又臭又酸已经完全变了质的黄瓜。

"对不起……我控制不住自己，一定……一定要把它们吐出来。"

8.

很多时候，日子总是各人过各人的。很多时候其实谁也帮不了
谁，谁也替不了谁，即便夫妻也是这样，兄妹也是这样，情侣也是
这样，父女也是这样……自从潘太太走了以后，潘先生一天也说不
上几句话，沉默寡言得就像窗外几株不明身份的植物。潘太太走了，
潘先生那颗曾经和植物息息相通的心突然麻木了起来，他突然不认
识它们了，那些树干、树枝，那些树叶、花瓣，那些花花草草，在
他的眼里它们变得陌生了，生硬了，他不知道它们在想什么要干什
么了，他失去了一种宝贵而无法言说的能力，他和它们，也是各人
过各人的日子了。

然而生活里有一个习惯，潘先生却非常完整地保留了下来——

练习中国书法。

这天早晨，潘先生就心平气和地抄录了一段毛主席语录：

节约粮食问题，要十分抓紧。按人定量，忙时多吃，闲时少吃，忙时吃干，闲时半干半稀，杂以番薯、青菜、萝卜、瓜豆、芋头之类，此事一定要十分抓紧。

写完以后，潘先生又上上下下看了一遍，发现了运笔中几处细小的问题。于是展纸再写：

节约粮食问题，要十分抓紧。按人定量，忙时多吃，闲时少吃，忙时吃干，闲时半干半稀，杂以番薯、青菜、萝卜、瓜豆、芋头之类，此事一定要十分抓紧。

第三遍还是同样的。第四遍、第五遍……谁也不知道什么时候就会突然改变了，惊天动地……就像潘太太昨天还娴静端庄地坐在那里——窗外几根绿油油的枝条轻轻摆动，慢慢摇晃，谁也不知道它们想说什么。呵呵，或许明天就知道了，总有一天会知道的。

9.

很多很多次了，潘菊民躺在床上，想着这样一件事情——童莉莉这时在干什么呢？她在干什么呢？是呵，他应该去看看她了，应该去找她，说好了他要去找她的，而她则会等他——这种等待的话语虽然她说得很平静，但眼睛里的坚定和隐忍他是看得出来的。他太了解这个姑娘了。他真的应该去找她了，他们应该好好地谈一谈，谈一谈过去，也谈一谈未来。

有那么两三次吧，潘菊民几乎已经下定了决心。就是明天吧，最迟后天，去火车站买一张票，上了车找个靠窗的座位坐下，对着窗外不断向后掠去的树木和田野发会儿呆，苏州也就到了。

但是，问题在于——回去了又能怎么样呢。

回去了，见到了童莉莉——他又能对她说什么呢。

当然了，他确实也是可以和她说些什么的，他也知道她要什么。他找到了她，他可以牵着她的手，眉目含情地看着她，然后，他可以像常德发对潘小倩说的那样对她说："莉莉，我们结婚吧。"

绝大多数人的一生也就是这样了。不可能更幸运些。况且他已经足够幸运了，他爱她，他爱这个姑娘。他爱这个姑娘就可以把这辈子过得简简单单的，至少和绝大多数人一样。把你家姑娘嫁给我吧，他可以对她父母这样说，情真意切的；我要娶这个姑娘，他也可以对他自己的父母这样讲，同样也是情真意切的。儿女们的恋爱甚至婚姻有时就是长辈们的缩影，日子就是这样周而复始地延续的。年长些的总会垂怜并且懂得他们。他可以把童莉莉接到上海来，或者干脆他就在苏州再安一个家。他可以重新再找一份实在的、同时也是不上不下的工作，养活自己总是可以的，不是那么困难的……

但是，为什么这么简单的事情、这么轻而易举就可以去做的事情，却让他有一种异常沉重的感觉。更重要的是，他明明知道童莉莉在等他，这个外表冷静、内心热烈而疯狂的姑娘，他曾经那么喜欢她那种奇怪的、与众不同的热烈和疯狂——

真的，要是老天知道，也一定会垂怜这两个人的。只有老天才知道呵，有一天下午，这两个人分别在不同的街道上走着的时候，他们心里想的、心里念的其实是多么相似呵。相似得简直就是同一个人。心里都是有那么多那么多的热望呵，但是又有谁知道呢？又有谁能够懂得呢？不仅仅是她，年轻而热情的童莉莉，还有他，即便是悲观主义者潘菊民，其实心底里也是多么希望挽起街上迎面走来的哪个人的手，汇入那浩浩荡荡的人流里面去，和大家在一起，和人民群众在一起……但是眼睛明亮、歌声嘹亮的人们，手里举着鲜亮亮的红旗，他们看都没有看他，雄赳赳气昂昂地从他身边走过去了……

或许每个时代都会有人被暧昧不清地丢在那里……这已经不重要了，重要的是，凭借敏感的嗅觉，两个暧昧不清被丢在那里的人终于找到了对方。

孤独＋孤独＝不孤独吗？

很遗憾，恰恰孤独的概念并不是这样的——

欢乐是大家的，欢乐就是大家的欢乐；而孤独，就是孤独着自己的孤独。

现在，潘菊民的心里是那么的悲凉。他受不了这个了。他没那么多气力。他累了。他远远地听到童莉莉在叫他，她在等他，但他真的累了。他是个男人，对于一个男人来说，光有爱是不够的。远远不够的。

那次临走的时候他给了童莉莉很多钱，他下意识地已经决定要离开她了？不知道，没人知道。

"你到底要对抗什么呢？人斗不过天的。"有时候潘菊民躺在床上突然想到这句话，这是一句他想对童莉莉说的话，还是偷偷地暗示自己呢？仍然没人知道。

等一等再说吧。

或者，过一段时间，让我再好好地想一想。

潘菊民躺在床上，眼睛望着天花板。在淡淡的眩晕和深重的麻木之中，他感觉自己是个没有激情、没有温度的人。街上静悄悄的，但好像突然之间连空气都燃烧起来了，有人大声地说着话，还有人笑着跑了起来……潘菊民把头深深地埋在了被子里面。老天知道呵，街上的那些人们，他爱他们，他真的是爱他们，即便隔着被子，他听到闷声闷气的鞭炮声仍然感动得会哭……但他从来都没让人看到过。他就是这样了。他的世界已经崩溃了，光凭爱解决不了了。

过了很长很长的时间，他才终于睡着了。

10.

有些时候，在潘小倩还没有患上那种怪病的时候，或者潘小倩已经患病，但当常德发从运河沿岸某个神秘的城市回来看她，把她连哄带骗稍稍安顿好以后，三个男人——潘先生、潘菊民和常德发也会难得地坐到一起，聊会儿天。

说是聊天，其实很多时候根本就没有什么话。生活变化得那么快，说了也是白说。况且很多时候真的不是心里想什么，嘴上就可以说什么的。那就闭嘴吧，闭嘴倒会好一些。像三棵温良的植物在空地上晒晒太阳吧，淋淋雨水吧，干脆把眼睛也闭上吧。

其实，那时的常德发已经把部分的兴趣转移到了园艺上。仿佛对树上的鸟失望了，反而开始对树一往情深起来。

有时候，常德发对着一枝蓝色、玫红色、浅紫色或者白色的花朵久久发呆，潘菊民忍不住就会对他低吼一声——

"嘿！你在干什么呢？"

他当然不干什么。这种人自然是什么都干不了的。以前他对着乌鸦、麻雀、鹦鹉、喜鹊这样的东西发呆，现在只不过换了种方式而已。这样的人总是这样呆头呆脑，一往情深，不知变通，而这样的情况自然也会一直持续下去的。

常德发朝潘菊民笑笑，也不说话，好像他说话了就会把刚睡着的潘小倩吵醒似的。

潘先生可能倒是有些懂得他。但现在潘先生什么都不愿意说了。不过潘先生仍然一如既往地写字，今天写的是这一段：

> 敌人有的，我们要有，敌人没有的，我们也要有。原

子弹要有，氢弹也要快。管他什么国，管他什么弹，原子

弹、氢弹，我们都要超过。

这段因为情绪激昂，感情上来了，所以写得有些潦草。潘先生
定定神，静静心，又接着开始抄另外一段：

一个人做点好事并不难，难的是一辈子做好事，不做

坏事……

11.

但是没过几天，从来没做过坏事的潘小倩又发病了。常德发不
在家，或许正躲在某个戒备森严的地方，穿着白大褂，戴着白帽子
白手套以及白口罩，只露出他那双血丝总是延绵不断的眼睛；或许
他正在回家的路上，坐着细雨中飘摇的夜航船。他一上船就睡着了，
一副实在是撑不住的样子。常德发即便睡觉也是全情投入的姿态，
睡梦里他一定又见到潘小倩了，说真的，他还是有点怕她……为什
么女人的身上会有那样一种奇怪的力量，那样强烈、那样神秘。她
的爱是这样，她的病也是这样……这是他一直弄不明白的事情，是
比听懂鸟语或者进行高端的科学研究更为困难的事情。

而常德发不在家，当哥哥的潘菊民自然就要多操心些了。但这
次潘小倩的病确实有些不同寻常。她把头轻轻地靠在潘菊民的肩上，
那个安静腼腆、圆滚滚的小人儿，怎么一眨眼的工夫她就长大了；

只要闭上眼睛，童年的时候，春天的风刮起来的时候，兄妹两个笨拙地、踉踉跄跄放风筝的情景就还在眼前……但即便是骨肉的情感，即便是至亲的兄妹又能怎么样呢，潘小倩的痛苦永远只是潘小倩自己的痛苦，潘菊民帮不了她，谁也帮不了她。

很显然，潘小倩刚刚吐过。潘菊民觉得靠在他身上的这个躯体很轻，非常轻，仿佛她把她再也承受不了的痛苦全部都吐了出去；她的牙齿一直在发抖，像偷了这个世界上不应该属于她的东西一样；她的牙齿还又黄又脏，有的地方甚至变得残缺不全，那是因为它们被不断回流或者吐出的胃酸狠狠腐蚀了；她现在还剩下多少斤呢？六十斤，七十斤，还是八十斤？这样瘦下去连好端端的人都受不了，何况一个体弱而曾经的肾病患者；或许再过几个月她就会死的，要是真这样的话常德发一定会哭，还有很多人也一定会哭—— 一个人来到这个世界上其实只能做很少的几件事情，像潘先生现在就活得简单而平静，写写字，吃点饭，对着空地上的各色小花发发呆；这样就已经很好了，应该知足了，想要的东西太强烈太绝对，那总有一天会被火烧死的；再说哭一哭又能怎么样呢，常德发伤心不已痛哭流涕，从每一朵蓝色、玫红色、浅紫色或者白色的花朵里看出潘小倩的脸来，活不下去了呀，他说；但不会一直这样的，不会一直这样，明白吗，我的好妹妹——

这样的话潘菊民是心里在想，还是断断续续地说了出来，没有人知道了。但潘小倩还是一直在吐，已经没有什么可以吐出来了，但她还是把手指放在喉咙口那儿。这个女人简直就是疯了，疯透了，但疯透了的女人说出来的话却让人忍不住要流下泪来。

"哥，我这里是不是很脏呵？"

当哥的昏昏沉沉地照顾了妹子两天。到了第三天，常德发回来了。潘菊民狠狠地给了他一拳，夺门而出后，又狠狠地给了自己一个响亮的巴掌。

那天晚上，喝得醉醺醺的他遇到了柳春风。

12.

那天柳春风在豫园商场附近的一个书场唱开篇。唱了两个，后来又追加了一个，到最后别人都走了，醉醺醺的潘菊民没走。

他走不了了。喝醉了，趴在茶桌那里睡着了。

潘菊民再次醒过来的时候，他仍然还在那个豫园商场附近的书场里面，甚至他趴在茶桌上的姿势也没什么变化。即便时间其实也还不晚，桌上放着解酒的茶杯依然还有着难以觉察的温热……一个人，带了点情绪，又喝了点酒，难免就会出现这样的情况的。这可是一点都不奇怪的事情。而现在，这个从现实世界里稍稍溜出去了一会儿的人，又不情不愿迷迷糊糊地回到了钉是钉、铆是铆的地方来。他看到眼前站着一个既陌生又熟悉的女人。

说她陌生，那是因为潘菊民以前从来没见过她。

说她熟悉，则是——潘菊民突然想起来了，刚才那个坐在书台正中抱着琵琶咿咿呀呀唱了半天的女人，真是很像她呵；不就是她吗；是呵，就是她呵。

现在，这个既熟悉又陌生的女人走过来了。她也长着一双好看的桃花眼；她看着潘菊民，斜着眼睛似的，可能是看错了；她好像还起手摸了摸潘菊民的额头，当然，这也是不可能的，只是头昏脑涨的潘菊民的幻觉而已，最起码是假的。

但千真万确的是，她在潘菊民旁边的一张椅子上坐了下来。她开始说话了，而且一说话她就一个人一直说了下去，旁边的人一句也插不进去了——

醒了？真醒了？一个男人家，好意思把自己喝成那种样子；你可不要告诉我，你是觉得活不下去了，才把自己喝成这个样子的，我可是听得多见得多了，寻死觅活那种话我是一句都不要听的；活着难，谁不难呵，我看你还是去找块豆腐撞撞死吧；我可告诉你呵，你不要指望我劝劝你什么的，你还是回去吧，能活就活，不能活就不活算了，要是还能活的话你明天晚上再来这里，我单独为你唱个开篇……

这个晚上，潘菊民的酒三分之一是喝茶喝醒的，三分之一是冷风吹醒的，还有三分之一就是被这个女人骂醒的。

走在回家的路上，潘菊民抬头看着天上的月亮和星星。星星就像滴滴答答的女人的泪珠，今天很稀很少；而月亮则像一张好看而弯弯的小嘴，从里面飘出雾云一样雪白的香气。潘菊民停下脚步发了会儿呆。他皱了皱眉头，又叹了口气，最后露出了一丝苦笑。

　　第二天晚上，潘菊民准时坐在了书场的最后一排。那个叫柳春风的女人今天换了套衣服，但她说表白和弹词的腔调倒是一点都没有变，泼辣干脆还有点骂骂咧咧的……她看都没朝他看一眼……当然了，他坐得那么远那么靠后，即便看了或许也淹没在人堆里面，即便看了也看不见的。不过他还活着，当然他还活着，凭什么他不活着呢？

　　第三天潘菊民去晚了，也就随便找个空位坐了下来。

　　"小刀啊，亲爱的助手啊，战友啊！"

　　柳春风这一响亮的叫板把他吓了一跳。她唱蒋调呵，潘菊民嘀咕了一声。潘菊民从小在潘先生的要求下，除了学习老子庄子，还听了大量的昆曲、京剧、评弹和古典音乐。不仅仅是他听，潘小倩也听。有时候两个人听着听着都会流露出一种腼腆害羞的表情，并且不想让对方发现并且了解。有时候潘小倩到院子里紫藤树下站上那么一会儿，有时候则是潘菊民回避出去，有时候兄妹俩的眼神猛地对上了，都红了脸似的。潘先生喜欢听的唱片里总有些奇怪的悲声……等到潘菊民长大以后，长到足够大以后，他突然发现了潘先生的这个秘密。好像有很多很多感情在嗓子眼、在心里、在身体的哪个地方哽咽住了，没法释放出来，也不能让它释放出来。有一次，潘先生和兄妹两个一起听肖邦的夜曲，潘菊民想到一件事要立刻告诉父亲的——父亲；但是父亲朝他摆摆手——孩子，不要打断音乐，任何的时候，要让音乐像水一样流淌下去。

有时候潘菊民突然觉得，他们兄妹两个其实都有一种莫名其妙的挫败感。老是确信自己总会失败的。有时事情太好了太顺了总会不相信，不相信一直会这样下去，总有一天会要改变的。别看潘小倩前几年、还没认识常德发的时候嘻嘻哈哈的，单纯简单得好像一只光会唱歌的小鸟，其实她也是这种样子的。只有当哥哥的知道这个了解这个，就连她自己都不知道不清楚吧？这些都是从小时候就开始了。从那些细若游丝的悲声里就开始了。这种情绪是从音乐里继承下来的，也是从他们神秘的父母那里继承下来的。是呵，这样的话，有些朝思暮想的事情也就得到了解释，虽然又是可以狠狠地把自己吓上一跳的。

童莉莉，那个他爱的姑娘，那个同样也爱他的姑娘，他不去找她了。虽然一想到这件事情他就悲伤，但是他真的不去找她了；因为最近一段时间或者说其实已经很久了，那个悲声总是缠缠绵绵、没完没了地在他心里响起来——

和童莉莉，和这个姑娘的爱情，这样的爱情，总有一天一定要失败的。她离开他了，或者他离开她，或者他们谁都不想离开，但还是不得不离开了，或者他们谁也没有离开谁……但是，很多事情，总是总有一天要失败的。

所以到了第四天晚上，那天下大雨，书场里的听客寥寥无几。柳春风在台上懒洋洋地说了一折书，又唱了两个开篇……雨越下越大了，大得淹过了很多尘世里真实嘈杂的声响。

柳春风从书台那里走了过来。

生活有法则吗？没有，当然没有。

而对于现在的潘菊民来说，要让生活尽可能带有点温度地延续下去，这才是第一位的。除此以外，并没有什么恒定的非遵守不可的法则。

如果说生活还真是有法则的，其实很多时候这就是唯一的一条。

13.

所以说，那一天，现在，潘菊民像幽灵一样在苏州老家晃了一圈，又从苏州轮船码头坐上轮渡。轮渡是开往常熟方向的，逆着风……他面向着大河，他面向着大河想到柳春风的时候，突然觉得，这个女人几乎就是从他的生活里想像出来的。

她不属于他的生活。她的明亮、开朗、妖娆……甚至于风骚放荡都不是他的生活里通常能看得见、摸得着的东西。

那么——他，潘菊民的生活是什么样的呢？

他的生活是那么坚硬明晰呵。像一块块石头从天上、从看不见摸不着却躲也躲不掉的地方扔下来。

"春风，潘小倩死了。"

"怎么会呢？！我们从上海出来的时候她还好好的……那天我和你一起去看她的时候也是好好的，就是人瘦了点。"

"但这是真的，是前天的事情，我也刚刚知道……"

他把柳春风和她的女儿柳小妹留在了常熟，自己则匆匆赶回上海。他并不觉得这是件很突然的事情，医生暗示过他们了，即便医生不暗示连傻子也能看得出来。但爱一个人的时候比傻子要傻很多倍。所以只能让现实来教训他们。路上他一直在哭，一直攥着拳头想着要狠狠地把常德发揍上一顿。

但后来他忘了这个事了。比较沉甸甸的悲伤有一种失重的效果。他麻木得连妹妹蒙在白布后面的脸都没有看清楚。

后来常德发脸色发黑、唯唯诺诺地走上来抱他。他也抱了他。

潘先生那几天还写字。自从潘太太走了以后，他仿佛就拥有了超越痛苦的神奇能力。

黄昏的时候，潘菊民站在屋门口，看着潘先生站在门前的空地上发呆。那些蓝色、玫红色、浅紫色或者白色的花早已凋谢了，花头耷拉下来，长出一个小小的果子。在暗金色的夕阳下面，就像一个不动声色的悲伤的影子。

潘菊民知道，过一会儿潘先生就会进屋去了，拿出笔墨纸砚，还有那本几乎已经快要翻熟翻烂的《毛主席语录》——

今天写哪段呢？

但是那一天，潘菊民突然不想去看潘先生到底写的是哪一段了。这样的生活……这样的生活！他想起了童莉莉和柳春风来……这样的生活，应该有人抽它几个耳光！应该有人跳起来，像个疯子一样，不管不顾地跳起来，冲上去，狠狠地抽它！

他突然觉得——那天黄昏的时候就有这种感觉，后来在苏州开往常熟的船上，大河上的风吹过来，撩起他的头发和衣服，这种感觉突然强烈并且清晰了起来。

是呵，跳起来狠狠地抽生活几个耳光，干出这样的事情，其实这两个女人：童莉莉或者柳春风，都是非常合适的。

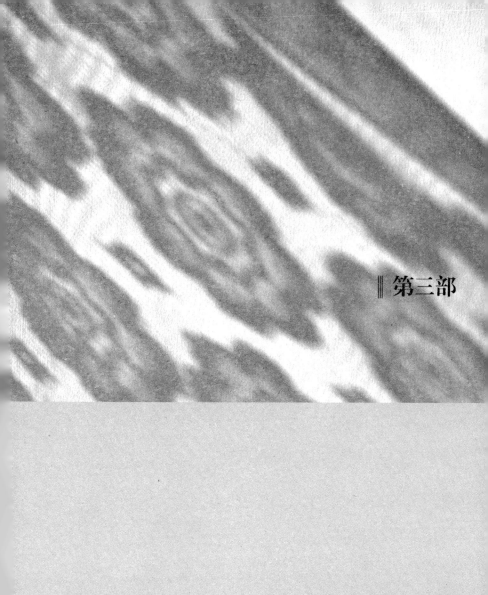

第三部

第一章

1.

我二十六岁生日那天办了一次评弹堂会。不是我花的钱，我一个公司小白领花不起这个钱。倒也不是说完全花不起，只是钱多少不是这种花法的。那天是我的一位商人朋友全程赞助的。先前说要唱昆曲《玉簪记•琴挑》一折。但我偷偷算了算钱——两个唱的，一个司琴，一个司鼓，一个化妆，一个包头，还有两三个助理，十来个人的出场费就要上万了。

我说算了吧，算了吧。这才改成了评弹。

我没有太多给朋友省钱的意思，问题在于这唱的部分其实还是小头——这场堂会租了网师园旁边的一座私家庭院，从下午一直到夜深，喏，这是一笔不小的费用了；仍然没完，真正的重头戏是在晚餐这个部分。仍然是放在这个私家庭院里，请的是城里五星级饭店的顶级厨师上门做菜；事情仍然还在没完没了，问题还不在于师傅上门，而在于他究竟做的是什么菜——其实只要说其中一个菜你就明白了：绿豆芽里塞云腿丝。

那些纤细的绿豆芽，后来我在假山后面临时搭出的厨房里看到了。而那个胖嘟嘟的师傅（他带来了六个小工）在给我说这个事的时候，一半像在炫技，一半更像在埋怨：

豆芽我当然挑了半天呵，要直，直得要像跳《天鹅湖》女人的腿！还要新鲜，采下来过了三小时就不能用了；云腿丝也不让你省心！至少要提前四个小时做，蒸熟了再风干，不能太脆，也不能太软！你看看，你看看，那些穿云腿丝的针，我跑了六七家裁缝店才找到这样的粗细……哼，穿丝穿起来才是最麻烦的事情呢！最顺利的时候也要五分钟才能穿一根！更多的时候是七八分钟穿一根！七八分钟穿一根！你想想看！哼，你以为那汤料简单呵，那是顶级鱼翅淋上南瓜鸡蓉才熬出来的浓汤……

我吐了吐舌头就退出去了。这件事情多少有些离谱了，真是有些离谱了。我知道那位商人朋友正在追求我。他人挺实在的，但我谈不上喜欢他。然而他可能真的喜欢上我了。但问题在于他只会用这种方式表达对我的喜欢，所以我仍然谈不上喜欢他。我也不知道我究竟要干什么。我只是觉得空虚。就是空虚。没有道理的空虚。只要能让我活下去，活得像一个人的样子，活生生的人的样子，真的，你让我干什么我都愿意。

生日那天我请了好几位客人，莉莉姨妈是当然的一个。莉莉姨妈前几个月刚过了六十岁生日，这是件大事；但就在这件大事还没有发生的时候，另一件大事就抢在前面发生了：莉莉姨妈又离婚了。这是她的第三次离婚，第三次离婚的对象以及前两次复婚的对象都是同一个人——我那曾经的、少了两根手指的姨夫吴光荣。

我不太明白一个六十岁的女人心里到底在想些什么，你总不能说，你还在等待爱情吧？要不，就是对现有的生活不满意？不管哪个理由都是幼稚可笑的。况且我知道我那位姨夫是怎么对待莉莉姨妈的。如果真有什么前世里欠下的债，那他前世里就真是欠了莉莉姨妈一大笔债了。直到退休，他还在那家国营糖果厂当工会主席，只是吃那种朴实无华的奶油糖的人越来越少了……其实我一直对我这位姨夫印象不错，他说话的声音一直很亮，眼睛也很亮……我听说过一些他以前的事情，那些和这个国家有关、激情洋溢的、传奇般的事情，我一直觉得，经历过那些事情的人就应该是长成这样的。

他和莉莉姨妈没有子女。有时候我也会突发奇想，如果他们有孩子，那个我的表哥或者表姐，他会长成什么样？是哈韩还是哈日？穿着有破洞的牛仔裤、耳朵旁边有两绺染过的红发？他会像我一样吗，无缘无故地会感到比死还要难受的空虚？

我的父母——也就是童莉莉的三妹和三妹夫，他们俩就我一个孩子。他们是两个热爱现实生活的人。他们在海南岛有一处不大的房子。冬天的时候，他们会过去懒洋洋地晒几天太阳。夏天他们也是懒洋洋的。我们不是太有钱的人家，所以他们不可能再去哈尔滨或者青岛大连买房子。而正因为这个现实的愿望无法实现，所以他们就显得更加懒洋洋了。在闷热得让人窒息的南方酷暑里，他们会反思很多问题。他们一直觉得我很奇怪，简直就不像是他们生的，倒更像是莉莉姨妈或者外公的孩子。奇思异想脱离现实，反正是奇奇怪怪的。我想，我的外曾祖母反思过的问题，我母亲一定也曾经不时地回想。在她怀孕的时候，这个世界上发生过什么事情呢？是在打枪吗？开炮吗？究竟是天灾还是人祸？反正是整日不得安宁。我那有些小资产阶级的漂亮的母亲在我耳边嘀嘀咕咕的时候，其实我是知道她的意思的，她的意思就是说——我那时候躲在她的肚子里一定是被什么意外吓坏了，结果才变成了现在这个样子。

他们去海南岛或者躲在家里胡思乱想的时候，我就去莉莉姨妈那儿。我和她聊得比较多。比如说，她和吴光荣第三次离婚的时候，我就和她聊了很长时间。而这样的谈话出现在一个晚辈和一个长辈之间也是很奇怪的，而且进退之间的次序几乎就是相反的。

过过日子算了，这么大年纪了，还折腾什么……我是这样劝她的，非常真诚。

没想到她从沙发上跳了起来。

你这是什么意思呵！过日子怎么可以将就呵！才这么一点点年纪就想着要将就……

其实我觉得她说得是对的。只是问题在于我不知道怎样才可以不将就。而我认为其实她也并不知道。这个世界上没有人知道。

那一阵子我经常在换男朋友，一有新的男朋友我就会告诉她。

你爱他吗？她问我。

可以爱，也可以不爱。我想了想，很真诚地回答道。

哦……那喜欢呢？你喜欢他吗？

我想说——可以喜欢，也可以不喜欢。但我觉得自己太无耻了。

不知道为什么，他们那代人好像都有一种非常鲜明的个性的东西。他们是有故事的，有喜怒哀乐，有跌宕起伏，有高潮和低潮。而我没有。我不知道问题究竟出在哪里。我只是知道我没有。真的没有。

2.

评弹堂会那天，莉莉姨妈的老朋友、平时我称呼他"常伯伯"的常德发也来了。我倒是真没想到常德发会来。前些天，我无意中和莉莉姨妈聊起他来。我说要是常伯伯能来就好了，那个园子里的花花草草呵，要是经过常伯伯的手，稍稍那么摆弄一下，点拨一下，一定会发出琵琶三弦一样动人的声音。

没想到常德发还真来了。而且还是提早来的。他和园子里的几个花匠园丁嘀嘀咕咕了一阵子，还真把那些花呵草呵摆弄了一下。

这当然是莉莉姨妈的交情。

我断断续续地听莉莉姨妈讲起过常德发和潘小倩的事情。说他们年轻的时候很相爱，而且相爱得很奇怪。听了很多次以后，我突然产生了一种同样奇怪的感觉。我觉得莉莉姨妈在讲述常德发和潘小倩的故事时，有点像是在讲自己，讲自己的某一部分，那异常强烈地想要完成、却一直都没有完成的某一部分……

我在假山旁边的一棵紫藤树下和常德发打了招呼。

他看上去有点老，仍然还像莉莉姨妈曾经对他的经典描述——

耷拉着脑袋、蓬乱了头发（已经白了一半了），但精神却是好的，眼睛里甚至还有一种温润的光泽。他声音低缓地和我聊了几句家常后，突然抬手指了指身边那棵紫藤。

这棵树上呵，前些年还应该有好多鸟的。他说。

我问他，是什么鸟。

他摇摇头说，伯伯老了，已经分辨不出是什么鸟了。

他又说，只是现在空气不好，树上的鸟全都飞走了。

大约大半年以前，我和莉莉姨妈一起去过常德发现在住的地方。是平江路附近的一处老屋。房子面积倒是不大，重要的是屋前有个可以养花种草的小院子。

一路上莉莉姨妈都在讲常德发和潘小倩的事——潘小倩死后不久，你常伯伯就一个人回了苏州。每个人都是有他的命的，对不？这个永远耷拉脑袋、蓬乱头发的常德发的命呵，就是和高级科研机构、和国家利益紧紧结合在一起的。他其实还是挺顺利的，因为他有专业，有本事，对不？所以我也经常对你说，一个人不管脾气怎么怪，个性怎么强，只要有专业有本事，亏总也吃不到哪里去，吃不了什么大亏的。不是吗？你常伯伯是个科学家。在中国，科学家有地位，"文革"的时候谁都倒了，科学家有用，留着，养着，有的研究原子弹，还有的，像你常伯伯，谁也弄不清楚他到底在干什么，但是直到退休，国家还是给了他一个闲职，享受着政府给的一个很高的待遇。你瞧瞧，这套房子也是政府给他的……

那天常德发请我和莉莉姨妈在他的小院子里喝茶。他们聊得挺多。后来我就站起来四处看看，走动走动。

院子里有些我认识的仙人掌、马兰花……还有一些我不认识的蓝色、玫红色、浅紫色以及白色的花朵。后来，我和莉莉姨妈从平江路走出来，她又在我耳边嘀嘀咕咕的时候，我的脑子里仍然充满着那些蓝色、玫红色、浅紫色以及白色的花朵，还有那个奇怪的没有人烟、却充满了草木的小院子。

而晚年的莉莉姨妈是个内心藏不住感慨的人——

你的这个常伯伯呵，脑子里也没什么事，前半辈子一共只弄不明白一件事情，那就是潘小俏的爱情。有一次他偷偷地对我说，女人喜欢起一个人来怎么是这样的呵。到了后半辈子，他弄不明白的事情就太多了，弄得明白的反倒成了少数。有些话他也就会偷偷摸摸地拉着我说，他说这年头到底是怎么啦。我说怎么啦，没怎么啦，大家都在过日子，以前是过日子，现在还是过日子。他说我不是这个意思。我说那你是什么意思……其实我知道你常伯伯是什么意思，现在这世道，别说他这个书呆子不懂，其实我也不懂……

我笑笑，没接话，听着莉莉姨妈唠唠叨叨地继续往下说。

不过他和我还不一样，你这个常伯伯可倔得很，硬得很，你瞧瞧他穿的那身衣服，用的那茶杯、围巾，全都是几十年以前的！有一次，他几个老朋友老战友请他去一个高级餐馆吃饭，门口的保安差点都没让他进去！你瞧瞧这人，他又不是没钱，他真是有钱得很，他也不是不肯花钱，西南边疆那里的希望工程，他认都不认得人家，就几千几千地寄过去。一个小男孩，一个小女孩，他说从小学到大学他都包了！就是这样一个人！我说你就不怕别人骗你呵，有好多希望工程是骗人的，结果小孩子一分钱都没拿到。他眼睛眨巴眨巴地看着我。他真的不懂这种骗来骗去的事情，而且一点都不想去弄懂。他现在每天眼睛一睁开来就有很多事情弄不懂——蔬菜水果里怎么会有那么多农药呵，番茄怎么长得那么奇怪呵；买个神气活现的宠物回来，怎么一个礼拜就死了；观前街东面遇到个要饭的，说腿摔断了，等他给了钱逛了一圈，却在观前街西面又遇到了。这回腿脚是好好的，但人家眼泪一把鼻涕一把地说家里闹了火灾了……

3.

我生日那天四舅没来。我的四舅，也就是被大家叫做童小四的那个人。就在两三天前他还一再来电话确认说，他要来的，他的这个外甥女过生日，当舅舅的是一定要来的。我在电话里嘻嘻哈哈地和他聊了几句，他突然嘿嘿地笑了起来，问我，过生日舅舅送你什么礼物呢？

我们挺好的，很多时候说起话来没大没小，没轻没重，所以我也嘿嘿地笑了两声，说你看着办吧，谁让你那么有钱呢。

在我母亲那边的亲戚里，四舅现在是最有钱的。有一次我和莉莉姨妈开玩笑说，四舅怎么会是这样一个人呢，又现实又能干，把手里的生意做得那么好。听说……他以前脾气很怪的……

其实我本来想说的是——也忘了是听谁讲的了，在外公外婆的孩子里面，就数莉莉姨妈和四舅脾气古怪，行事乖张……但莉莉姨妈眼皮也没抬地接了我的话：

这还不简单，人都是会变的。

那个也不知道什么时候就变成这样的四舅，在我生日的前晚来了我家。他来的时候我正在看一本国外的录像片。他气喘吁吁地说，真是对不起，舅舅明天没法参加你的生日会了。生意上的事太忙，真是太忙。他说你瞧，楼底下车还在等着我，都按了好几次喇叭了。

那晚下着雨，再加上录像片里的人物争相说话，所以我根本就没有听到楼底下的汽车喇叭声。四舅屁股没坐热就走了，留下一个闪着光的银灰色小包。

生日快乐呵。他说。

屋里一下子又安静了。只有录像片里的人在继续往下说：

丽兹，小丽兹，我要走了，要到海上去……请你原谅我，我希望现在离开你不会给你留下太深的烙印。你年轻还不懂得这些……我要走了，你去和别的男人和小伙子睡觉吧。

四舅自己不开车，他的眼睛不好。在他小的时候得过一种奇怪的病，只要情绪一激动就会弱视或者短时间失明。莉莉姨妈说，有一阵子，大家都担心她这个小弟弟，担心他总有一天会成为一个盲人。有一次莉莉姨妈带他去郊外那个破败荒废的动物园。

你看得见那头鹿吗？她小心翼翼地问他。

他点点头。

它在吃草。她若有所思地自言自语着。

他还是点点头。

后来他走上去摸了摸那头鹿的皮，突然流下了眼泪来。

莉莉姨妈有时候会回忆说，那时候的童小四可真是敏感呵，容易激动也容易伤感。后来时间长了，大家怀疑他的视力问题其实只是一种青春期的综合表现。血都往上涌，全都到脑子上去了。等到后来他长大了，也就好了，他突然全都看得见了。成了一个完全正常的人。只不过有着正常人也难免会有的近视之类的毛病。四舅后来去配了副深棕色框架的近视眼镜，架在鼻子上略微显得有点大。他就不时地往上推一推，再推一推。他就这样一边推着自己的眼镜，一边不动声色地和人谈着生意说着话。

你舅舅铜钿赚得老多，人倒是越来越神秘了——我父母好几次在吃饭的时候嘀嘀咕咕的。四舅和他们关系一般，只是逢年过节的时候在场面上客客气气的。但他们去海南岛晒太阳的时候，四舅经常不声不响地替他们把来回机票订好。他们觉得四舅很怪，怪在哪里倒是说不大清楚，反正是怪，而往往很怪的人总是会和他们的女儿走得近些……

这就更奇怪了。

4.

我带着四舅送给我的生日礼物，那个银灰色微微闪光的小包去了生日会现场。那一定是个很贵重的包，价值不菲。我拿在手里的时候就知道了。其实根本就不用拿在手里，四舅从包装袋里把它拿出来，放在沙发上的时候我就知道了。我也不知道从什么时候开始有了这种本领。好像等我醒悟过来，意识到这个问题的时候，这种本领就已经牢牢掌握在手了。瞧，就是这么简单，即便是我父母眼里的这三个怪人——他们的女儿、莉莉姨妈和四舅，三个怪人，奇奇怪怪的，父母大人们在心里咕噜着。但是，不管他们是欣慰窃喜，或者还是其他的什么心情，他们心里也清楚，也承认，即便是这三个怪人，其实也是牢牢地掌握着这种本领的。丝毫也不比他们差，丝毫也不比外面大街上的任何一个人差。

他们怪，但怪是怪在另外的什么地方。

我看过父母他们结婚时的照片。两个人都咧开嘴笑着，头靠着头，都穿着白衬衫，胸口别着一朵塑料花。只是母亲的白衬衫小圆领口上镶了一圈细细的花边。就是这样一点区别。当然照片是黑白的，从白色的纯正深浅上来看，母亲的白衬衣也有可能其实是浅粉色、浅灰色、米黄色或者淡蓝色。都有可能。那样一种温馨简单的浅色系。她把它穿在身上，就那样甜甜蜜蜜地把头那样一歪。

有一次，我和她出门散步。不知怎么就讲到了他们的结婚照。

我说你们那照片拍得可真好呵。

她笑笑，有点羞涩不想再提的样子。说是嘛。说那时候人简单呵。

后来我又看过一次那张照片。两个人眼睛明亮，没有皱纹……照片是简简单单在家里拍的，后面是老式的五斗橱，橱上放着一只圆口花瓶，瓶里插了几枝塑料花。

我父亲结婚后不久就去了五七干校。有时候他会回忆起那段生活，说那时候天真冷呵，河面上结满了冰……我母亲则在旁边接一个电话，我那小资产阶级的漂亮母亲有着非常好听的声音，她在电话里欢快地说，好呵好呵，你没去过海南岛的话那真应该去看看，到我那里去住几天好啦。晒晒太阳不要太好呵。她说不麻烦的，一点不麻烦的……

说完这样的电话母亲总是心情不错，脸上挂着三亚阳光般的笑容。她好像还断断续续地听到了我们刚才的谈话。她走过来，在冰凉凉的皮沙发上坐下，手里拿了一把降血脂降血压的药。她说那时候人简单呵，五七干校，那是说去就去呵。对了，好像你那大姨夫吴光荣也去过一阵呢。

她回过头，好像是看着我、看着我父亲，但也好像是看着不知什么东西似的，这样说道。

我那大姨夫吴光荣和常德发常伯伯的关系不错。作为两个颇有些感情经历的男人，他们有着某种奇怪的默契。一个是爱别人爱得怕了，但还是爱着；另一个则是莫名其妙地被别人爱上，也被爱得怕了。虽然那个爱他的人早已经不在了，但想想还是后怕，不能理解，不能多想。他们两个经常在一起下棋或者打牌。就是他们两个人在一起。打牌也是打那种两个人玩的非常幼稚的牌。他们也不说话。沉默着。享受着这种沉默。

我总觉得这两个男人在一起后来达成了某种和谐。温和的感情的平衡。他们彼此理解和体恤着。说到底，感情这东西——到底是什么东西呢？

因为工作的关系，我出差去过几次欧洲。每次回来的时候我都要带点小礼物给莉莉姨妈。有两次，我在莉莉姨妈家都遇到了常德发。他和吴光荣正在小阳台上晒太阳下棋。他们两个手缩在棉衣袖筒里，头也缩着，像两只冬眠的小动物。

听说……你去欧洲了？常德发正在出棋，他的手抬在半空，随口问道。

是的，常伯伯，我刚从欧洲回来。

欧洲……好吗？常德发突然停下了手里的棋，抬头看着我。

挺好的，城市很干净，经济很发达，那里的人也很有礼貌。

哦。

吴光荣催着常德发出棋，但常德发好像没听到似的，好像在想着其他的什么事情。又过了一会儿，他好像终于弄明白自己到底在想什么了，他干脆把手里的棋放回了桌上，干咳了两声，做出一副要和我认真谈一谈的样子——

那你告诉常伯伯，你觉得是欧洲好还是中国好呢？

这样的问题——我自然没法轻易回答他。因为不管怎样回答可能都是片面的，甚至是错误的。所以我也连忙干咳了两声，几乎运用了我所有的智慧，我说：

常伯伯，以后要是有机会的话，您自己也去欧洲看看，您自己就会有答案的，到底是欧洲好还是中国好。

我正暗自得意着自己的机智，谁知常德发突然把脸沉了下来，有点生气似的压低了声音说：

我不去。我哪儿都不去。我认为中国最好了。

那天要不是吴光荣和莉莉姨妈在，常德发几乎就要和我吵起来了。事实上，他后来真的就是很不高兴，一直沉着脸，摆出一副要好好教训我一通的样子。而我呢，也给他吓了一大跳，不知道自己到底是哪里说错了做错了，到底又应该怎样说怎样做才是正确的。

所以后来我几乎就没说什么话。后来是大姨夫吴光荣把话头接了过去。那天不知怎么他也讲到五七干校的事情了。他说你们这些年轻人呵，糖罐子里长大的，好多事情真是不知道的。他说我和你父亲去五七干校的时候你都还没生下来呢，我在那里是养猪的，你父亲则养了一大群鹅。我养的那群猪呵，后来不知道吃了什么东西还是挨了冻，反正死了一大半，后来我就改去养鸭子了，这样就经常能在村里的池塘边遇到你父亲……

那天莉莉姨妈老是在旁边给我使眼色，还破天荒地亲自下厨烧了一大桌菜。我们大家都喝了点酒，是常德发爱喝的加饭酒，气氛倒是慢慢地缓和过来了，暖和起来了。大家开始东拉西扯地说话。常德发讲起希望工程里他援助的那个小女孩，眼睛亮亮地发出光来。他说那孩子不错，真是不错，这次期中考试的成绩在班里面排到了前五名。他说他琢磨着想要认养她，认她做自己的女儿，但是从年龄来看倒应该是孙女了。常德发对我父母在海南岛的房子好像也挺感兴趣——苏州真是太冷了，他想了想，又说，上海也冷，长江以南冬天不供暖真是不对的呀，南方的冬天那才叫冷，阴天下雨不见太阳……海南岛那边太阳很好吧？

他看看我，表情和声音又和蔼起来了。

常德发现在很少出远门。他自己解释说，主要的原因是怕坐飞机。他一坐飞机就浑身哆嗦，止都止不住地哆嗦。他说他其实根本就不相信那样庞大的东西会飞起来。所以他现在尽量不出门，实在不行也只是坐汽车火车或者轮船……但船真是越来越少了呢……

他皱了皱眉头，一个人走神发呆起来了。

酒有点喝高兴了，喝高了，该兴奋的兴奋，该发呆的发呆，不知是谁突然提到了莉莉姨妈的二妹妹，也就是我母亲的二姐。在我的印象里，二姨妈一直是个漂亮文弱而又有点糊里糊涂的人，糊里糊涂地长大，糊里糊涂地结了婚，糊里糊涂地生了个儿子……去年又糊里糊涂地跟着儿子媳妇去了国外。送行的时候我隔着一张大圆桌偷偷地看她。她正安静而又有些不知所措地笑着……她看上去真的很年轻，脸上一点皱纹都没有。在那样的一张脸上，看不出生活曾经留下过什么痕迹。

二姨妈——她在国外能适应吗？

谁知我这句问话才一出口，微醺的常德发突然回过了神来，他眨巴了几下眼睛，很认真然而也很迷茫地问道：

谁？谁又出国了？……去了哪里？……又是欧洲吗？

第二章

1.

我的终身大事一直是父母最感到烦恼的。

你都二十五岁了，可不小了……他们表情复杂、忧心忡忡地看着我——想想看，我们二十五岁的时候……

我母亲确实在她二十五岁的时候嫁给了我父亲。二十五岁的时候，莉莉姨妈确实也和吴光荣结婚了，但也已经离过了一次婚，并且这还只是她后来一系列离婚、结婚、又离婚、再结婚的开端。而常德发常伯伯的那个潘小倩，其实她那种奇怪的病呵，在她刚认识常德发的时候就有了。不对，在潘太太把她生下来的时候就潜伏在那里了。光等着一个名叫常德发的人把它激发出来。所以说，什么二十二岁，二十三岁，二十四岁，二十五岁……对于这种命中注定的事情，年龄究竟又有什么意义呢？

年龄。年龄真是不好说什么的。同为女人，也是不能比的。人比人，倒也不是说谁要给谁气死，而是真的不能比的。而即便是这个家族里的很多事情也是挺复杂的，并不太适合拿出来作一些类比。所以我父母在就这个话题说了几句后，终于还是面面相觑、嗫嗫嚅嚅着把它淡化了——

　　反正你真是不小了，不是小孩子了，不要那么任性……要想一想自己的将来了。

　　有时候，他们会突然把话题转到时代上来。我母亲坐在家用的保健按摩椅上，父亲手里拿着电视机的遥控器，从新闻联播调到警方传真，再调到电视直销频道……他们突然觉得很有话要说了，而且统统全是有感而发。

　　我父亲在八十年代末期的时候曾经下海经商，不过时间非常短暂。因为在一个冬日的下午，他的生意伙伴带了一大笔货款神秘失踪了。这件事情对我父亲影响很大，以至于他后来再也没有涉足商海。

　　有一阵子他一直对我母亲嘀咕、抱怨甚至愤怒——

　　我知道，人活着总是难免要骗人的，但也不能骗人到这种程度！不能无耻到这种程度！

　　我一直觉得我父母对于改革开放的态度是微妙而复杂的。瞧，即便那骗子卷走了货款，他们还是用剩下的钱在海南岛买了房子。但如果没有那个骗子，如果他们发现了那个骗子，或者他们并没有发现骗子但骗子的骗术却并没有得逞，那么，现在他们很可能在哈尔滨、青岛或者大连都买了房子了，说不定他们还真能把房子买到欧洲去。

　　改革开放还是有它的道理的，邓小平还是做了件大好事的……

　　他们躺在海南岛的金色沙滩上，阳光暖融融的。我的父亲或者母亲这样感慨着。闭着眼睛。由衷地。

是呵，真是件大好事呵。

另一个也闭着眼睛赞成。也是由衷地。

而到了夏天的时候，炎热和潮湿让他们心烦意乱，他们在房间里走来走去，手里的电视机遥控器按过来按过去。

还是老毛那时候好呵。我父亲反思的结果是叹了口气。

当然是现在好，老毛那时候哪有彩电看，哪有泰国香米吃，冬天哪里能到海南岛去晒太阳——我母亲比我父亲更现实。

至少，那时候骗子没有现在多。我父亲说这句话时显得有点凶巴巴的。而母亲则识相地闭嘴不谈了。

每年一到夏天，我父亲就会理所当然地想到那个骗子，那个可恶的伤天害理的骗子，而对于世道产生一种复杂的态度。你呵——他手里拿着遥控器远远地指着我——你呵，也可以说是生在糖罐子里，也可以说是生不逢时呵。我不说话，静静地听着。闭上嘴巴光用耳朵。还真别说，那老一代人说的话呵，虽然有时候是陈词滥调，但有时候还真有些金玉良言，甚至吓你一跳。人呵，在这个世界上谁都不是白活的。

其实我明白父亲的意思。他说了几句我就明白他的意思了。他说：你们这代人很辛苦的，会比我们更辛苦。他说他们那个老毛时代呵，穷是穷了点，但大家都穷，别人能买的东西我也能买，别人买不起的呢，我也一定买不起。所以穷归穷，但心里是平衡的不辛苦的。他笑了笑，又说，再说那时候也没什么东西买不起呵，因为能买的东西也就那么一点，那么几样。他略微停了停，眼睛里有一种不经意的遐思与念想——所以说呵，我不知道你母亲是怎么样的，反正我这个人从小到大几乎是没什么心事的，简简单单，也就这样长大了，平平静静地过着日子，没有什么迫切的期望，也就没有什么过分的失落……

我看到母亲站在阳台那儿，两手交叉着放在胸前，撇了撇嘴。

你们可就不一样了。我父亲提高了一点声调：你们太辛苦了，又要买房子，又会遇到骗子，这世道到处都是骗子呵！你不招惹他他都会寻上门来的……没错，我们那时候是很苦，生活条件很艰苦，但那是另外一种苦。这社会真是发展得太快了，太快了，这一二十年可真是天翻地覆的变化呵……说到这里，父亲突然话锋一转——

你呵，我和你母亲都觉得，你简直就不像是我们的孩子，简直就不像我们生的。后来我们有点想明白了，你们这代人呵，生活压力实在是太大了。那么大的压力，能感到幸福吗？能活得简单吗？就不容易了呀……你倒是说说看，像你这样的年轻人，你身边的那些年轻人，他们觉得活得幸福吗？轻松吗？……

说实话，那天我真的感到有些愕然。我那位对改革开放既爱又恨的父亲，他好像真的说中了什么。甚至话语里还有一种难得的体恤和理解……但好像又不是这样，起码并不完全是这样。他说的当然是对的，但又不完全对。好像还有一些更为拐弯抹角的东西。每个时代都会有一些奇奇怪怪、不合常理的人。这并不完全是时代的问题。但这究竟又是什么问题呢？是什么呢？我并不知道。至少我说不清楚。要是我知道并且能说清楚就好了⋯⋯

但是至少有一点我是清楚的。每个时代都会有孤独的人。我想这点我是懂得并且清楚的。

2.

我生日那天的评弹堂会结束后，那位商人朋友把钱付给了评弹演员和五星级厨师，然后他又提出请我去喝啤酒。

我很孤独。他说。

酒吧的灯很暗，但他的眼睛很亮。因为这个时候还有很多人在喝酒，周围的声音是吵的。所以他把话又重新说了一遍：

我很孤独⋯⋯你知道吗？

对我说他很孤独的这个人姓秋。比我大七岁。有一次我问他，你怎么会姓秋呢。这是一个非常少见的姓氏。我说我是头一次遇到一个姓秋的人。他笑了，说他其实是跟他母亲姓的。而且呢，对于中国的姓氏呵历史呵之类的东西实在是缺乏了解。我说是呵，其实我也缺乏了解。反正你确实是姓秋就可以了，对不，秋先生？

那天我在酒吧里就和这位姓秋的先生说话。我说今天让你花这么多钱⋯⋯真是的。

他说哪里呵。哪里。

我有点羞涩地笑笑。看着他的眼睛。

他又说，哪里呵。今天是你生日。你生日呵。不是吗？是你生日。

他好像有点喝多了。要不就是我的错觉。我觉得他的神情有些恍惚。还有些迷离。他的眼睛不知道在看着什么地方。即便是正看着我的时候。其实那天我真蛮有点感动的。假如他能说一些其他的话，明确的，坚定的，让我觉得他是在认认真真地做着一件他真想做的事情，让我觉得他是真想感动我，真有点喜欢我，让我觉得他其实完完全全知道他在干什么，他干这件事情的目的是什么……如果能够这样的话，如果能够做到其中几点的话，那我们之间就真有一种谈恋爱的感觉了。

但好像不是。要不就是我多心了。要不就是我过于敏感。我觉得他一杯一杯的啤酒喝下去，他叽里咕噜地嘀咕了半天，他真想说的话其实很简单——

我很孤独——你知道吗？

我觉得他甚至有点眼泪汪汪的。很真诚。确实很真诚。但我不知道这种真诚和爱情有什么关系。我甚至不知道这种真诚和坐在他对面的我有什么关系。他那莫名其妙的忧郁、迷离、悲伤以及恍惚，这些莫名其妙的东西都不是把我和他拉近，而是活生生地扯远。越来越远。

让我觉得我只是他摆脱孤独的一种道具。

他越是真诚，我就越是有这种感觉。为一个女人买单付钱是完全可以表示爱情的。我觉得在这方面我不是一个过于清高的人。我很现实。这没什么不对的。但不对的在另外什么地方。不应该是这样的。有什么地方不对。一定有什么地方是不对的了。

　　直到现在我还记得秋先生那天晚上的衣着细节。他穿着白衬衫，领口和袖子上的纽扣都牢牢扣着。他那条灰白条纹领带也系得很紧，就那样硬邦邦地卡在脖子那里。不像我身边经常看到的那些小白领，一到下班的时候，衬衫扣子就松了好几颗，领带歪着或者很有技巧地松出一个弧形……这是个很要干净的男人。确实就这样看上去他也显得很干净。可以想像，无论在哪个环境他都会是干净的，得体的，即便在别人身上会显出拘谨死板的东西：下班了怎么也穿职业装呵，会朋友的休闲活动怎么也提着公文皮包呵——诸如此类的事情，在他身上却仍然是得体的，浑然天成，就该如此，甚至还有一种奇怪的优雅感。奇怪，他就是让人觉得优雅。什么都不让近身、什么都近不了他身的那种感觉。

　　我隐约知道些秋先生的情况，他断断续续地对我讲起过，他祖父母是老一代的马来西亚华侨，后来当地排华的时候辗转来到苏州……据说他母亲年轻的时候很美，"文革"结束后他们全家去了香港，后来他母亲就更美了……

　　你要是见到我母亲，你一定会喜欢她的。秋先生不止一次对我这样说过。

　　我说是呵——在这方面我是很乖巧的——于是我欢快地说，当然会，一定会的。我一定会喜欢她的。为什么不是呢。

还有一件事秋先生也偶尔向我提起过。他说小的时候他母亲家教很严，他母亲说中国的小孩子在饭桌上是没有说话的资格的……对了，秋先生还有个妹妹，据说这个妹妹曾经也很美。但可惜了，她是个脑瘫。可惜了，就是这样。命中如此。

呵呵，这就是我对于秋先生的了解了。中间隔着大量的空白，几乎就是烟波浩渺。但是——究竟是什么和他现在这个人更有关系呢？和他那种死寂而自成一格的优雅有关系呢？是他姓秋的美丽的母亲？他同样美丽却脑瘫的妹妹？他某些不可告人的青少年时代的生活？改革开放？……是呵，这当然重要，要不秋先生一定不会回来，不会坐在我面前，不会极其真诚、但其实毫无头尾地告诉我，他孤独。

但是他孤独和我又有什么关系呢？即便他那天在酒吧真是喝多了，他也是那么理智地孤独着。仿佛他其实早就知道了，知道有些事情从根本上无法解决；他受了什么内伤了，或者领悟力太强；这是从好里说了，也没准这个人浑浑噩噩，借着酒力发泄一些乏味无力的情绪罢了……

反正那天晚上坐在我面前的，就是一堆闪闪烁烁、忧伤着、孤独着、几乎心力交瘁的碎片。那情境多少是感人的，因为有一些瞬间，我几乎忍不住想要问他——

是呵，我知道你孤独，那我能为你做些什么呢？（我们谈恋爱吧，交朋友吧，或者我干脆跟你回家上床？）

或者还想问他——

其实，我也孤独的……你又能为我做什么呢？

但是不对。不应该是这样的。怎么会是这样的呢？我一直记得，有时候莉莉姨妈会对我讲她年轻时候的故事：我真的后悔的，有的时候，真的。她继续说：如果那时我再强硬一点，如果我拼命地哭……有时她也会长叹一声，说算了算了，全都是命呵。你长大了就知道了，确实有命这种东西。真的有的，不由你不相信。很偶尔很偶尔的时候，莉莉姨妈也会讲到她一直避而不谈的外公童有源。她笑笑，说你外公和外婆很有意思的，直到死还是一辈子的深仇大恨。什么叫至死不渝，这才叫至死不渝呵。

不管她在说什么，是怎么说的，我都有一种明确的或悲或喜的感觉。但为什么我和秋先生在一起的时候，或者不和秋先生在一起的时候，我和秋先生都喝得有些醉醺醺的，他先把我送回了家，或者我先把他送回了家，或者我们俩干脆就在街头、在酒吧门口就走散了，各自走各自的路回各自的家……不管这样的情况到底是发生哪一个，我都有一种奇怪的感觉——我不知道自己到底是在干什么，到底是要干什么；好像干什么都是可以的，都无所谓，走到哪里就是哪里了……在酒精的作用和幻觉下面，我甚至觉得自己是个连命运都没有的人。在城市的大街上随波逐流……随波逐流……

二十岁以后就老了。

秋先生也老了。或许他比我更老。我们是两个老人。在人来人往的大街上颤颤巍巍地告别。然后各自回家。关上房门，闭上眼睛。

在酒吧门口我们可能还迷糊着吻别了一下。因为好多年轻人都在那里吻别。有的闭着眼睛。有的则睁开。我没有觉得那个吻有什么温度，就像不冷不热的秋天的风。

这个晚上以后就更老了。

大一岁了，是不是？真好……你看多好呵，今天是你的生日……

秋先生不断重复地说话，甚至还有些语无伦次。不知道为什么，我老觉得他其实是在自言自语。他这样一个人一路说着也能走回家去，和我在不在旁边并没有什么关系。

后来我和秋先生断断续续地又交往了一段时间。那是二十一世纪的前夜，二十一世纪快要来了。明明白白地就在眼前了。当时这个城市正面临着很多大的变化，每天的报纸电视上都有令人振奋或者意味深长的新闻。那个阶段秋先生带我去了城中的很多地方。新区呵，工业园呵，还有古城一些隐秘的商业会所。秋先生和他的朋友们有一个比较私人化的小圈子。他们对政治其实是很感兴趣的，只是谈得比较隐晦。不过更多的时候他们谈商业和资本。有时他们会突然把话语转换为大段的、慷慨激昂的、抑扬顿挫的广东话，或者零零碎碎跳跃着的英文单词……他们看到我的时候会微笑，非常礼节性的。然后告别的时候也是这样，微笑，礼节性的，有一种干净舒缓的优雅和礼仪。

在这样的聚会上，秋先生能说很长时间让我觉得有些怪异的广东话。但我和他单独在一起的时候，如果没有喝酒，话总是少的。

没什么太多的话好讲。虽然我明显能够感觉他的善意。他对我挺真诚的，或许他这个人本身就还不错。有时，他不和他那些朋友们侃侃而谈，暂时也忘了敷衍我哄我开心的时候，他一个人呆呆地在那里坐着，那时的他还会有一种动人而淡淡的忧伤。好几次我都看到过他的这种状态。他或许也是有什么心事的。我想他可能会和我谈谈。除了笼统地嘀咕他那种情绪状态。但没有。我不知道他会不会和其他什么人谈。可能也没有。有时我甚至会怀疑，其实他自己都不知道自己会有那种动人的时刻。也没法问他。过了一阵子连我自己也忘了这件事了。

有一次大家在一个露天晒台上喝啤酒。不知怎么就突然争论起来了。男人们总是这样的，稍微喝了点酒一兴奋起来就开始指点江山。不过也是，就要二十一世纪了嘛，难免总有些人心惶惶或者滑稽可笑的兴致高昂。那天回去的路上我一直沉默着，后来秋先生注意到了。他说你怎么啦，也不说话，今天不开心吗？我说不是，挺开心的，挺好，都挺好的。我知道秋先生后来一直在偷偷观察我，他好像也想再接着问点什么，或者他也觉得我可能会主动和他谈点什么。结果他也没问，我也没说。就是这样。

我都有点忘了我和秋先生到底是什么时候分手的。好像并没有什么特别明确的界线。我们一会儿好一点，一会儿淡一点，有时见得多些，有时见得少些。这其实都没有什么。都说明不了什么问题。有一段时间他对我说，有个规模很大的台资项目，就在我们邻近的一个城市。他说他要到那里去呆一阵子，有些工程启动的时候需要他去亲自监督。后来他就去了。电话里他说，有时间你过来看一看呵，很近的。我说好呵好呵。但我没去。后来他电话也少了。偶尔也有。淡淡地说几句。后来淡淡地说几句也少了。

这个过程我一直觉得挺奇怪的。有点没法解释的意思。后来有一天我突然想明白了。我觉得很简单呵。中国不是有句老话叫无疾而终吗。我和秋先生最清楚不过了，我们就是无疾而终。

确实真是这样，我回想起来，我和秋先生相处的那些日子，它们都是连不成片的，不要说片，就是线也连不起来。有什么东西，一定有什么东西，非常奇怪地把一切都解构掉了。只剩下一些晃晃悠悠的碎片在那里飘荡……随风飘荡……随风飘荡……

但是——那究竟又是什么呢？

我和秋先生不再联系后的一年冬天，在一次商务酒会上我们再次不期而遇。他已经喝了两杯了，脸上气色很好，但完全没醉。是他很高兴地拿着葡萄酒杯过来和我打招呼。

你好吗？一向可好？他说。

他的问候很真诚。真的很真诚。不管是我稍有讶异地抬头回应，还是后来坐在角落里暗暗思忖，我都完全感觉不到那样的问候里有丝毫的虚伪或者敷衍。即便在这样的时候，他仍然让人感到优雅得体。优雅得体，然而近不了身。

也不知道是因为什么样的情绪，那天，后来，我径直地走了过去，叫住了秋先生。我说我要和你谈谈。

那天我问了他三个问题。也可能只有两个。或许我只是简单地和他说了几句话。归根到底，我觉得那天我有情绪。我必须把这种情绪表达出来。倒不是因为我离不开他，或者我自作多情到认为他无法舍弃我。我就是有那么一种情绪。那天我明显也是喝了点酒，因此觉得自己的心跳得很厉害很厉害。我突然感到不安了起来——这是一个不安的时代呵。不安的时代——歌里面就是这样唱的。那天我突然就是感到焦灼不安，无以傍依。所以我直视着那位姓秋的男人的眼睛，我说你要回答我的问题，我们不可以这样，不可以不了了之。

他很惊讶。我明显地感觉到了他的惊讶。他的眼睛亮了一下……紧接着又皱了皱眉头……他好像不认识似的盯着我看了两秒钟……然后他突然笑了。那种优雅而得体的表情又回到了他的脸上、身上、我们周围的空气中。

你真有意思。他说。

你是我见过的很有意思的一个姑娘。他看着我，微微笑着。

那晚后来的时间里我情绪极其低落。就仿佛我好不容易鼓起了勇气，我得问点什么，知道点什么，或多或少我要讨一点说法……我甚至羡慕起我那一辈子打打闹闹、至死不渝的外公外婆来。他们恨也要恨一辈子，到了最后连他们自己都弄不清楚了，那种异常强烈的情绪到底是什么情绪。但就是不肯松手，不肯罢休，一辈子都不肯不了了之。

但你瞧瞧，瞧瞧这位秋先生，我的问题刚一出口就被他解构掉了。就结束了。根本就不要说追问，不要说内心纠缠挑战挣扎到不知所措的地步了。他那么优雅地张开着嘴角的弧度，他手里葡萄酒杯里的红色液体再高出来一点点、再斜过来一点点、再晃动厉害一点点就会满出来了、溢出来了……但没有，一切都刚刚好地在那里，他说：你真有意思。简直是太有意思了。

那还有什么意思。那就不问好了。那就不问了。

我把手里的葡萄酒洒在地上。头也不回就走了。

但是莉莉姨妈对我说了，她说你要相信爱情呵。你这么小的年纪，怎么可以不相信爱情呢。

莉莉姨妈散步的时候喜欢走走停停，停停走走，我记得她靠在一棵枝干粗大的梧桐树上，腰肢柔软，状如少女。

你忘了吗？我对你说过的常伯伯的故事，还有大运河夜航船上的故事……你要相信爱情这回事。真有这种东西的。真有。

3.

于是紧接着就来了白先生。

我是哪一天认识白先生的呢，印象里好像是一个雨天。南方的雨天。江南的雨天。就是一个雨天吧。淅淅沥沥、缠缠绵绵、噼噼啪啪地下着雨。

那天我和白先生都没说很多话。我和他坐在临街的茶馆里喝茶。他开了一点窗，雨飘飘拂拂地淋进来，在空气里若有若无地飘着。我说关了吧。他笑笑，起身把窗合上。但过不多久又把窗户打开了。

知道我为什么要开窗吗？他问。

这样光线好一点，能看你清楚些。他说。

咦，你是单眼皮呵。他又说。

周围是安静的。有一种单眼皮的安静和简单。

真的，真是单眼皮。多好呵，非常好，很古典。他微微地笑起来了。

在雨的回应下，白先生的声音静静的，软软的……我听到自己心里"嗯"的一声有了回响。

那样沉静优雅的一个人，我怎么可能忘了他呢。白先生和我同岁，有一份不错的艺术管理方面的工作。他能弹很好的钢琴。当然了，弹钢琴在现在已经不算什么了，能弹个钢琴算个什么呢？什么都不算的，什么都不算。或许有时候也稍稍地意味着一点什么，有那么一点意思的，比如说，还有点钱，还有点文化或者教养。但白先生除了会弹钢琴，他还会拨弄几下三弦，再完完整整地唱上几段评弹开篇。有一次我问他，我说你都会唱什么流派呵。他说，小阳调，马调，祁调，徐调，沈薛调，夏调，周调……我说你等等等等，你不要说你会唱什么调了，你就说你不会什么调吧。他想了想说没什么不会的，好像基本都会。

就是这么一个人。会唱很好的评弹的一个人。

有一个阶段我们几乎每天见面，或者隔天见面。我们去了这个城市很多褶皱弯曲的地方。有时候他会突然在一段老城墙上停下脚步，说，哎，刚才那个安静的时刻，像不像中世纪？有时我们在古运河的岸边散步，顶着满天的星星和月亮。四周寂寥无声，却仿佛有一段异常华丽的摇篮曲，在摇，在晃，在催人入眠。很安心，但也很奇怪。

白先生不喜欢开车。虽然他完全有能力为自己甚至为别人买一辆车。但他不喜欢。我和他出去的时候两个人都骑自行车。他也不喜欢在市区里逛。我们去过附近的几个小县城，他喜欢安静偏僻的那种。当然已经很难找到了，现在要找一个安静偏僻的县城，比在大街上找一个会弹钢琴的人困难多了。所以他就经常叹息，有一个词他用得很多：俗气。这个俗气了呵，那个倒是热闹了，但怎么也俗气了呵。然后他看看我，说幸亏你是单眼皮，有点像古人呢，不那么俗气。

有一次，我骑在自行车上，风慢慢地刮在我的脸上，好像是春天吧。我闭了闭眼睛，对他说：咦，和你在一起，这个世界的速度好像也慢下来了。

现在回想起来，我和白先生的相处完全都是笼罩在他的节奏和速度里面。舒缓的，暖洋洋的……我和他骑着自行车在大街上悠然滑过，树叶慢慢地黄了，天地都有一种怀旧般的鹅黄色……我甚至觉得，咦，这不是莉莉姨妈老照片里的情形吗？

然后，就到了那一天。

白先生一直是一个慈善事业的支持者。就这么说吧，他热心公益。他会把很多很多的钱捐给一些并不十分了解的公益项目，当然了，其中也包括希望工程。有时候我会和他开玩笑，我说你不了解人家就给钱呵，万一遇上骗子呢？他笑笑，也不正面回答，只是淡淡地说，哪有那么多骗子呵。

不过我还是有一种感觉，我觉得他和常德发常伯伯是不同的，常德发多少有一些赌气的意思，实际上他也不知道是和谁在赌气，反正这个时代他是弄不懂了，他也不想弄懂了，但——不就是要钱嘛——有一天他好像又突然懂了，不就是要钱嘛，你们不就是对钱感兴趣嘛……

但白先生不是。

那是个星期天的早上吧，白先生突然骑着自行车来找我。他说来，你出来，快出来，我带你去做一件有意义的事情。其实那是一次小规模的公益活动。我也不知道还有这样的活动，以前也从来没参加过这样的活动，再加上那天白先生一直在我身边，所以我对那一天印象十分深刻。

那天我们在一个小餐厅里做了好多粥。好像是腊八粥吧。因为是过腊八节。然后呢就把这些粥拿到马路上去分发给大家。我们边做边开玩笑说，最好是穷一点的人来吃吧，最好是无家可归的流浪汉来吃。但后来当然不是这样，场面有点闹哄哄，来了很多人。但不管怎样大家都很快乐。至少里面会有几个穷人吧，会有几个无家可归的流浪汉吧。我们说。

那天我突然觉得白先生很帅。真的，我以前从来没觉得他帅过。

一直对他的长相没有太大的感觉。但那天我觉得他很帅。而且觉得这个人有诚意。他给我带来了简单快乐的一天，也可能是被骗的一天，但那种感觉非常美好。我已经很久没有体会过这种简单却美好的感觉了。我真的觉得自己得到了某种升华——是呵，不就是要钱嘛，房子那么贵，正儿八经的好人谁买得起，到处都是骗子和自私自利的人——但是，好像也不完全是这样。不完全是这样呵。

我想，这都是因为白先生。

所以那天我的心是柔软的。我和白先生骑着自行车往回走的时候，我的心缠绵悱恻，柔软安宁，而且——还带着一点激情。

我想，多好呵。莉莉姨妈说得多好呵。真是有爱情的。真有爱情这回事的。

我觉得我爱上白先生了。

那天晚上我们在古运河边找了家老餐馆吃饭喝酒。我和白先生吃着腊八粥喝着酒，窗外的运河里有灯光明丽的夜航船隆隆驶过。我想，这有多好呵，生活，还能这样美丽而单纯。我觉得我都快要爱上生活了。

那天我喝得有点多。但没有醉。只是有那么一点点多。一点点。那是一种很好喝的口味微微偏甜的葡萄酒。在夜航船灯光的映射下，闪烁着一种动人而性感的光彩。

然后，我脸上泛着红光，眼睛眯眯的，我拉起坐我对面的白先生的手，对他说了很多热情的话。

我没有看清当时白先生脸上的表情。因为我完全沉浸在自己的情绪里面。说实话，我真是喜欢那时候的自己。喝了点酒、喝过了一点酒的自己。色眯眯的？那就色眯眯吧；放肆抒情？那就放肆抒情吧。没什么了不起的。又有什么不好呢？中国人也只有喝了酒才会也才敢这样放肆抒情了。我觉得我很真实，况且——面对的是自己的爱人。

我忘了那天白先生说了什么。好像没说。因为我一直说个不停。说了很多很多的话。而他一直坐在灯影暗淡的地方，看着我，微微笑着。

后来，上了甜点和水果。

我安静了下来。

我注意到他一直在看手表。不停地看。看了手表，又看看我。循环往复。

我喝了酒，所以也不矜持古典了。我径直问他，我说你有事吗？是不是有人在等你？

他摇摇头。笑笑。

但过了一会儿。他还是看手表。若有所思。

我忍不住了，我说你有心事。我看出来了，你有心事。

他有点犹豫。因为他埋头埋了一会儿，但后来他慢慢把头抬起来了，用一种非常沉静优雅的语调，慢慢地说。

他说：很晚了……你父母不等你吗？

我一愣，一时没反应过来他要表达什么。

他又说：你平时——以前也会这么晚回家吗？

他的脸看上去有点忧虑。微微地皱着眉头。仿佛……不太认识我这个人，仿佛……突然回想不起来怎么会和我这样一个人在一起，仿佛……仿佛他想起了很多事情，揣测着很多事情。他突然担起心来了，发现有什么地方可能错了……他就那样看着我。一直看着。

水果盘里有几块微红新鲜的西瓜，我看到其中有一块突然蔫巴下来了。松松地趴在盘子的一个角落里，流出了一点点汁水。

我的酒全醒了。

那天晚上我是怎么回家的呢？是我和白先生继续骑着自行车，还是我们终于放弃了那种缓慢忧伤的交通工具，坐上了讲究速度与效率的的士？这些好像都已经不再重要了。我只觉得他——白先生，他那种异常清晰的、软软的、浓得化不开的忧伤重重地把我包围了起来。

我觉得我好像做错了什么事情。我有什么地方伤害到他了。隐隐约约地有这种感觉。这种感觉又是如此强烈，以至于回家以后、洗漱以后、躺在床上以后、闭上眼睛以后，这种感觉仍然挥之不去。

我从床上爬了起来。坐在窗口的一张椅子上。点了一根烟。

其实我想我是知道的。我是个聪明孩子。那天白先生第二句问话一出口，其实我就知道了。知道了前因后果，知道了他其实是想问什么，知道了一切。

其实那天在古运河边的老餐厅里，我们并没有马上离开。我们把那盘水果包括那片微红鲜嫩又突然蔫巴下来的西瓜全都吃了。我们仍然在那里坐了一会儿。白先生的脸仍然沉在灯影暗淡的地方，他仍然拐弯抹角、看似轻描淡写地问了我一些问题。

其实那时候我已经清楚了。已经醒悟过来了。

其实就是那样，其实非常简单，其实白先生从头到尾就是在试探我，试探我是不是一个处女。

或者说，退一万步来说，他是在试探我——是不是仍然还有一个处女的情怀。

其实我和白先生离开那家老餐厅前，我们骑上自行车或者坐上的士前，其实我把那块鲜嫩微红鬔不拉叽的西瓜吃掉以前，我心里已经是清楚了，已经是再清楚不过了：

我和他——白先生，我们快要完了。

已经完了。

4.

我和白先生的事情后来变得非常奇怪。

先是我病了两天。思绪处于极其混乱而又万分清醒的状态之中。我想我是爱他的。我想我真是爱他的。因为他，我几乎都已经相信了爱情这回事情。我一直以为，我们会有一种比较深刻的关系。因为我是个聪明的孩子，我已经看出来了，不是吗？这已经是再清楚不过的事情了，他的格格不入、伤感、善良，他的理想主义以及隐隐约约可以感觉到的另外一些东西……或许，在这个男人身上曾经发生过一些故事，或许他天性如此……

有一次，忘了在怎么样的一个情境之中了，他叹了口气，突然回头看我。他说：这个世界怎么就变成了这个样子呢？这样俗气！

然后，笑容又在他脸上绽放开来。他说：

幸亏……遇到了你呵。你是个单眼皮。

我的病稍好以后，我才知道原来白先生也病了。而且比我病得更严重。高烧不退。我去看他。他先是坚决不见，后来妥协了，但是侧着身体把脸蒙在被子里。他可能在哭但也不好说。反正他不让我看他的脸。然后他的声音闷闷沉沉地从被子里传出来。他一直在强调两件事情。一件是他曾经多么爱我，他心目中的我曾经多么美好。另一件则是我为什么要那么残忍，要告诉他很多他不想知道的事情，为什么要把他推走……

他看上去那么弱，那么无助。他真的有点把我吓住了。

后来变成我去安慰他。那真是一种非常奇怪的状态，我去安慰他。我为什么要去安慰他呢？我想那是因为他让我心疼了，心里有一种疼痛的感觉。虽然他不让我看他的脸，很可能在那张脸上就隐藏了太多隐而不见的世故。一定是会有那样的东西的。然而既然没看，那就并没看见。对于没看见的东西是不能胡乱猜测的。当然二十一世纪的后现代感还可以让我假设。如果说……是呵，如果说……如果说他这样的情绪完全都是真实的，那么，这样一个慢悠悠骑着自行车在怀旧的大街上寻梦的男人，这样一个男人多少还是让人尊重的。至少我愿意相信这是真的。真有这样的人。真的。真有。

但是，我和他，我们——我们两个人到底是谁伤害了谁呢？

后来又过了几天，可能已经是很多很多天以后，我一个人又去了古运河边的那家老餐厅。我一个人在那里喝酒。喝那种口味微甜、熠熠发光的葡萄酒。我看到窗外运河里很多很多的船开过去，有的开着灯，有的则像黑暗里的影子；有的激起一阵阵的水声，有的则像蒙住脸默默流泪的妇人……那天我还是喝得有点多了，但情绪是清醒的。我能感觉到我的脸上泛着红光，我能感觉到我的眼睛眯眯的，我能感觉到我有很多心里的话很想拉着一个人的手，畅畅快快地说出来……后来，我看到有一个人影从灯光的暗处走了过来。他在我对面坐下，看着我，对我笑着。

那是一个陌生男人。可能也在这里喝酒。或许也是一个人。他可能也是喝多了，要不就是看着喝多的我觉得有趣，觉得应该关心一下。于是他就走过来了。问了我一下，我可以坐下来吗；或者干脆什么都没问，自自然然地就坐下来了。

你没事吧？他说。

没事。

真没问题吗？他又说。

当然。

他在我座位对面又坐了那么一两分钟，没再说话。他可能是自己拿着酒杯过来的。我看到他喝了几口酒。然后就站起来了。走回了自己的座位。后来直到我离开也再没看见他。

5.

我工作以后，特别是有了比较正常的社交活动以后，有一个阶段我的父母显得有些忧心忡忡。现在外面的世道很乱呵，有很多坏人……他们在早餐的餐桌上嘀嘀咕咕的。他们在房间里也会嘀嘀咕咕地说话，装作不经意地偷偷打量我，然后在晚餐的餐桌上继续说：这么乱的社会，你可一定要非常非常小心呵。对了，你平时交往的都是些什么样的人呢……

有时候他们会这么说——世道很乱，又在改革开放。我不知道他们怎么会把这两个词组合在一起的。但真是这样。他们真是这样说的。只不过有时候顺序会颠倒一下。世道很乱呵，改革开放了；或者反过来。

有一天我母亲很认真地对我说，我要跟你谈谈，有些事我必须要跟你谈谈。接下来她就开始谈了。她说你能不能这样呢，以后每天晚上你九点以前一定要回到家里。

我说为什么呢，有时候公司里会有应酬，有时候还会有其他的同学和朋友的聚会……

但我母亲很坚决。她很坚决地摆了摆手。她说你父亲也是这个意思。现在外面坏人很多，骗子也很多，你还小，还刚刚踏上社会，我们是很不放心的。再说，你是个女孩子……

于是这件事情慢慢地开始实行起来。有一阵子我有点糊里糊涂的，但过了没多久我就同样很认真地和他们说，我说我们必须也得谈一谈。我们在桌子前面呈现对三角地坐下来。我说九点以前回家这是不现实的。我从包里拿出几张请柬。我说你们看，下个礼拜有几个创意发布会，开幕时间就是晚上八点半。

他们愣了愣。有点遗憾的样子。他们很小心认真地看了那几张请柬，然后说，那这样吧，就十点钟好吗？你可以在十点钟以前回来。他们又说：我们都是为了你好。真的，哪有父母不是为了儿女好的。对不对？你现在还小，虽然你也读了点书，但这个社会是复杂的，而且越来越复杂。总有一天你会明白的，真的，你一定会明白。

这是一场关于时间的游戏，从九点钟，十点钟，十一点，午夜以前……终于，冬天来了，他们要去海南岛晒太阳了。

他们在整理行装的时候突然绝口不谈回家时间这回事了。我那爱说话的母亲终于平静了下来。父亲也平静了。连常说的骗子也不说了，不提了。仿佛不了了之。听之任之。仿佛知道说了也是白说。仿佛海南和苏州存在着巨大的时差。反正就是这样一种曲折委婉而又绝望无奈的心情。

后来，忘了是什么时候，我母亲又讲起这件事。她说当时他们就知道规定也是白规定；她说那天她整理行装的时候看着我，突然就想起了当年她的父亲、我的外公童有源。她说他经常就是这样，突然之间就离开了家，消失了，不知道去了哪里；她说她还想到了莉莉姨妈，她的这个不断把自己折腾来折腾去的姐姐，好好的日子放着不过，那种折腾呵，几乎一辈子都没有停过。我母亲说，他们俩是她很爱的亲人，但她真是不了解他们，其实谁都不了解他们，谁都不知道他们到底要干什么，他们又不说，说了也没有人明白。我母亲说，她那天突然吓了一身冷汗。因为她觉得我和他们很像。真是像呵，很倔，很奇怪，她说，她当时心里就是这样一种想法：不知道你这孩子会干出什么事情来。

我母亲说：不知道你这孩子会干出什么事情来。

直到很久以后我才开始慢慢看明白这件事情。看明白这件事情本身，看明白这件事情到底是什么样的一件事情。这种看法是慢慢累积的。慢慢才清晰明了的。或许随着时间的推移在细枝末节上还会有一些变化，或者把我自己也吓出一身冷汗来。总是这样的。以后的事情谁也不知道。

或许我应该把前面的一个场景延续下去。

在我和白先生拖拖拉拉了一段时间，其实也就是分手了以后，我一个人又去了古运河边的那家老餐厅。那天晚上我喝了点酒。后来，同样也喝了点酒的一个陌生男人走了过来，坐在我对面。我们聊了会几天。要知道，有时候酒精总是可以拉近人和人之间的距离。我们其实不止说了一句、两句，好像真是聊了一会儿。然后，我无意之间看了看手表，正好是晚上十二点整。

突然，我也不知道怎么突然会这样的，突然之间我就开始问他。我说：

这么晚了，难道家里没人等你吗？

我就记得这一句。至于那个人是怎么回答的，回答了几句，我都有些记不清了。后来他好像又坐了会儿，喝了几口酒，接着就站起来走了。

再后来，我也走了。

但有一个细节我是记得的。而且记得很清楚。那天晚上，我从运河边的老餐厅出来以后，晃晃悠悠地就回了家。我几乎找不到钥匙。因为这种寒冷的冬天里，我父母照例会在海南岛的月光下温暖入眠。所以在找不到钥匙的情况下，我几乎是进不了房门的。我记得我在街上又晃悠了两圈，在第三圈的时候我终于在皮包的角落里听到了一声脆响。

我一个人躺在床上的时候有点忧伤。因为我不可避免地又想到了白先生。

但我一个人躺在床上的时候，我又想到，其实在刚才，在那个陌生男人和我聊天说话的时候，我内心突然闪过的那种乱作一团的念头。我在街上晃悠的时候甚至还想到过秋先生。反正是乱作一团。混乱不堪。怎么乱怎么好。其实这个晚上完全可能发展为另外一个晚上。另外的一种形状、气息、内容，以及结局……很奇怪，非常奇怪，这件事情简直就是奇怪极了。当我一个人躺在床上，感受着与白先生有关的忧伤时，突然想到了另一个完全可能发生的情况——

如果说——假如说——这个晚上我十二点、一点钟、两点钟不回来，如果说我这个晚上夜不归宿，我会觉得很忧伤。

不对，这句话应该再次加以解释才能让它饱满明确。是的，如果这个晚上我不回家，我对一个陌生男人说，或者一个陌生男人对我说——"是呵，我知道你孤独，那我能为你做些什么呢？我们谈恋爱吧，交朋友吧，或者我干脆跟你回家上床？"——如果是这样，我会觉得忧伤。那是一种想到了白先生以外的忧伤。是忧伤之上的忧伤。

当然了，当然，我不是个传统的孩子。从来不是。在我和父母抗争着那个时间游戏时就很清楚不过了。九点钟回家，或者十点钟、十一点、午夜时分……这样的区别到底有没有区别呢？有多少区别呢？或许当时是看不清的，或许在这相差的一个小时、两个小时、三个小时之间确实可以发生人生故事，改变你命运的人生故事。但仍然不对。到了一定的时候你会突然明白过来。真正的人生故事不会发生在这种仓促的缝隙里。夜不归宿，或者每天晚上九点以前准时回家，躺在香喷喷的白天翻晒过的厚被子里，这些都不说明问题，都不是问题的本质。一切都将另有原因，另有起承。

我还想起了另一件事情。有一次，我和公司的几个年轻同事聊天。他们也出差刚从欧洲回来。突然就聊到了性的问题。他们说法国人浪漫呵，又浪漫又民主，他们的女儿差不多成年的时候，已经成年的时候，当父亲的就自己开了车送女儿去男朋友家，母亲则给她准备过夜的日用品。

他们聊得相当起劲。极为赞同的样子。看看，多么民主呵，多么浪漫呵。但我不知道为什么就开起了小差。我在想，如果以后我有了孩子，如果恰好又是女儿的话，我还真是做不到这一点。我想我应该不会规定她必须什么时候回家。但是我做不到为她准备过夜的日用品，然后欢天喜地地送她去男朋友家。我会觉得忧伤的。我会觉得很忧伤，非常非常忧伤。这并不是因为我传统，不是传统不传统的问题，是另外有什么东西，是另外那种东西让我忧伤。

有时候，我和莉莉姨妈散步聊天的时候，也会隐隐约约、断断续续地谈到这些问题。莉莉姨妈的腰肢真软呵，莉莉姨妈的牙齿真白呵，莉莉姨妈笑起来仍然像个调皮的孩子呵。莉莉姨妈说：所以你们现在更是要追求爱情呵。我们那时候，我们年轻的时候多压抑，很多事情都是不能做的……

我想是呵。真是这样呵。但好像又不对。很多事情不能做当然是不对的，甚至是残酷的，但突然来了一个什么都能做的时代……什么事都能做了，好像也不对。这真是一件让人头疼的事情呵，到底什么是能做的？什么又是不能做的呢？有时候有些事情不能做，爱情反而来了；但也不是绝对的。说不清楚。好像生活里有些事情，那些事情必须使用绕口令的形式才能勉强说清楚些，讲明白些。你瞧瞧，过了这么些年，用莉莉姨妈的口气说，我做梦也没想到时代会变成这样。常德发则说，我醒着的时候也老觉得像在做梦。反正不管是做梦还是清醒，过了这么些年，有些事情好像有点清楚了，有些还是糊涂的，更多的则仍然处于绕口令的状态。其实以后也是这样的。同样如此。谁都不要奢望会有改变。在这件事情上不会有什么大的改变。

其实真实的情况就是这样。

那天晚上，我从乱成一团的念头里突围而出，我晃晃悠悠地走在大街上，我终于找到钥匙进了房门，然后，我一个人躺在床上。

我感到了忧伤。

然后我想，这个晚上如果我不回家，我会觉得更忧伤。

对了，因为睡不着和忧伤，我还看了会儿录像。那是一部我在郁闷时常会看的外国录像。那里面有个年轻的欧洲小伙子，在电影的前半段，他离开了一个爱他的女孩子。他的摩托车开得真像风呵。他说的话真是睿智呵——

　　丽兹，小丽兹，我要走了，要到海上去……请你原谅我，我希望现在离开你不会给你留下太深的烙印。你年轻还不懂得这些……我要走了，你去和别的男人和小伙子睡觉吧。

而到了电影的后半段。这个欧洲小伙子爱上了另一个女孩子。但是他没法爱她呵。即便是在欧洲，即便有一些父亲会开车送女儿去男朋友家，母亲会给她准备过夜的日用品。但是即便在一个什么都能做的环境里，还是会有另外的阻碍的呵。反正这个小伙子就遇到了阻碍。于是他在街上狂奔。于是他用拳头捶打前胸，捶打额头，捶打墙壁，捶打空气。于是他停下来，放倒街上的一辆车……

看着看着我终于有了点睡意。

我觉得自己快要迷迷糊糊地睡着了。我可能已经迷迷糊糊地睡着了。

　　而月光清冽凌厉地照进来，成了一条发光的白线。就像架在空中的一座微妙而摇摇欲坠的桥。

第三章

1.

有些时候，我会突然好奇于自己与莉莉姨妈的亲密关系。那种天然的亲近感，相视一笑，那些琐琐屑屑的女人的虚荣心……有时候我甚至觉得那里面仿佛存在一种阴谋。我和她，我们，是某一种我们心知肚明的阴谋的同盟者。

我陪着她在街上散步。这些年古城里冒出来很多繁华的商厦。不知怎么就冒出来了，这里一个，那里又是一个。连空气里都闻得见香气。她喜欢这个。我亲爱的莉莉姨妈一闻见这种气味，两眼就会放出光彩来。她没有多少钱。她这个人其实很多地方多少还是眼高手低的。这些年来，其实还是凭着我姨夫吴光荣的一些老关系，才在那家小报馆里工作到退休。在这个有很多机会挣钱的时代里，她完完全全就是个穷人。这点我是了解的。在大家都没有多少钱的时候，她也没多少钱。但后来确实有人钱多起来了，比如说，四舅就很想给她、给他的这个姐姐钱。确实也已经给她了。但她犹豫了很久终于很痛苦地把钱还给了他。因为大家都听到她骂过四舅，骂他是一个脸皮很厚并且心狠手辣的商人。有一句话是她老挂在嘴上

的，她说要是知道他现在这种样子，在他小的时候，她才不会那样
管他呢，才不会这样或者才不会那样呢……但她又实在是喜欢钱。
所以我猜想莉莉姨妈心里其实真是矛盾得要死。

我就经常陪着这个矛盾得要死的姨妈上街散步。每次出门以前
她总要好好地打扮一番。虽然有时候我们就只是在门前稍微转一转。
即便是这样，她也要打扮。好像大门一开，就有很多人站在那里，
就有很多人等着要看她一样。她穿上那件颜色鲜艳的长大衣，手里
挎了一只小包，用很多亮闪闪的珠子穿起来的。她说可以吗？这样
可以吗？然后又转过身来，说那样呢。临出门以前，她总是这样那
样地问我很多问题。像个浪漫可爱的小姑娘一样。有时都已经走到
门口了，她会突然停下脚步，用手捅捅我，你带口红了吗？她会眼
睛亮闪闪地这样问我。

然后她就拿着我的口红，对着镜子涂了起来。我看到镜子里的
她脸色一点点地好看了起来，整个人更快活了。笑盈盈的。仿佛生
活里突然充满了喜事。仿佛喜事真的就来了似的。看着镜子里的莉
莉姨妈，你真的会产生这样的感觉。

她出门时经常穿着细高跟的皮鞋。冬天的时候她那双棕色小羊
皮靴是细高跟的，等到春秋天，她喜欢穿一双黑色的浅口皮鞋，鞋
跟仍然又细又高。每次出门，她总爱穿着这样的鞋子。走上几步，
她就有些累了，停一下，然后又挺起了腰，拉着我往前走。

她就那样停停走走，走走停停。有时候，我走在她后面，突然
觉得穿着细高跟皮鞋的莉莉姨妈很像一只仙鹤。就那样看上去，那

双细脚伶仃的鞋明显就是承受不了她的重量了，但奇怪的是就是承受下来了。仿佛每走一步她都有可能会摔倒、跌伤、扭坏了脚甚至死于非命，反正什么样的倒霉事都可能会碰上，但她就是歪歪扭扭、让人替她担惊受怕地走下来了。

甚至还有一种让人担惊受怕的顽固的美感。

有几次，在西餐桌上，莉莉姨妈便把这种顽固的美感发展到了极致。就我和她两个人进的西餐馆。她突发奇想，说我们去吃西餐吧。我说好的。当然是我请她吃。她就穿着那双细高跟的鞋子，手里拿着亮闪闪珠子穿起来的小包，摇摇晃晃地走了进去。

她一直在注意我用刀叉的那两只手。她盯着我看。埋头在盘子里吃两口，抬起头来再看，盯着看。然后她笑了。她说你刀叉用得挺好的，我没想到你刀叉能用得这么好。她说现在的小孩子很少能用得这么好，都是急吼吼的，但你还行。说到这里她又笑了，非常满足地笑了。她伸出手去，分别把面前的刀叉拿了起来，拿在手里，在空气里轻轻地挥舞了一下。那样美丽的事情她总是喜欢。她知道她拿着它们的时候是好看的。她的背挺得那么直。她的脖子仍然有着天鹅般美丽的弧度。她面带微笑细声细气地和服务生说着话。然后她又笑了。这个夜晚是多么美好呵。美食、鲜衣、流淌的音乐、人世间种种看得见摸得着的快乐……我们这两个虚荣的、会娇声发嗲的南方女人……其实我那小资产阶级的漂亮母亲也是这样的，其实我那晚年郁郁寡欢强忍悲伤的外婆也是这样的，其实这个家族的女人骨子里全都如此，无一例外。只不过莉莉姨妈更为顽固无耻一些罢了。事情就是这样的，临出门的时候就是这样了。我说就在门口转转呵，你还换什么衣服。但她是不答应的。她说这怎么可以呢，怎么可以凑合呢。她那种认真而坚决的样子真的会让人产生幻觉。仿佛只要推门而出，真的会有很多人就站在那里，真的是这样，人们翘首以待，就是为了远远地如同惊鸿一瞥地看她一眼。

真的，有时候连同我也会忍不住陷入幻觉之中。我老觉得又听到莉莉姨妈的脚步声了。她那细高跟的鞋子发出的声音。清脆的，激越的，仿佛仍然在和什么东西赌着气。仿佛也在和自己赌着气。和自己以前没有坚持赌气下去的那一部分赌着气。这次再也不握手言和了。这次一定要再赌气下去。真的，她就是这样的。她摇摇晃晃走路、对着镜子美美地描抹口红的时候就是给人这样一种感觉。

2.

有一句话是莉莉姨妈常对我说的。有时候，她比较平静的时候，或者我遇到一些比较麻烦、但也还没有麻烦到不能对人说的事情的时候，她和我聊了一会儿，就会说这句话。有时候也是她自言自语。反正她是会说出来的。

她说：其实呵，老了真好，这是最好的年纪了，是理解力看得最清楚的时期。

在说这句话的时候，她的脸上总是会泛出光彩来，就像用上了最好的化妆品一样。说这话的时候她是积极乐观的。仿佛一切尘埃落定，所有的危险已经离开，即便没有离开，也已经被她看得清清楚楚。反正她是不会再犯错了……噁，是不是这样呵，她还会拉着我的手，说些这样那样的话，把她用理解力看清楚了的事情讲给我听。

但时间长了，你会发现其实不是这样。其实不是这么一回事。至少没有这么简单。别看她那么开朗、热情，有时候神经兮兮，用我母亲的话来说，就是这个姐姐好像老是长不大的样子。其实她心里老觉得自己是会失败的。一定会失败的。她心里其实就是这么想的。别看她义无反顾地和吴光荣离了三次婚，有时候相当英雄主义地把四舅骂得狗血喷头，有时候又充满正义感地说说这个，讲讲那个，其实她心里悲观得很。很多时候她完全就不知道应该怎么办。有时候她懒惰下来了，想想算了算了，回到她真实的年龄上去了，她就开始说些和她年龄相符的、看上去非常睿智的话，比如说，老了好呵，看得清楚呵。诸如此类的话。但其实她最希望也最喜欢的是她糊里糊涂的时候。她喜欢危险、失衡、倾斜这样的词。那时候她是最有力量的。那时候的莉莉姨妈就像一只扬了满帆的船……她年轻的时候就曾经这样过。在这个家族里，我断断续续地听过一些关于莉莉姨妈年轻时的故事。一只扬了满帆的船，突然搁浅了。她一辈子耿耿于怀。

有些事情，确实早就过去了。有些事情在一些瞬间永远地保留了下来。一滴水掉进河里了。只不过别人看不见而已。

莉莉姨妈晚年的时候养了一只猫。那是一只长相非常普通的花猫，胖胖的，有点年岁了。有太阳的时候，它就懒懒地摊手摊脚地晒太阳，或者睡觉。等到家里来了人，它就躲在角落里，缩成一个圆圆的球的样子。

好多去莉莉姨妈家的人，都没发现她家里有那么一只猫。

3.

我是第一代的独生子女。或许还要更早一点。我一直弄不明白最早的一批独生子女到底是从什么时候开始的，从什么时候开始他们成群结队、几无例外地出现在我们的生活里。但在这之前，一定还有另外的一些人，没有姐姐、没有哥哥、没有弟兄姐妹……只有他们一个人。就此一个。这种零零星星的情况，这种政策性以外的情况总是存在的，比如说，我就是这样的一个。我那个二姨妈的孩子，后来带着她去了欧洲的那个孩子也是这样的一个。还有另外几个我暂时还没提到过的。他们都是独生子女。是比规定必须成为独生子女前产生的独生子女。

我后来偶尔地想到过这个问题。为什么会出现这样的情况呢。为什么会出现这样的一些人呢。我想有些原因总是存在的，总是多多少少会有些关联的。比如说贫穷，比如说对生命没有信心，比如说孤独。

不过有些事情，要是没有亲眼看见，要是没有亲身经历，总是多少会显得轮廓模糊、气息暧昧。比如说这个家里的有些事情。莉莉姨妈年轻时的有些事情。从小到大，我断断续续地总是能够听到一些。在不同的场合，听不同的人讲。有一次，有个远房亲戚在我母亲面前讲起这个。她问我母亲，听说很多年前，外公童有源带着莉莉姨妈、他的这个大女儿去常熟住了一阵子。是这样吗？她问我母亲。我母亲说，是呵，是这样的，是这样。接着两个女人叽叽咕咕开始回忆，开始臆想，开始聊天。至于外公这个人是不要解释了，反正他是想干什么就干什么。每个孩子都已经习惯了这样的父亲，乱来的父亲，随时消失随时回家的父亲，以他们幼小的心灵完全无法理解的帅气的父亲……但这个大女儿还是应该要讲一讲。好好的已经结了婚，好好的有一份工作，却对父亲说什么——"就是想跟你去走一走。离开一阵子。不为什么。说不清楚。"——对父亲说这样混账的话。而那混账父亲竟然也同意了。

那个远房亲戚接着又问，说是不是后来莉莉姨妈前面的一个男朋友找来了？我母亲连忙否认，说不是的，不是这样的，说莉莉姨妈以前是有一个男朋友，当中不知怎么就分开了……说后来他们确实又在常熟见了面，但那男人已经有了一个新的女朋友，是个唱评弹的，还带着一个小女儿。他其实是去找那个女人的……

这件事情我母亲到底说清楚了没有，那位远房亲戚又到底听明白了没有，这种事情谁都不知道，没有人知道。反正这个世界乱七八糟的，我们知道的也常常只是露在外面的乱七八糟的一些头绪。

外人是理不顺的。所以有自知之明的讲了一半常常就停住，还能说什么呢？我能告诉你的只有这些。就是这些，不可能更多了。

　　当然那些乱七八糟的头绪是仍然在那里的。头绪是可以告诉你的。反正这件事情直接的结果之一，就是造成了莉莉姨妈和吴光荣的第一次离婚。结果之二是大家都没有想到的，莉莉姨妈尤其如此。因为莉莉姨妈一直觉得外公是会同意的，会同意她去追求"真爱"。他怎么可能不了解呢？怎么可能不懂得呢？这个家里也就是他了解，也就是他懂得了。莉莉姨妈一直觉得外公是会支持她的。她心安理得地这样认为。但没有。结果却不是这样。后来，大家分析来分析去，觉得当时外公可能因为知道了潘小倩和常德发的事情。潘小倩死了的这件事情。他突然反悔了。他反对得很坚决。谁也没想到他会反对得那样坚决。一个一辈子脱轨的浪荡子父亲，突然坚决地要把女儿拉回到正常的轨道上来。这种事情没人能够知道究竟是为什么。发生也就发生了。没有人知道当时外公到底想到了什么，顾忌着什么。当然你也可以说，在儿女的问题上，父母总有他脆弱的一面。但这也只是猜想。仅仅如此。

　　有时候我母亲倒是会感慨，说你呵，谈恋爱一定要注意呵，你瞧瞧你那莉莉姨妈，就是因为年轻的时候谈恋爱没有把握好，一次一次地离婚，弄得连个小孩都没有。

　　这话就这样一听仿佛倒是对的。但后来等我长大了一些，知道了爱情有那么大的魔力、但其实也没那么大的魔力，并且这两者还并不矛盾……等我连这么复杂的事情都慢慢懂得了以后，我突然就有点明白莉莉姨妈到底是怎么一回事了。

　　有时候，等到莉莉姨妈心情不错的时候，我也会旁敲侧击地提起些久远年代的情感上的事情。她已经很轻描淡写了，至少表现出来的是这样——年轻的时候嘛，只想着爱情。其实生活还是很宽阔的，会越来越宽阔的。她说。

　　她不愿意多说什么。

　　于是我也不多问。

　　真相到底是什么呢？有时候大家都急吼吼地伸长了脖子。而等到一切都渐渐宽阔起来的时候，其实也就无所谓真相了。

　　是呵，我们对这个世界了解了多少呢？

　　这个世界又能够被我们了解多少呢？

　　有时候我会想起我的外婆。我那外公童有源的怨妇。在我童年的时候，有一阵子她住在我们家。那时外公已经不在了，外婆就在几个子女那里轮流住。大家都穷呵，那时候又有谁不穷呢，莉莉姨妈，二姨妈，我母亲，乡下那个最小的女儿、有点傻的女儿，四舅……她甚至还在那个胖胖的林阿姨家也住过一段。她总是显得很忧郁。在很少的现在还能看到的照片上，在很少的现在还能回忆起的段落里，我的外婆总是显得很忧郁。

　　但那时候我是那么小，我怎么会知道外婆忧郁呢？我又怎么会知道外婆为什么忧郁呢？而等到我终于知道外婆是怎么回事，这个世界大致又是怎么回事的时候，已经是晚了。太晚了。总是这样。其实我们全都生活在晚了的那种时间里。

　　我见过我的外公吗？

　　他死的时候我尚年幼。在这以前，或许确实有过很多次的见面，作为一个婴儿与老人的见面。但这又有什么用呢？又有什么意义呢？那样的懵懂无知、咫尺天涯。它远远地发生在我知道外公是怎么回事以及与外公有关的世界大致又是怎么回事以前。所以说，一切又都太早了。我们又都相识在那种太早的时间里。

　　只有一些瞬间是永恒的。虽然它们被保存下来的也并不多。太少了。真是太少了。

　　4.

　　有时候，我仿佛又听到房间里那种细微的声响了。窸窸窣窣的，还有一些忽高忽低的人声。我仿佛看到外婆突然走进来了。她打着饱嗝，腰板挺直而又神情疲倦。就像我童年的时候，那些阳光灿烂或者阴雨绵绵的午后，她就那样从外面走了进来，坐在我现在这张放了软垫的椅子上。她也不说话，看了看我放在椅子旁边的那个包，那个我生日的时候四舅送给我的亮闪闪的小包。房间里正放着录像，一个欧洲的鬈发小伙子把摩托车开得像飞一样。外婆也抬头看了看。后来，过了一会儿，她站起来了。她站起来把窗帘拉开一点，看看外面的天气。再后来她好像有点困了。太阳懒洋洋地晒进来，这样的午后总是容易感到疲惫的。于是她又坐回到椅子那里，头慢慢地垂下来，垂下来，开始打瞌睡。

有时候，她打瞌睡的时候会突然冒出来几句梦话。她的上海话里带着一种奇怪的鼻音。难得她也会高兴起来。她高兴的时候讲话就有点尖声尖气的。和她平时给人的感觉完全不一样。像是另一个人说出来的。像一个沉睡了很久的人，突然醒过来了，然后说出来的。

在让人刺眼发困的阳光下面，那只银灰色小包亮闪闪的。一半是阳光的关系，另一半则是由于它本身的材质。

椅子也是很好的椅子。给出一个适合身体的完美曲线。外婆坐在上面，即便只是垂着头，即便只是打瞌睡，一定也是舒心适的。一定是这样。在我现在的房子里，她一定是会舒心适的。但这好像又不完全是物质上的问题。当然物质上的原因是有的，但好像还有着其他的什么东西，一定还存在着其他的原因。

现在我好像又看到了那个窗台。我童年时那个老屋的窗台。上午的时候窗帘总是拉开着的，可以看见对面女贞树鹅卵形的叶子。阳光长驱直入。我们家有一把用了很长时间的藤椅，椅背那里被我抽掉了几根藤条，可以同时把大拇指和食指伸进去。就在这张破破烂烂的藤椅上放了一张垫子。外婆就坐在那张垫子上。她坐在那里，听有线广播，挑菜拣菜，发呆，打瞌睡，或者说梦话。她好像一直就是这样，做着这些事情，好几个礼拜，好几个月，一直就是这样。除了这些她也无事可做。反正她也不像一个很慈祥的外婆。有时候她看着我，就像看着一团体积比较小的空气。她会像被阳光刺着了眼睛一样，眯起一点，或者干脆闭上。

那时候我已经上小学了。寒假的时候，只有外婆和我这团体积比较小的空气在家里。但太阳是好的。那时候的太阳真的是好。满屋子都是圆形或者菱形的太阳光。可能很小的时候我就看到了，也已经明白了。阳光被分割成很多不同的奇怪的形状。有些抓上去就是空的。但同样很温暖。

那时候我是个孤僻自闭的孩子。矮矮的，小小的。外婆是多么高大呵，她长得很高，老是穿着黑衣服。她就像一座小黑山一样坐在那把藤椅上，坐在那张垫子上。都说外婆年轻的时候很美，我母亲也常常这么说。她老是小心翼翼地走近那把藤椅和外婆说话。她好像很爱外婆。有时候她和我父亲嘀嘀咕咕的。有时候她会哭。

这些事情都是多么奇怪呵。一个小孩子怎么会懂呢。

我们只有两间屋子。外面的小间是吃饭的。里面一间要大些，也就是能晒到太阳的那间。在那间屋子里，我们休息，聊天，看报，写字，睡觉，吵架，我做功课，我挨父母的骂，养了几盆花，后来陆续死掉了，养的金鱼也越来越瘦……

我们只有一张大床。

等我上了小学以后，又硬塞进了一张小床。

在大床和小床之间的一个角落里，放了一只红漆马桶。

但是外婆要来了。

有一段时间我的父母一直在讨论这个问题。等到外婆来了以后，睡觉应该怎么睡呢？毫无疑问，大床应该给她睡了。她睡大床。她应该睡得舒服一点，踏实一点。这是非常肯定的了。但外婆是那么的胖、那么的高大，她一睡上去，那张大床就已经占去了很多。就已经很难再睡下其他人了。再说，我母亲是知道的，我母亲自然更为了解她的母亲。我母亲说，外婆很久以来就是有这个习惯的，要是她睡觉的时候旁边再躺了一个人，她就会整个晚上睡不着。整个晚上做噩梦。第二天早上醒过来，整个脸都是铁青的。

谁都不想看到一个满脸铁青的外婆，所以我们决定把整张大床都让给她了。

我们全家就撤退到阁楼上去了。

那是一种七十年代末简易公房里的小阁楼。因为是顶层，才有那样一种小隔层。人在上面，只能半弯着腰。但空间却是不小的，所以可以半弯着腰在上面奔跑。有一架木梯子悬挂在外屋的墙上。我们每天就像建筑工人一样地在上面爬上爬下。除了有种悬空的恐惧，我的心里充满了快乐。

5.

但是外婆不快乐。谁都可以看出外婆不快乐。她也一点都不想掩饰她的这种不快乐。一个人竟然可以是如此的不快乐，我大概就是从外婆那里懂得的。

没有任何商量余地的，她就是不快乐。那么坚决。毫不妥协。

我母亲开始和我父亲嘀嘀咕咕的。她说怎么办呢，她看着我父亲。我父亲叹了口气，说是呵，该怎么办呢，他也看着我母亲。

有时候他们好像也找到些方法了。比如说休息天的时候，我们一家陪着外婆到园林里去。那时园林里的人很少，好多鸟在叫，花儿都开着。我父亲拿着一只借来的笨重相机，给外婆拍黑白照片。

他说站好呵，站好呵。

外婆就站站好。

他说要拍啦，要拍啦。

外婆就理理头发。

他说笑一笑呵，笑一笑。

有时候外婆还真的会笑一笑。

但这样的日子终究不是经常性的。更为经常性的时间里，是外婆把窗帘全都拉开，她坐在那把破破烂烂的藤椅上，她就那样坐在那里，一坐就是很长时间。她一句话都不说。她真是可以心肠狠到那种程度。不说就是不说。也不管儿女们会不会胡思乱想。她是早已不顾忌这个了。这个外婆直到今天我回想起来还是心有余悸。我胆战心惊地在她眼皮底下走来走去。我老是有一种幻觉，我老觉得她会突然之间跳起来，骂起来，把别人或者把自己狠狠地揍一顿。

她身上有这种东西，这种疯狂的东西。她的力量有时候就像那种巫婆的力量。我很小的时候就体会到了。

我胆战心惊地抬起头来看她。

她很安静地坐在那里。有几次甚至还对我笑了笑。这更让我害怕了。有时候她也会突然变得温柔起来。她说你放学了呀？她想起了什么，问我说，学校司令台那里的蝴蝶兰谢了没有？她竟然还记得那丛花。有一次她接我放学的时候看到的。已经很长时间了，她竟然还记得。

但是很快，紧接着，她立刻又恢复到常态里去了。仿佛那丛幽蓝色的蝴蝶兰在现实中并没有凋败，但在她的心里却早已凋败了那样。

我母亲和父亲的嘀咕声却一直在延续着、坚持着。只要外婆还住在我们家，这种嘀咕声就一直在延续、在坚持。一只热水袋？一床缎被？一台电扇？黑白电视机？……后面的那些已经太奢侈了。其实嘀咕的很简单，就是为了一只热水袋。有时候我们连热水袋都不用。我们用那种玻璃做的盐水瓶，外面包着一块布。一块做成盐水瓶形状的布。我们用包了布的盐水瓶暖手，暖脚，暖身子。但是玻璃是多么奇怪的一种东西呵。它要么热得烫脚，要么有时候半夜醒过来，脚边就像是掬到了一块冰。

我们有时候用冷得像冰一样的东西取暖。这种事情天生就是矛盾的。当然了，这样的事情终究还是不长久的。

外婆终于还是要走了。她还没有对我母亲说，我要走了；她也还没有对我父亲说，我还是走吧；她谁也没说，但谁都看出来了。

她还是要走了，她终究是要走的。心里的蝴蝶兰早已经凋败了，我
父亲母亲再嘀嘀咕咕也没有用。有时候突然之间就不能坚持了，就
垮下去了，就让步了。谁也不知道这件事情会不会来，什么时候会
来，但有时候它就是来了。

外婆站在满屋子的阳光里，外婆坐在那把破破烂烂的旧藤椅上，
外婆终于告诉我们说，她要走了。

我们从阁楼重新回到了那张大床上。外婆昨天还睡在上面的那
张大床上。被子和床单还没来得及换掉，还是外婆昨天用过的，盖
在身上的。大为伤感的母亲沉默着躺了进去。她也完全不行了，没
法坚持了，垮下去了，完全让步了。她甚至连话都不想说了。但那
条被子上一定还有着外婆的气息。让人觉得她其实并没有走。让人
产生一种甜蜜但也更为伤感的幻觉。就在这种幻觉中，我那母亲沉
沉睡去了。

那是一种弥漫在家庭里的非常致命的失败感。连我那么小的年
纪也已经感受到了。外婆走了，比原来说好的时间提前走了，这就
是我们的失败。我们整个家庭的失败。就是失败了。没有什么可以
解释的。也没有什么能够作为理由的。连做梦都会想着这个事情。

但外婆刚来的时候是多么充满了希望呵——我们还突然想到了
这件事情。这件以前被我们忽略掉的事情。希望并不是没有存在过。
它明明是存在过的。这更让人受不了了。

我父亲还是挣扎了几下。他原来是想宽慰我母亲的。因为多少

总得找点理由，要不人是会憋死的。是会窒息的。总得再说说那只有时烫脚、有时又像块冰的盐水瓶，总得再说说因为年久而有些下陷的棕绷床，总得再说说我们的贫穷。谁都是这样的，不是吗？楼上楼下，左邻右舍……不是吗？难道外婆是因为想起了年轻时的那幢小楼？上海外滩旁的小院子？那些雕花的栏杆？或者还有空气里那种早已消散了的、暖融融香喷喷的气息？我父亲多少知道些外婆年轻时的经历，他是知道这个的。但还有些话他也就不便说了。说出来总是不妥的。说出来非但不能宽慰我那母亲，反而有可能会让她暴怒的。毕竟也是外婆的女儿，难免没有相同的习性，说不定也会突然之间跳起来，骂起来。说不定我母亲身上也有这种东西，这种疯狂的东西……所以有些话我父亲是没有说出口的。但心里难免不会嘀嘀咕咕。

那房子就像一个美丽的牢笼。那一里一外、一前一后的两间屋子，还有那个低矮的阁楼。有时我突然又看见那间窗帘大开的房间，屋里被阳光分割成一块块切面。墙面，家具，大床，还有那把藤椅……后来我慢慢就看清楚了，慢慢可以体会一些藏得更深的东西。有些说不清楚的情绪突然明确了起来。所以我想，很多事情其实我父母他们很早就是明确的。一定是这样。即便外婆心里也清楚。他们都是清楚明白的。虽然发生的是一件不是三言两语可以说明原因的事情，但他们几个仍然是清楚的。他们只是小心翼翼地等待着一个早晚要来的结果。那个完全不知道将要发生什么的人其实是我。就只是我一个人。只有像我那样小的孩子，才能无忧无虑地从阁楼爬到

大床上，打两个滚。我看着坐在藤椅上发呆的外婆。阳光无遮无拦
地直射进来，我头晕目眩，不知道究竟发生了什么事。

对了，就在外婆临走前的一天，我们全家还一起到饭店去吃了
一顿。也是个好太阳的日子，我很兴奋，兴奋得几乎头晕目眩。我
们坐在一家老饭店的大厅里，地上油腻腻的，我差点因此摔了一跤。
不过这很好，即便摔了一跤这种事情也是喜庆的。旁边也有人会善
意地笑起来。因为这种油腻本身就是喜庆的。几乎就是富裕的象征。
服务员也是喜气洋洋的，他们像唱歌一样尽可能高声地说着话。他
们端着菜盘的姿势就像在喝酒跳舞。饭菜很快一样样地拿了上来。
母亲不断地对外婆说，多吃呵，多吃呵，你看这条鱼挺好，还有这
盘肉。我父亲也说，说多吃点，多吃点，这条鱼是新鲜的，眼珠还
瞪着呢。然后他们又抢着给外婆夹菜，那些鱼呵肉呵，很快又魔术
般变成了一堆堆骨头……我也吃，吃得满嘴油乎乎的。我动了动身
体，差点从椅子上摔了下来。这多好呵，多温暖呵。

外婆突然变得和颜悦色了起来。我觉得现在回过头来看就清楚
了。什么时候有什么情绪，有什么表现。这里面的呼应与微妙，而
当时当地是看不清楚的。很多东西是想不到的。一个暴烈而抑郁的
人突然和颜悦色了。她甚至还主动地交待了几个细节。她对我母亲
说，家里那个煤球炉大概封口那里不太紧了，加过煤球，一个晚上
下来还是要熄，要快点找人来修一修的。她又说，盐水瓶的布套子
也有点薄了，还是要换一个新的才好，一不小心水太热了会烫着的……

我父亲一直在点头。说嗯嗯嗯。

我母亲也点头，嗯嗯嗯的。但头慢慢地低下去了。她还是伤感。女人总是容易这样。

但外婆是和颜悦色了。要么突然发起疯来，要么就好像什么都想明白了，什么都看得到了。她的力量已经用到其他地方去了，永远不再伤感了。

外婆像影子一样从我们的生活里消失了。

我们家再也没有来过长客。

有时候我放学回家，把里屋的窗户打开。对着女贞树的鹅卵形叶子发一会儿呆。

那些树上要是躲了一只猫就好了——有时候我想。我是多么希望有一只小花猫呵。

那些树上要是藏了一个人就好了——有时候我又想。这样我就又想到外婆了。她穿着那件黑色的衣服，像座小山一样地坐在藤椅上。我常常以为她在打瞌睡，以为她睡着了。我轻手轻脚地进了屋。但她突然睁开眼睛来了。她突然就朝我笑笑，或者看着我就像看着一团空气。她什么都没有看见，就是睁开了眼睛。

这些事情都是多么奇怪呵。一个小孩子怎么会懂呢。

第四章

1.

就在距离莉莉姨妈六十三岁生日还有一个多月的时候，她突然打了好几个电话给我。电话里她的声音兴兴头头的，她说你替我去打听一下，赶快去打听一下，我要去开个双眼皮。我在电话里一下子就笑出来了，我说姨妈你不要吓我好不好，我一直喜欢你是一个心血来潮的人，但没想到你会这样心血来潮。

她不听我说什么。又再三强调了让我去打听。赶快去打听呵，赶快去打听。她说。

我当然没有放在心上。

大约过了一个多礼拜，她又兴兴头头地打电话来了。说打听到了吗？有没有打听到呵？到底是城区那家好还是园区的那家好？

我有点哭笑不得。我想了想，觉得不能太坦率地说你都六十多岁了，诸如此类的话。于是说了点其他的比较委婉曲折的话。但那些委婉曲折的话明显是没有效用的。完全不能控制住她的热情。到了后来她几乎有点不高兴了。生气起来了。她说你到底有没有把我当你的长辈呵，我说的话你到底有没有放在心上呵？

这种话就有点重了。

她说你这两天到我这里来一次。

我说好的。

我第二天就过去了。

那天莉莉姨妈一看到我就从沙发上高兴地蹦了起来。当然了，或许她这种高兴并不是因为我去的原因，或许只是她原来就处于这样一种状态之中。那天她穿了一身深橘色的衣服，耳朵上戴着新买的珍珠耳环。她就那样花团锦簇地站在那里。然后她说你快坐下来，快坐下来，姨妈给你看一样东西。

那是一些零零星星的照片。大部分以前我都看过。在不同的地方看过。比如说，我父母的那张结婚照。那张两个人咧开了嘴笑着，头靠着头，都穿着白衬衫，胸口都别着一朵塑料花的结婚照；还有少女时代莉莉姨妈和母亲的合影。那是在无锡的鼋头渚照的。那年冬天她们不知怎么就去了那里。那时候的天很冷，那时候还没有那么多的汽车尾气温室效应，那时候的四季才叫四季，那时候也没法天一冷就飞到海南岛去晒太阳，那时候还没有沪宁高速，那时候蔬菜水果都长得自然朴实，那时候每个人都像常德发一样认为"中国最好了"。那时候就像我父亲说的"别人能买的我也能买，别人买不起的我也一定买不起"。所以虽然那时候家里穷，不只我家穷，全国人民都穷，但照片里的莉莉姨妈和我母亲穿得还是齐整的，在冬日的阳光下甚至还有些明媚……

　　还有四舅的照片。就是他得那种奇怪的病的阶段。只要情绪激动就会短暂失明的阶段。那时候大家都担心他总有一天会成为一个盲人。然后有一天，莉莉姨妈带他去动物园散心。就拍了这张照片。照片里的四舅很安静地站在镜头的前景里。后面则是一头正在弯腰吃草的同样安静的梅花鹿。不知道为什么，黑白影像里的四舅虽然看上去消瘦而单薄，虽然位置站得也并不理想，缺乏经验或者没有心情，他侧了点身体，只占据了很小的一点点空间……虽然实际的情况就是如此，但这张照片里一眼看到的就是那个消瘦而单薄的身体。一眼就能看到。仿佛有什么原因，魔力，那个少年硬邦邦地就是在那里。就是那样。他的密度就是比别人大。人家就是只能看到他。仿佛从他的身上随时都会飞刀出手，或者泪雨滂沱。他看上去真像一个盲人，甚至还有点像一个哑巴。

　　……

　　我一张张地看着，看了一会儿，还是觉得挺有意思。确实是有意思的。时间就这样一点点地流走了。一直流到了今天。那个差点瞎掉的四舅昨天走沪宁高速去上海谈生意。他的司机开的车，所以他就可以闲着了。所以就会有些无聊。所以他就拨弄手机发了一些黄段子出去，有一条还发到了我的手机上。

　　有意思吧。莉莉姨妈有点得意地问我。

　　我说是呵。当然呵。

　　你看出什么秘密来没有？！莉莉妈妈突然问我，脸上仍然难掩得意之色。

秘密？什么秘密？

你没有发现吗？难道你一点都没有发现吗？他们都是单眼皮……

是呵，如果莉莉姨妈不说，这件事情还真是发现不了。这种容貌方面的问题。特别是在亲人们之间的。但是，当我再次去翻开那些灰黄的、边缘卷曲的相册时，我惊讶地发现，是呵，真是这样呵，一点都没错，我的那些或远或近的亲戚们，那些经常提到或者还从来没提到过的姨妈、舅舅、表哥、表姐、姑姑、叔叔……他们无一例外地全都长着一种标准的蒙古利亚眼。

那是一种略带浮肿的细长的眼睛。单眼皮。清一色的单眼皮。慵懒、呆滞、阴沉……这样来形容已经属于书面语了。我的意思是说，从那些不知道在想什么、或许也正是什么都没想的深褐色眼珠里，你几乎看不出任何情感以及心绪的流露。那是一种模糊的眼神。什么都没有。有时候你会奇怪自己的这种感觉，再次希望认真而深刻地加以辨别，但就是这样。事情就是这样。什么都没有。没有。

昨天晚上四舅谈完生意从上海回来，可能是心血来潮吧，他突然绕了点路过来看我。他可能是累了，坐在沙发上没说什么话。起先倒是说了很多的，说小丫头最近过得好不好之类的。和我在一起的时候他总是这样。要么是没正经地开玩笑，要么是稍稍有些居高临下，或者莫名其妙地和我笑成一团。这样的时候他总是显得轻松愉快。仿佛那是一种非常管用的休息方式。他整个人摊手摊脚地坐在那里。四舅这些年渐渐地在发胖，几乎已经成了一个心宽体胖的胖子，而台灯柔和的光线在他身体四周晕出光来，愈发把这个胖子打磨得如同卵石一般光滑。后来不知怎么就提到了外公童有源。是我提起的。因为这个家里从来没有人会主动提到他。我唯一看到过的外公的相片还是在我母亲那里，一张有点模糊的照片。里面的外公穿着长衫，也仅仅是个模糊的侧影。我小心翼翼地问四舅，我说——都说外公长得很帅呵，是这样吗？

　　我记得四舅把他那副深棕色框架的近视眼镜取了下来。我不知道他这样做的原因，是为了让我更好地看清楚他的表情，还是他希望自己不要看清楚我的表情。反正他是这样做的。把眼镜取下来。拿在手里拨弄着。然后用非常光滑的声音心不在焉地回答说——你问这个干什么？

　　他不会回答我的问题的。我知道。我也知道，如果我用同样的问题去问莉莉姨妈，她一定也是同样的态度。在这一点上，在关于外公的态度上，他们两个人是非常相似的。虽然我曾听我母亲说过，外公生前最喜欢的其实就是四舅和莉莉姨妈。"他们和他很像。他们三个很像。"我母亲一直是这么说的。有一次，我也忘了是什么事情了。一定是我惹了她生气了，她突然冒出一句说："你和你外公也很像。你们四个很像！"在很长一段时间里，我一直不知道这到底是什么意思。

　　但有一个细节我还是记得清楚的。就是昨天晚上，四舅懒洋洋地回答了我的问题，其实根本没有回答我的问题时，他的整个脸暴露在台灯的光晕里面。他的脸很宽，轮廓平坦，颧骨则和眼睛靠得很近。我注意到，在他的内眼角那儿，上眼皮深深地覆盖着下眼皮。这使得他的眼睛整个糊里糊涂的，一直是耷拉在那儿。一直很疲倦。没有什么时候能够缓过来的样子。仿佛对他周遭的空气、仿佛对整个的世界有着倦怠似的，知天安命，再无他求。

　　他们两个其实都是很有意思的。是很有意思的一对姐弟。一对宝货。当然，我说的是莉莉姨妈和四舅。他们两个其实感情很好，但一碰到一起就会吵架。年纪越大吵得越是厉害。但不管怎样莉莉姨妈还是听不得别人说四舅的坏话。只能她说。只能她骂。她有时候骂他真是骂得狗血喷头。但别人不能说，绝不能说。仿佛她心里有两个分量绝不均衡的秤砣。有一次我说了一句很委婉而微妙的话，她马上就听出来了。她很不高兴地拉下脸来，说你一个小孩子懂什么，怎么知道这里面的轻重。诸如此类的话。还有一次，也是在莉莉姨妈家，常德发突然和四舅吵起来了。那次大家都喝了点酒，常德发说了几句很重很难听的话。四舅先是忍着，胖乎乎地光滑地忍着，后来不知怎么就忍不住了，声音也响了起来，冲着常德发就嚷嚷，他说你醒醒好不好，你打开窗户看看外面都成了什么样了！四舅的声音那么大，我都有点吓坏了，他还是不管不顾地说下去，就差点手指头指到常德发的鼻子上去了，他说世界都成了这样，你倒是告诉我怎样才能生存下去！呵，你说呵，你倒是说呵……

　　大致就是这样的意思。于是常德发在那里气得浑身发抖，说好……好，好好……好好好，我说不过你……后来还是莉莉姨妈出来打圆场。她嘴里叽里咕噜的，脸上红一阵白一阵，其实也是感到尴尬的，其实也是不知道说什么好的。说了她也说不清楚。谁也说不清楚。而且吵架的这两个和她关系都好，她也都喜欢。有一阵子我觉得我懂得他们之间的关系。因为那些以前的故事、或者故事的一部分我是了解的。但后来我终于发现这完全是错误的，完全是我的一厢情愿。他们藉于过去时代延至今日的情谊、恩怨，诸如此类的东西，到了今天重新洗牌的时候早已面目全非。有时候连他们自己也意识不到这样的情况。他们自己也不懂得他们今日的关系到底是怎么一回事了。

　　但不管怎样，莉莉姨妈对于四舅和常德发都是维护的。对于他们两个，她有着一种奇怪的类似于母爱的感觉。常德发呢，就像她的一个从来都没长大、也从来都长不大的孩子。她是又爱又怜。你瞧瞧你那常伯伯，瞧瞧！瞧瞧！她是这种语气。而对四舅则要更复杂些。有时候她也会在我面前嘀咕，说这世道变成这种样子了，他一个做生意的你能让他怎样？他也没办法呵，也只能这样呵。她也会为他找理由。但更多的时候她和常德发其实是一个态度的。她有时候想不通起来也会自相矛盾，她完全忘了以前对我说的"人都是会变的"这样的话，她开始唠唠叨叨，说一个人怎么会变成这种样子呢，脸皮这样厚，这样心狠手辣。她说要是知道他现在这种样子，在他小的时候，她就不会在林阴路上找他了，让他呆在那里，呆在那些香樟树马缨树上，她才不会每天牵着他的手，把他带回家去……但每次说到这里的时候她又会停顿下来，若有所思，心有所想。而这时候她思想着的事情则再也不会让我进入了。

　　但大部分时间她讲起四舅来的时候态度是明确而坦然的，比如说那天讲到单眼皮双眼皮的时候，她突然就变得情绪高昂，甚至还有点滑稽可笑。她说是吧是吧，全都是单眼皮吧，姨妈没有骗你吧。不过你四舅呵，年轻的时候不光是一激动眼睛看不见，那时候他倒是个双眼皮。他躲在树上我到处找他的时候他是双眼皮。那时候我看得很清楚的。也是奇怪呵，后来长呵长呵就收起来了，就成了现在这个样子了……

　　2.

　　化妆师孙倩倩，这个八十年代初出生的小女孩，是在莉莉姨妈生日宴的前几天才出现在我脑子里的。那一阵子，我简直都被我那可爱的姨妈折腾死了。在单眼皮双眼皮这件事情上，她突然固执起来了，简直就像一个十七八岁的小女生，简直连小女生都不是，就像一个非常孩子气、完全不讲道理的小孩子。她就那样坐在我那面，一本正经地和我谈话。她说怎么，怎么你姨妈想做这样一件小事情都做不成呵。我有点急了，我说不是这样的，那完全就是两码事情。她说怎么是两码事，我看就是一回事情！

　　她好像突然之间找到了一件事情，突然之间把精气神提起来了。她穿着高跟鞋摇摇晃晃、步履艰难地在街上走，好像突然之间就向全世界宣布了——怎么啦，我就是要开一个双眼皮，怎么啦，怎么啦。她好像看到一个人就恨不得要和他吵架——怎么啦，怎么啦，我开眼皮又怎么啦。

我觉得这件事情真是有点好笑。

有一天，我想到了一个办法。我对莉莉姨妈说，你左眼皮下面不是有一颗痣吗？她愣了愣，说是呵，是有一粒痣，现在还在那里。我说不是很多人劝过你动手术吗，用激光把它去掉，或者其他什么办法？她说是呵，是很多人这么劝我。他们说痣长在这个地方是不吉利的，起码在情感上会有困扰……

我点点头。我说是呵，莉莉姨妈，其实以前我就问过你这个问题，你还记得你是怎么回答我的吗？

她眼睛一亮。当然！她说，当然记得，我现在也是这么想的，干吗要把痣去掉呢，如果是命运注定，那躲也是躲不掉的！

那你又为什么一定要去开双眼皮呢？我终于淡淡地把话绕回来。

没想到她反应很快。她的反应简直就是快极了。她说——这完全就是两回事！开双眼皮是为了美，为了漂亮，女人怎么可以不美不漂亮呢！

她几乎有点生起气来了。

那天幸亏事先说好了要去常德发院子里看新品种的花。要不我们真要吵起来了。要不莉莉姨妈真有可能狠狠地把我骂一顿。我们走在平江路上的时候她还有点气鼓鼓的。我老觉得她嘴里叽里咕噜的。怎么啦，怎么啦的，其实她什么也没说。这其间四舅打了个电话来，我听到他在手机里哇啦哇啦地说话。他可能又在什么高速公路上赶着要去谈什么生意，但对他这个姐姐还是好的。在电话里他告诉我说，生日宴的饭店已经订好了，是哪里哪里，又说订了哪些高级的特色菜，都有哪些哪些之类的。

那家饭店是古城里的老饭店了。当年，很多年前，我们一家送外婆的时候就是去的那家饭店。不过现在和当时已经完全不是一回事了。比单眼皮变成双眼皮要天翻地覆多了。现在，谁要是再在大厅里因为油腻摔一跤，那是会被人笑死的。而且这件事也已经成为了一种想像。根本就不可能再次发生的。我相信，现在，我亲爱的莉莉姨妈往富丽堂皇的大厅里一站，各种美食的香味远远地、香香地飘过来，我相信，她一站在那种地方，一闻见那种气味，两眼一定是会放出光彩来的。

她不太清楚她的生日宴会是谁来买单。我们告诉她的时候是有些模棱两可的。但我觉得她心里其实是知道的。有时候，有些时候她也会装装糊涂。我甚至还觉得，即便我们说穿了这件事情，讲明白了是最有钱的四舅张罗这件事情，并且会张罗得奢侈而又豪华，她其实也不会有什么意见的。她会犹豫一下，稍稍犹豫一下，然后也做出一种模棱两可的姿态，也装装糊涂。有些时候她会做得很漂亮的，仿佛突然之间周旋得很好，充满了智慧。

那天常德发正在院子里低头修剪枝叶。

一个严谨了一辈子的人，直到晚年的一个小细节仍然会是严谨的。可能是担心用力不稳吧，常德发像抱个小孩似的把一只花盆抱在怀里，捧在膝上。

你快看看这朵花！他满脸发光地对莉莉姨妈说。

像天上彩虹的颜色吧，你没看到过有这么多颜色的一朵花吧！他又扭头向我介绍。

我注意到他的手微微翘着，像一朵带露的兰花的形状。

好看吧？常德发忍不住又问。

莉莉姨妈点着头。脸上也放出光彩来。她是喜欢美的东西的……我突然想到，会不会在看花的时候，她又想到了双眼皮的事情。

吴光荣也说好看。常德发说。

接着，常德发像是猛地清醒了过来，用一种非常强调的语气再说了一遍——在对美的感觉上，他和你倒真是很像的——他说。

哦？吴光荣？他来过？莉莉姨妈皱了皱眉头。

对。这些天他常来，昨天来过，前几天也来过。

他来干什么……最近他都还好吗？

好倒是还好……他记得你快要过生日了，他就是挺想……挺想……

挺想什么？

他其实还是挺想……挺想和你复婚的……

常德发终于艰难地把这句话说完了。那艰难和漫长的程度简直让我觉得，仿佛花盆里的一朵花都快谢了似的，仿佛都已经谢了似的。

一离开常德发家的小院，重新走回到平江路的青石板小道上，我和莉莉姨妈重新两个人在一起的时候，我就笑嘻嘻地用胳膊肘拱了拱她。我的声音也是笑嘻嘻的。仿佛我们谈论的是一桩非常高兴而温暖的喜事。

老实说吧，这是第几次了？我朝莉莉姨妈做了个鬼脸。

什么第几次第几次的……你一个小孩子家，不懂的……

莉莉姨妈委婉曲折地自说自话着。其实她当然知道我在问她什么。我一开口她就知道了。因为我明白她或许也正在琢磨这件事情。这件多少也让她有些惆怅的事情。一个马上要过六十三岁生日的女人，有个男人还不屈不挠地爱着她。说爱可能有点重了。至少是还有个人不屈不挠地想和她过日子。接着过日子。这日子一而再、再而三地被她打断。但那个人还是想接着过下去。

连我都免不了有点惆怅的。

真的，这是第几次了？我又问。我记得大概半年多前，我听母亲说起过，说她遇到吴光荣了，吴光荣拉着她谈了很久，说还是希望和莉莉姨妈在一起。他还让我母亲适当的时候和莉莉姨妈谈谈。还有四舅那里也有一次。我知道的就有这么两次了。

嗯。好像是第五次吧。莉莉姨妈说。突然她自己也偷偷地笑了。好像这种准确的数字泄露了一些内心似的，好像她刚才已经扳着手指偷偷算过似的。

在从平江路散步回家的路上，我觉得莉莉姨妈突然格外精神了起来。她的头昂得那么高，鞋跟敲得啪啪地响，腰板也挺得更直了。

我甚至都有点跟不上她的脚步了。她几乎忘记了应该停下来稍稍休息一下。这个六十多岁的老女人，在这个时候突然变得精神焕发朝气蓬勃。那种精神焕发朝气蓬勃的样子，简直就是一首自己唱给自己听的赞歌——怎么啦，我现在就是活得很好，怎么啦，怎么啦。路对面走过来一个垂头丧气的中年女人，要不是下岗了，要不是被男人抛弃了，要不是儿子不听话不懂事躲到树梢上去了……莉莉姨妈一定恨不得立刻走上去，拉住她的手，告诉她——怎么啦，怎么啦，她恨不得要把她的这个三字箴言立刻传播出去，不就是这样嘛——怎么啦，怎么啦……

我突然有点明白了，明白莉莉姨妈为什么一定要那么任性地开双眼皮啦，动不动就要和吴光荣离婚呵什么的。对于这些完全不是她这个年龄应该做的事情，她是如此热衷，几乎充满激情。我看着那个奇奇怪怪穿着细高跟鞋、走得摇摇晃晃却又步履坚定的身影，我想我突然就有点明白了。

我那亲爱的、脆弱而又坚强的莉莉姨妈，其实真的还在和这个世界赌气，还在和自己赌气，也还在和自己以前没有坚持赌气下去的那一部分赌气呢。只不过，只不过作为一个六十岁的女人，一个也没啥钱更没啥权的六十岁女人，她和这个世界反抗的方式很可怜的只剩下了两样东西：

第一，把自己打扮到牙齿、打扮到眉毛、打扮到从单眼皮变成双眼皮。

第二，和保证永远会爱自己、会原谅自己的吴光荣不断离婚、复婚、再离婚、再复婚。

我那亲爱的莉莉姨妈呵。我觉得应该为她做点什么。

于是，我想到了孙倩倩，美丽而年轻的80后女孩孙倩倩。

3.

我认识女孩孙倩倩，其实还是因为那位秋先生的缘故。还记得那位秋先生吗？给我办过评弹堂会，为我付钱给评弹演员和五星级饭店厨师，有一阵子老是眼泪汪汪对我说孤独，有一阵子频繁带我出席一些商业小圈子的活动，后来又莫名其妙地和我分了手，而且连为什么这样的话都不能多问的那个人，就是那位秋先生。其实后来，有时候我还是想到过这位秋先生的。这是一段不明不暗的感情。有些不明不暗的感情其实是有境界的。时间长了，你体会出一些对方的苦处，或者这个世界的苦处，以前自以为是的那些自己的苦处也就淡了。人就是这样慢慢长大和升华的。当然人也就是这样渐渐放弃而堕落的。但为什么我一想起秋先生就立刻联想到了这样一首歌——

这是一个令人不安的时代呵，令人不安的时代……

真的，我一想起他就会感到不安起来，或者我一感到不安就会想到他。后来我终于觉得自己完全没必要再想到他了。这桩不明不暗的事情，就当它已经烂掉好了。用一下最简单幼稚的方式好了。他不爱我。不是吗，至少他不够爱我。或许，这个已经搞不大清爱与不爱的人，他也会经常性地想起、听到、像人失足落水一样地沉浸在这首歌里：

这是一个令人不安的时代呵，令人不安的时代……

一个经常感到不安的人一定是会喜欢美容院的。所以说，带我去美容院认识孙倩倩的一定是秋先生，而不是那位沉静美雅的白先生。白先生才不会带我去那种地方呢，他最喜欢的我，是素净着一张脸，挂面一样的头发披下来，单眼皮，细身板，看见男人最好能够脸红，如果可能的话，我觉得白先生一定还希望我有一双步履蹒跚的三寸金莲……

先是秋先生带我到美容院去了一次。后来就是我自己去了。一开始我没注意秋先生和孙倩倩熟不熟。也可能熟，也可能不那么熟，这些都是很正常的。只是孙倩倩的老练成熟给我留下了很深的印象。

我记得有一次，很偶然的，我和秋先生聊起过她。

我说，这女孩子，挺有心机的呢。

秋先生哧的一声，说，现在，现在哪还有笨小孩呵？

我和秋先生分手后又去过那家美容院几次，也都是孙倩倩接待的。她不是苏州本地人，老家在离这儿不远的一个县城。也就是当时秋先生去监督工程的那个县城。那里曾经是大量外资云集的地方，经常会上一些报纸和电视的头条新闻的。有那么一个阶段，今天醒过来，对面一幢楼给爆破了，明天说门口那条路不能走了，绕道吧，绕道吧，这里要修新的路了，什么都是新的，难道不好吗，不好吗？……

孙倩倩就是来自这样一个地方。

她是个很大方开朗的人。谈不上很漂亮，但看上去很舒服。不是那种把所有的力气放在自己要漂亮呵漂亮的女孩子。仿佛很早就知道人生另有妙处，很早就知道应该把力量放在什么地方会更舒服更长久也更完全。我一开始对她的印象是，咦，这女孩子怎么有这么好的语言天分。她的苏州话完全听不出口音来，后来我又发现她，咦，广东话说得也是这样的，闽南话，上海话，还有不多不少已经完全够用的英格力士。从她的年纪和职业来看，自然也不会接受过什么比较高等的教育，但奇怪的是，这女孩子就是能给人一种舒服甚至得体的感觉。她看到我和秋先生一起去，朝我们淡淡地笑笑，很客气地接待着。后来看到我一个人去，也迎上来淡淡地笑笑，很客气地接待着。绝不多问一句不该问的，绝不多说一句不该说的。

我慢慢地对她感兴趣起来了。

有一次新年的时候，我们公司办化装晚会，需要一个造型策划和化装的人。我一下子就想到她了。

那天大家一直闹到很晚。每个人都喝了不少香槟和啤酒，嘴巴里带着满嘴香喷喷的酒气，脸上带着孙倩倩设计的稀奇古怪的妆容。大家都开心极了。孙倩倩也很开心。我们在街上大叫大笑着放了会儿焰火，又随便找了家羊肉摊吃排档喝啤酒。大概吃了有半个多小时吧，我们突然听到了哭声。先是小声的，隐隐约约的，后来就放肆起来了。借着酒劲或者其他什么东西，哇啦哇啦的，眼泪一把鼻涕一把的，非常没有体统了。

是公司里一个老实巴交的中老年员工。当我们确认是他在哭的时候，这才突然想起来了。想起来前几天的传闻。传闻说公司要裁员，到底要裁谁、要裁几个这是没有人知道的，但也有些事情我们是知道的。比如说老板不喜欢年纪大的，嫌他们动作慢观念老不符合这个时代；老板也不喜欢老实巴交的，嫌他们笨脑子不灵活，当然就更不符合这个时代了。

基本上是不欢而散了。总不能把自己的欢乐建立在别人的痛苦上。再说冷风一吹，酒也有些醒了。每个人生活里终归有些烦心事的，酒一醒那些烦心事也就跟着醒了。

回去的时候我和孙倩倩走一路。

我稍稍解释了一下，总是有一点让外人看到家丑的感觉。当然我也确实有些感慨的，我说，那个人呵，是个本分人。你也知道的，这种世道本分人总是要吃亏些。

孙倩倩沉默着，没说话。

我又说，这种下岗就业的事情，职能部分都是有责任的，社会福利也跟不上去，这样下去，谁都没有好果子吃。

我觉得对孙倩倩这种小孩子嘛，说点这种冠冕堂皇的话总是没有错的。再说，也确实就是这么一回事情嘛，反正现在有些事情我也是看不惯的，脾气上来也会骂骂咧咧的。

孙倩倩咬了咬嘴唇，仿佛想要忍住什么，不说什么，但她终于还是张开了嘴巴，淡淡地说了起来。

她说，我母亲就是这样的，是个本分人，年纪轻轻四十几岁就下岗了；我母亲的大姐下岗得更早，刚刚才开始有下岗这回事的时候她就下岗了。我外婆都快要八十岁了，每天都看电视新闻，看了就叹气，然后就埋怨两个女儿不争气。我母亲去呢她就埋怨我母亲，我母亲的大姐去呢，她就埋怨我母亲的大姐……

我第一次听孙倩倩说这么多话，不由瞪大了眼睛，竖起了耳朵。

其实我外婆也不知道该埋怨些什么，她也说不清楚，她反正就是嘀嘀咕咕的，你看你看，电视里面，那个张三下岗去卖生煎馒头了，大家都排队去买他的生煎馒头，李四也不错呵，李四做服装生意，天天去常熟服装城倒服装……

我扑哧一声笑了出来。我说你外婆可真有意思呵。

我外婆反正就是嘀咕，我怎么就生了这么两个老实巴交的女儿呢。她后来就总结出了这个道理。有一次，我去看她，她也给我嘀咕，她说你可不要像你妈妈，老实巴交的，吃亏！但我小的时候她可不说这些，她那时候是这样说的，她说倩倩呵，外婆跟你说，你长大以后呵，就要像你妈妈那样，你看你妈妈多勤劳呵，多善良呵，多么尊老爱幼呵。那时候她说这些。那时候她自己也还是挺满意的，因为很多事情她弄得懂。但后来，她越来越觉得苗头不对啦……

现在是笑贫不笑娼啦！我说。

不过我外婆最近又变啦，她可能觉得这样下去会让我变坏的，现在她变得什么也不说，不说什么生煎馒头、服装生意了，也不说到底要不要善良呵、勤劳呵什么什么的，因为她已经完全搞不明白了。我每次去看她，她都气鼓鼓地坐在那里。她现在就只说一句话，她说外婆都快要给气死啦！

我笑得肚子疼。我说那你呢，你是怎么看的呢？

孙倩倩淡淡一笑，这个嘛，其实就是游戏规则变了嘛，但也难说，说不定过个三五十年又变回来了。人家美国不又流行婚前贞操了吗。说不定那时候我又要教育我的子女说，你呵，就应该像你外婆那样……

这次交谈过后，我和孙倩倩又亲近了很多。虽然她只比我小个十来岁的样子，但我一向觉得这已经是两代人的距离了。但她显然让我刮目相看甚至大吃一惊了。

后来，很偶然的有一次，我突然发现，其实孙倩倩和秋先生是很熟的。很熟，而且可能不是一般的熟。要知道，有时候，女人在这方面的直觉既惊人又可怕。咦，原来是这样呵，很多小细节小火花回忆起来了……哦，原来是这样的呢。那时候我和孙倩倩已经是不错的朋友，而对于秋先生则早已没有眷恋。于是我和孙倩倩委婉曲折地开了次玩笑，聊到了这件事情。

不是吗？爱情结束的时候，女人就是妖娆而冷血的水母。

孙倩倩没说是，也没说不是。她甚至谈不上有什么相应的反应。她只是淡淡地说了句：咳，也没什么，他嘛，只不过有时候喜欢拉着我的手，告诉我他在这个世界上有些孤独。

就是这样了。孙倩倩连我和秋先生到底是怎么回事，曾经是怎么回事，后来怎么了，现在又怎么，诸如此类，她一概不问，一概不感兴趣。

她这种也像是坦然、也像是漠然的态度，突然让我觉得自己反而像个多嘴的婆娘了。但是——很明显呵，现在看来，在某一段时间里，秋先生真是孤独透了，所以他要拉着两个女人的手，诉说这样一件烂事。

后来，我终于还是没有忍住，又委婉曲折地把我的想法告诉了孙倩倩。

谁知她的回答吓了我一跳。

你是这样想的呀？她抬头看了我一眼，干脆利落地说：嗯，那你也老了。

那你是怎么想的呀？被一个小姑娘这样直截了当地说话，心里多少是有点不爽的。

那是他的事情。我不知道，所以我不判断。

可是，可是他万一是个骗子呢？我有点急吼吼，有时候我母亲有点说不过我，或者要教训教训我的时候，常常也是这样急吼吼的。

孙倩倩笑了，一边笑一边说：哪有那么多骗子呵。

这件事情以后，我终于发现，自己是完全彻底地小看了这个小姑娘了。或许，还有和她同龄同辈的那些人。我真是小看了他们。时代的列车轰隆隆地往前走，有的人跟不上了，有的人打瞌睡，还有的人骂骂咧咧的，反倒他们是健康的。至少相对来说是健康的。

不是要说化妆吗？以前的化妆和后现代的化妆是不一样的。我母亲那时候，他们那一辈人，化妆的时候就是朝脸上添东西，他们的生活也是戏剧性的，下巴抬起来，手臂高昂着，命运跟着国家和时代浓墨重彩地往前走。现在的化妆，则是到最后看不出化过妆。看起来迷迷糊糊的，糊里糊涂的，好像什么也没有，什么也没发生。他们也不纠结什么。有时候我在孙倩倩那里说些牢骚话，她总是轻轻带过——有什么恩怨是非呵。有时候我老是觉得自己挺有些想法的，说说这个，说说那个，还有些愤世嫉俗的尾声。孙倩倩则仍然轻轻带过——哪个社会都有苦衷的。她又歪过头调皮地看我一眼，话说得不轻不重，但我听出来的意思则是：这么简单的事情，想得那么复杂，我看你呵，真是老了。

或许真是这样。有时候我心里嘀咕着，我父母真是老了呵，想法那么奇怪。其实也就是小了那么十来岁的孙倩倩也在嘀咕，你们呵，你们也老了呵。

有一阵子，我母亲恨不得天天拍着桌子教训我：你呵，就是不现实！不现实！总有一天会吃亏的。

莉莉姨妈倒从不说这样的话。她感慨其他一些东西，她说，和我们那时候比呵，现在的孩子都俗气多了。

我和孙倩倩聊过这个问题。

她坦然得要命，勇敢得让人羞涩。她说，是呵，我当然现实，当然俗气呵。要不，我那下岗的妈妈怎么办？我那成天气鼓鼓的外婆怎么办？再说，谁又会不喜欢钱呢？

我像她这点年龄的时候，要是有人和我谈这个。我一定是遮遮掩掩的。我怎么能向别人承认我喜欢钱呢。我又怎么能向别人承认我其实也是喜欢钱的呢。

但孙倩倩活得是多么简单快乐、多么平衡而和谐呵。

有一次，不知怎么讲到共产主义这个庞大的话题。我仍然是那样委婉曲折，孙倩倩仍然是那样干脆利落。

她说：当然！我当然相信共产主义和乌托邦！

她很简单平静地说着这句话，脸上的表情也是平衡而和谐的，看不出有任何的虚伪。

现在，我突然想起来了，在莉莉姨妈六十三岁生日的这一天，我准备让孙倩倩给她化一个妆。

把一个女人尽可能地变得美，变得更美。把单眼皮变成双眼皮。

把复杂难懂的事变得简单快乐。

4.

这是晴朗而美好的一天，但其实也是稀松平常的一天……稀松平常的一天……隔天晚上，我像平常一样吃了一粒安眠药。将睡未睡的时候，我打了一个电话给莉莉姨妈。

我说，你睡了吗？

她说，快了，第一粒安眠药是半小时前吃的……

我还没听清楚第二粒安眠药的具体情况就睡了。我睡着的时候

经常会做一些乱七八糟的梦，睡着了比醒着还累。有一阵子我母亲
偷偷把安眠药换成了一种保健药丸，我睡不着就躺在床上胡思乱想。
我一会儿想想莉莉姨妈，一会儿想想四舅。这两个都是我喜欢的人。
有时候我也会想到白先生，但一想到白先生就更睡不着了。有几次，
我还想到了常德发常伯伯。我老记得他和莉莉姨妈有一天坐在院子
里聊天。两个人为一只注射了激素的母鸡长嘘短叹。莉莉姨妈悄悄
脱掉了一只高跟鞋，一边晃悠着酸痛的脚一边说：我呵，真是做梦
都没想到，这世道会变成这样！常德发呢，还是像抱小孩一样把花
盆抱在怀里。他的头像拨浪鼓一样不停摇着。后来他告诉她一件事。
说他有个老朋友新添了小孙子，那小孩呵经常感冒流鼻涕，老朋友
呢怕他疼，不让用纸呵什么的去擦，说用舌头呵！用舌头呵！莉莉
姨妈也不接话，一边晃脚一边固执地讲那只母鸡：我说呢，那只母
鸡怎么老是生双黄蛋！一天一只双黄蛋，一天一只双黄蛋……

　　说来也怪，每次想到这里的时候，我的睡意就来了。开始还是
有声音的：做梦也没想到……做梦也没想到……一只双黄蛋……一
只双黄蛋……后来就只有场景和动作了，一个不停晃着头的老头，
和一个不停揉着脚的老太……

　　我经常怀疑自己可能是得了抑郁症。

　　我觉得自己挺像那么回事的。而且我还讳莫如深。不想提到这
件事情，不想多谈这件事情。有时候我也会假装坦然地说起这
个——我像不像抑郁症呵，像不像抑郁症呵。然后和旁边的人一笑
了之。像个英雄似的。

其实这就是抑郁症的表现了。

但那天晚上我却睡得香甜极了。这真是一件非常奇怪的事情。而这种奇怪而香甜的睡眠，竟然还延续到了第二天将近中午的时候。

我接到了一个电话。

是一个已经很久没有联络的朋友打来的。

我们约好在一家西餐馆见面。就是我和莉莉姨妈去过的那家西餐馆。

我在靠窗的沙发坐下来以后，他的电话又来了。他让我再等他一会儿，再等那么一小会儿，他说因为上午他去银行办了点事情，然后又去一个老中医那里配了点药——

你知道的，我是个药罐子。他说。

我的这位朋友姓林。于是我就点了一根烟，喝着一杯白水，坐在渐渐阴翳下来的窗口等待着这位林先生。

中午的时候人很少，也没有那种亮闪闪的灯光和好听的鞋跟的声音。有几只蜻蜓飞得低低的，悄无声息地撞在了厚厚的玻璃上。

西餐厅突然显得空旷了起来。

这位林先生，他既不是我的男朋友，也不是我的情人，我们甚至连一点暧昧的感觉都没有。

这是真的。到了一定年龄的时候，有些东西其实是可以控制的。

我和林先生认识的时候，对感情心灰意冷一点兴趣都没有。我说，我们就做一般朋友吧。他也没啥意见。说好呵，一般朋友多好呵。

就这样相处了下来。冷冰冰的，其实也暖洋洋的。

有一次我问他，我说你到底是做什么职业的呵，我怎么觉得你什么都干呵，什么经纪公司，贸易公司，还贩烟贩酒……你会不会也贩人呵。我就这样问他。

他呢，也就嘿嘿嘿地乐着。他在我面前挺放松的。有时候我想，他或许也挺希望有我这样一个朋友，也不是女朋友，也不是情人，连一点点暧昧的感觉都没有。至少是说好了，要一点点都没有。

他平时很忙。我们有一阵见得挺多，后来就少了。有时候两三个月都见不到一次。但每次见到他的时候，他总是在吃药。总是随身带着很多药瓶子。而且一点也不避忌我。

我就嘲笑他。我说是吧是吧，不是女朋友就肆无忌惮了吧。

他还是嘿嘿嘿地乐着。还介绍给我看都有哪些哪些药，都是治疗什么什么的，什么高血脂、高血压、高血糖、痛风病、胆囊炎、胆结石、胰腺炎、胃肠功能失调……

我装出一副一本正经、并且还很可怜他的样子，我说算了算了，你不要告诉我你有什么病，你就告诉我什么病你现在暂时还没有吧。

他嘿嘿嘿了一下，又嘿嘿嘿了一下。他说，还真没什么病是我没有的，对了——他神秘兮兮地压低了声音：前几天医生对我说了，说怀疑我现在因为痔疮严重发作，体内充满了毒素。

我觉得林先生肯定是一个非常严重的抑郁症患者。开始的时候我只是怀疑这件事情，后来我想了想，觉得这件事情几乎就是肯定的，根本就用不到去怀疑。即便他自身还没意识到这件事情，还没在他的瓶瓶罐罐里增添治疗抑郁症的药物，他也一定是一个抑郁症患者。而且这样一想，我又想出了一些其他的问题。咦，这样说来，其实莉莉姨妈呵，四舅呵，常德发呵，我的父亲母亲呵，我已经去世的外公外婆呵，我的这些亲人们可能都或轻或重地患有这种病症；那秋先生就不用说了，几乎就是抑郁症的代表性人物了；至于白先生，不管他是不是，我只要一想到他，我自己的抑郁症就会愈发严重起来。

我觉得，总有一天，总会有那么一天，抑郁症会像感冒一样地出现在我们的生活里。大家每天早上见面，轻松自然地相互问候：嘿，你今天抑郁了吗？

对于林先生的美食主义，我一直留有十分深刻的印象。他太能吃了。而且有意思的是，我也是一个非常爱吃的人。我和他约会见面的主要内容，基本上就是找个地方稀里哗啦地大吃一通。有时候甚至连话也很少说。你吃你的，我吃我的。而且我和他的口味也是接近的，喜欢刺激的东西，喜欢味重的东西。我们开玩笑说，我们都爱吃那些生离死别的东西。

有时吃得酒足饭饱以后，我就开始嘲笑他，我说，你吃的那些都是开胃药吧。

他也不还击我。餐后的他总有一种怡人的满足感。非常短暂，却也非常真实。他老是说，食物让我快乐。真的。他看着我，有时候也会添上一句：你也让我快乐。有时候他吃得实在太满意了，也就完全不顾忌我的感受了。他什么也不说，沉默着，久久地回味在食物给他带来的甜蜜之中。

那家西餐馆我和他去过好几次。他喜欢那里的鹅肝排和红酒山鸡，我则认为巴黎龙虾是很不错的。相比较而言，我觉得他的刀叉要比筷子用得更好。我说以后要是有机会的话，我一定要介绍我的姨妈给你认识，让她看看你用刀叉的样子。我像莉莉姨妈观察我一样地观察着他。刀叉发着银光，亮闪闪的，硬邦邦的。是一种干脆利落犹如凶器一般的美。他用得熟练极了。我真的很少看到用刀叉用得这么好的中国人。那两件凶器一样的东西仿佛都已经长到他骨子里去了。寒光闪过，优雅迷人，熟练得让人赞叹，熟练得让人寒心。

那天中午，就在这家西餐馆里，林先生挥舞着刀叉和我共进了一次午餐。我记得那天的龙虾口味相当不错。但林先生却抱怨了几句，说今天厨师一定开了小差，因为鹅肝排几乎大失水准。

我觉得他的情绪不是很好。饭前就不声不响地吃了好几种药，后来又吃了一次。但这是不是和天气有关系呢，或者本身就是我的错觉呢？蜻蜓还在飞着。没头没脑地飞着。一头撞在这儿，一头撞在那儿。有的一下子就撞昏过去了。

饭吃到一半的时候，窗外下起了一阵急雨。

天黑极了。没头没脑的。

在几乎全黑的底色中，有银色的、凶器一般的刀叉优雅地挥舞。

他给我看了一张照片。说是在新单位里照的，他新近在里面工作的一个公司。一家合资企业。我拿过来看了看。是一张合影。七八个人的合影。照片里只有林先生和一个小女孩是中国人，剩下的全是高出他一两个头的外国同事。那脸上的表情以及形体，让我觉得他们可能是挪威或者芬兰一带的人。

我们又聊了会儿。

不知道是不是那不合口味的鹅肝排的缘故，那天的林先生失去了很多光彩。说些公司的事情，说得鸡零狗碎的。说些他新近增添的病，仍然说得鸡零狗碎的。我刚喝了一小杯啤酒和一小杯白葡萄酒，再加上夏天中午的低气压，感觉略微有些晕晕乎乎的，还略微有些不耐烦。我记得自己有些无礼地插了一句话，我说，你没有增添性病吧？

雨渐渐停了。很安静。更安静了。

我突然发现，林先生已经很久没说话了。

我抬头看他。

他可能很快就说了这句话。也可能要再过一会儿才说。反正他是说了，很轻地像是叹了一口气似的说了这句话。他说：

我很孤独……你知道吗？

现在回想起来，如果当时林先生没说这句话，我们可能还会在那家西餐馆再坐上那么一会儿。毕竟雨刚刚停，有可能马上就会接着下，毕竟我们已经很久没见了，总能发现些其他的、多少能让大家感兴趣的话题……

但是，他叹了口气，口气轻得像是说给他自己听的，但明明又是对我说的。他说：

我很孤独……你知道吗？

我站了起来。

我说今天晚上呢，是我姨妈的寿宴，我是必须要赶过去的。我说现在已经是下午一点半了，我还要到常熟去一次……

我毅然决然地和林先生告了别。

和一个可能就要产生的俗套告了别。

接近四点钟的时候，我在从常熟回程的路上还在想这个问题。我在接到公路警察打来的电话前一秒钟还在想这个问题。我在夏天雨过天晴后无比刺目的阳光下面还在想这个问题……

因为我已经确信，确信俗套不能给我带来我要的那种幸福。

但是我要的那种幸福，它究竟又在哪里呢？

你是这个手机主人的朋友吗？警察是这样问的。

是的。他怎么啦？

刚才，他的车在公路上……

这也是一个俗套，这个通常发生在电影小说里的俗套，却在我逃避俗套后的高速公路上发生了。

5.

晚上大约八点多钟的时候，孙倩倩在路边一个排档那里找到了我。我已经喝了太多的啤酒，喝得几乎连她都认不出来了。但我其实仍然没醉。因为我看到她以后就哭出来了。我看到她以后就开始在街边掏心掏肺地号啕、掏心掏肺地呕吐。我像一个孩子一样地抱着她。我恨不得抱着她一起躲到街边那些树上去。

孙倩倩什么也没说。什么也没问。

她像牵着一个孩子一样地牵着我。让我继续去做一些在这个世界上不得不做的、其实也应该去做的俗事。

满屋子的人都在等我。

那个晚上的莉莉姨妈是多么美呵！光彩照人的莉莉姨妈，戴着珍珠耳环的莉莉姨妈，双眼皮的莉莉姨妈……她一看到我就把我抱在了怀里，她说：孩子，这个晚上多么美多么好，我们大家都在等你呵！

我模模糊糊地看到了我的母亲。她正坐在大圆桌的对面，笑眯眯的。一路向众人打着招呼。她说，我这孩子呵，我这孩子，真是不懂事的！真是不懂事的！

四舅也远远地走过来了。他朝我眨眨眼睛。他说，你不知道刚才呵，我送你莉莉姨妈一根项链，结果被她扔出去了呀，所以现在我改送了一样礼物——

他不知从哪里变出了一只鸟笼。里面是一只漂漂亮亮的牡丹鹦鹉。

四舅蹲下身体，开始问它：上班迟到会怎么样？

鹦鹉的声音清脆极了：扣奖金！！扣奖金！！

四舅又问：今年股票怎么样？

鹦鹉的声音更好听了：全套牢！！全套牢！！

大家都笑了。

莉莉姨妈笑了，四舅笑了，我的父母笑了，常德发和吴光荣也笑了……我心里一直还在想着林先生，我的眼泪还在眼眶里打转，但我还是含着眼泪忍不住笑了出来。

明天是外婆的忌日。这么多年了，这一天大家都会到墓地上去，都会去看一看她，和她说说话，或者流一点眼泪。所以四舅说他还教了鹦鹉一句话，这句话教了很长时间，终于教会了——妈妈，我想你。妈妈妈妈，我想你。四舅说明天他要带着鹦鹉一起去看母亲。对了，四舅说顺带还要看看林阿姨的墓。就是当年从富春江乡下跟着一起回来的林阿姨。去年她在养老院里病死了。她和外婆葬在一起。四舅和林阿姨感情很好，林阿姨的墓地就是他买的，林阿姨去养老院的钱也是他出的。四舅经常说林阿姨就像他的第二位母亲。特别是在外婆去世以后，他更是经常说这样的话。他说有时候，他和林阿姨说话聊天的时候几乎会产生幻觉，觉得母亲又活转过来了。就坐在旁边的椅子上，戴着一副老花眼镜，在那里为他织毛衣。他说他做梦都会梦见这样的场景。他说这些话的时候我们就沉默了。大家都知道他和母亲的感情最深。深到他因为母亲的死而永远不能原谅父亲。他一直固执地认为，母亲王宝琴不同寻常的死，其实就是因为父亲的原因。虽然父亲已经早她好多年就离开了这个世界。但他仍然责无旁贷。他永远都不会原谅他。所以外公忌日的时候四舅是不去的。莉莉姨妈也不去。他们会买一些黄的白的菊花，说，谁谁谁，谁谁谁，你们替我带到墓地上去吧。

我记得那天晚上我们大家都去游船了。包括那只会说很多话的鹦鹉。这是莉莉姨妈的提议。她的理由非常奇怪。她说今天晚上她是那么漂亮、那么美，不光是大家为了让她高兴而说她美、说她漂亮，而是她自己都非常满意地觉得自己很美、很漂亮。她说当她那么美那么漂亮的时候，就想着要到运河上去走一走，游一游。

我糊里糊涂的。我说好呵。走一走就走一走吧，游一游就游一游吧。

但我那天是那样的脆弱。我一站在游船上就又开始吐了。我趴在船栏上，直接就吐到河里面去了。

我虚弱地拉住莉莉姨妈的手。我的眼泪又开始在眼眶里打转了。

生活怎么这么难呵，我说，这是为什么呵？

一艘夜航船亮着五颜六色的灯，喜气洋洋地从我们面前驶过去了。远远地，从船上还飘来三弦和琵琶的声音……我看到莉莉姨妈踮起了脚，眼睛里闪着光，她说你听，那声音多美呵。

我眼泪汪汪的，只听到很多隆隆的机器声和嘈杂的人声。

你听到了吗，那是夜莺的叫声呵！

那晚的游船上，莉莉姨妈和我讲起了多年前的往事。她又把一只细高跟的鞋子脱了下来，很不体面地捏起了她那只有些酸痛的脚。我后来回想起来，那时候的莉莉姨妈是坦然而甜蜜的。我们每个人的生活里或许都会有这样的时刻、这样的瞬间。眼睛里闪着光，所有的回忆都最终凝成了蜜的香甜，所有的声音都犹如夜莺在深蓝的夜空里高声歌唱。

她说，生活嘛，就是这一刻想狠狠地打它一记耳光，下一刻则又想死命地拥抱它。她说其实男人也是这样的。说到这里的时候她开心地笑了笑。她说很多年前的一个秋天，她在这条古老的运河上整整折腾了一个多月。沿岸的每个城市她都停，都下来找，来了又去，去了又回，晴天，雨天，大风天，尘土飞扬的日子，她像个疯子一样地在这条运河上扑来扑去，像一条鱼一样在水面上跳上跳下，还恨不得立刻长出天上鸟儿才有的翅膀。她说她做这些事情就是为了找一个人，追赶一个人，一个男人。

我知道莉莉姨妈讲的是哪个人。我们家族里一直流传着这个奇怪的故事。大家一直在说，就是因为这件事情，因为这个男人，莉莉姨妈一辈子都给毁掉了。

那后来——追到他了吗？

那时候觉得找不到他就活不下去了，一定会死。那时候真是这样想的。他那时候有一个女朋友了，是个唱评弹的，还带着一个小女孩。他回来找她们，却恰巧碰上了我和你外公。

再后来呢？

这个男人就开始逃。我一直想不明白他为什么那么怕我。我后来觉得他那时真是有点怕我了。他深更半夜就逃出去了，他就这样一直逃呵，逃呵，一直逃了一辈子，我去追他，你外公童有源又在后面追我……

那另外那个女人呢？

那个女的，弄明白事情以后，拿了几件衣服，带着女儿，头也不回地就走了。是个很有意思的女人。她评弹唱得可好了。这么多年了，这女人孩子的孩子也应该很大了。说不定就在运河里的哪条游船上弹琵琶或者三弦呢。

那一个月风餐露宿，一定很辛苦很无助，心里一定很苦吧？我拉了拉莉莉姨妈的手。也不知道是要安慰她还是安慰我自己。

那时候是觉得苦，当然苦。说不出来的苦。后来就消沉下去了。再后来觉得这或许就是命吧。中国人都是这样的，哪件事情解释不了、哪件事情变得一团糟了，那就用命来解释吧。我也是这样。是命吧，那就是命，干脆承认是命了吧。然后又过了很多年。长大了，成熟了，越来越老了，再回头看这件事情，想起那不知疲倦、不知劳顿，连性命都可以不要的一个月。咦，突然觉得呵不，不是这样，不是这样了。等你再大一点你就知道了，总有一天你一定会知道的，知道我后来的感受。真的，我觉得那三十几个像疯子一样没日没夜、没天没地的日子，它们突然美丽了起来，再次流动了起来，它们改变了模样，那几乎就是我生命里最充满力量、也是最美好的时光。

2008—2009年末一稿

2010年11月改毕

十年十一章 （后记）

朱文颖

1. 岁月

"二十出头的时候，觉得三十岁是个可怕的年龄。三十岁的女人太老了。老得都不知道该怎么活下去了。"

这个曾经非常真实的想法，在三十岁真正到来时突然忘记了。而且很长时间不再想起。然而四十很快就在眼前了。就像有谁说过的——我知道衰老有一天也会减缓下来，按它通常的步伐徐徐前进——我突然明白，其实岁月已经停下来了。在某一个我并没有特别在意的时刻。有些东西已经不再让我担忧或者恐惧。而那个曾经非常真实的想法，也不仅仅成为了一个笑话——我明白，它其实并不是说的这个。还有其他的意思。它存在在那里，并且另有深意。

深夜与从事写作的女朋友聊电话。你一言，我一语。我们突然都意识到一个问题：现在写东西的时候，怎么就只能看到人性的阴暗面了？怎么就完全看不到古典精神呢？以前古板而有道德律的人，怎么就成了现在这个样子？蝴蝶成了标本了……

我喜欢这种有趣的、突如其来的真诚的谈话。我也喜欢这种爱恨交织、纠缠不清的状态。

一片沉默里的宽广。

要么潜入深流。要么可能会有重要的事情发生。

一位异国的艺术圈朋友写信给我："我认真看过你给我的文本，其实最大气的文字：朴素，不卖弄，没有多余的字。看你小说不入，是人有意为文，看看官眼色呢。别有心思能不乱怀么。不为朱文颖写，为朴素的心和热爱。无私说出来有力呢。"

十年前听到这样的话我会不高兴的。因为十年前毕竟还是年轻。十年后的今天我大致可以知道他在说什么。比如说仍然是这位朋友说的话——

"取其'中'（会不会是中庸的中？）我以为文字是要偏锋的（刀锋的锋），我以为你是很冷的任女性的格（品格的格。意思是贵格的锋刃）……"

除了岁月教会我一些博大精深的沉默以及小如细微颗粒状的智慧，老天保佑，我还没有完全麻木。我突然警醒起来。会不会不知不觉地，我正在渐渐成为一个僵化的、在写作上循规蹈矩的作家？就像城里人长期缺钙一样，就像某些从童年一脚跨入成年的人群一样？

一个从没有经历过青春期种种危险的人，是多么可惜。而一个失去了比自我更为强烈、贯穿在表现中类似于青春期冲动的创作者，又是多么可怕呵。

真实的写作，其实是需要失去理智的。需要失控。真正的失控。只有这样，人才有勇气道出真伪，写出如履薄冰的东西……这和恋爱其实是一样的。没有这个基础的东西，华彩的部分、生命的极致永远都不可能出现。

所以说，我渴望危险。渴望那种类似于已经逝去的青春期的危险。我等待那种支撑生命与写作的饱满的情感、真挚的危险……我等待它们归来。为了更好地活着，而不仅仅是写作。

有时我甚至想，为了找回那种生命的感受，我甚至可以放弃写作——归根到底，写作只是从生命年轮中生长出来的一枝花草。只是岁月脸上长出的小小斑点，是欢颜以及渐渐老去的深刻的纹路。如此而已。

皮之不存，毛将焉附？

2. 是什么把你带到这里来？

"我不断劝告那些跟我学编剧和导演的年轻人，必须去审视他们自己的生活。不为写书或剧本，而是为他们自己。我常对他们说，试着想想你的生活中发生了些什么重要的事情使得你会坐在这里，在这张椅子上，在今天，在这么多人中间，发生了什么？到底是什么把你带到这里来？你必须知道这些。这是起点。""我试图领悟是什么把我带到了人生的这个点上，因为没有这种真诚、彻底及无情的分析，就没有故事可讲。如果你不懂自己的生活，那我想你也不会明白故事中那些人物的生活，不会明白别人的生活……"

我的阅读很不系统。我曾经很想让它系统起来。但我很快发现，对于我来说，有些知识与话语，任凭努力却仍然过目就忘。它们完全不能进入我的心里。而另外有一些，像天边的风一样，不知不觉它们就来了，不知不觉就落到了我的心里。再也不走了。

比如上面那两段话。波兰著名导演基耶斯洛夫斯基说的。我觉得就像一个多年不见的朋友，在某一天的下午或者黄昏……他就坐在我的对面，就那么随意地说了两句。然后又说了两句。我甚至能看到当时光线的波动以及窗外细微的风声。

所以我觉得我有点想明白了。我不怕成为一个没有太多知识的人。因为我只学习与我生命有关的那一部分知识。

从某种意义上来说，它一定是窄的。

那些一路走来的朋友，十年后的今天，我们再次谈起写作。不像当年那样意气风发、志得意满……知道了生活与写作的艰难，知道了自身的限制，知道了难以言明、甚至自己也还理解不了的人情世故……但其中隐约却有一种生命在不知不觉中给予的质感。它更沉着。更扎实。更让人信服。因此它也更接近写作最为本质的粗粝坚硬的状态。

对于它的爱，我们不再轻易说了。

不思量，自难忘。

有个写诗的朋友，他说过一段让我难忘的话——

"我相信真正的诗歌写作，不是表达了什么，而是一种什么东西的秘密到达，这种到达，绝不是诗歌到达了写作，是你到达了你生命本身。"

对于写作，我们有时候真是想多了，想复杂了，想得自己都不知道该怎么办了。或许写作归根到底其实是简单的。

写作，其实就是你到达了你生命本身。

所以这十年里面，有很多小说其实是不必要写的。没有激情，出来的文字必定一塌糊涂，必定是与生命擦肩而过甚至背道而驰。但是这十年或许另有秘密……它是艰难而曲折地寻找起点与自我的过程。或许，就在不远的前方，我们终于与真正的自己相遇。而在创造中——

你什么时候遇到自己
什么时候你就站直了。

还要什么呢？这就足够了。

3. 走一场夜路

这个春天，太湖边去了不下七八次。看到春天一点点浓烈起来。

看到了久已不见的风景。

我一直很喜欢《情人》里的这一段：

"她上了黑色的小汽车。车门关上。恍惚间，一种悲戚之感，一种倦怠无力突然出现，河面上光色也暗了下来，光线稍稍有点发暗。还略略有一种听不到声音的感觉，还有一片雾气在弥漫开来。"

我留意过坐在宽大密闭的车身里的感觉。音乐从车的内部升腾起来。整个城市或者乡村的景致，在前窗玻璃那里慢慢打开。

有些疏离的。君临城下的。是我热爱的、无以言说的黑夜的景致。

多年以前，很多人坐在一个富丽的宾馆大堂。背景音乐轻细而尖锐。其中一个人突然说："你们等一等，等一等……我要听一听，我要听完这首曲子。"

我天生地知道这是怎样一种人。那个瞬间他沉到自己的黑夜里去了。没有别人，没有自己。没有整个的其他的世界。

我天生地喜欢这种内心有着黑洞的人。

还有一个朋友。每年油菜花黄成一片的时候，她便食宿不宁，忧郁狂躁。我总想着但老是忘记告诉她——我是那么喜欢那个时候的她。

我曾经有一个疯狂的想法。在一个月黑风高之夜，一个人，在午夜时分独自接近月影中的埃及金字塔。那种神秘的、狂乱的、会让人死的力量。

我从来都不惧怕这种力量。我真正惧怕的是日常性的消磨。惧怕去安慰一个病中的老妇。去陪着别人哭。去谈论一桩注定连挣扎都无法挣扎的情事。

那些都是没有用的。我从不怜悯这些。就像我从来都不怜悯软弱时的自己。

我更热爱冷若冰霜以及泪雨滂沱的自己。

写作……终究是孤独的。让我们回到孤独的属于人类的深夜。经过黑暗，独自走一场夜路。

4. 我的常识

我终于不再要求自己回到常识了。

我发现我对别人的常识常常手足无措、小心翼翼——别人的常识就是我的睡眠，而我的常识则是别人的异端。

我迷恋过旗袍。

现在它们束之高阁。有一种阴森而隐秘的美。

前几天，在一个朋友的私家园林里，大家看一盏清朝的夜灯。青花，上半部是雕空的，闪出幽暗的烛光。穿着旗袍，熄灭所有的灯火，我捧着它走向月光下的花园。

我迷恋世间一切病态的、不真切的事物。只有它们，抛开常规，才留住了那一份极致的美。

有一天，一位搞艺术的朋友对我说：

"我希望你穿得越来越休闲，越来越简洁。把白衬衣、牛仔裤穿出品质来的才是高贵。"

我想我知道他的意思。但我还想，那套白衬衣、牛仔裤的背后，仍然还应该是那一份阴森而隐秘的美。

澄澈、明亮、绝对的欲望。

坚硬、顽固、无比宽阔的偏执。

这就是现在我想要的——我的常识。

5. 技术是什么

我曾经那么担心自己的技术。风景的描写、人物的对话、讲述故事的能力以及结构、词汇……我几乎一度以为自己都不会写小说了。或者说以前写的那些都不是纯正的小说……

我曾经一度深深地忘了，写作其实只是要说出生命里的肺腑之言。

我有一个女朋友，平时是个开朗健谈的人。但只要她一进入恋爱状态，立刻就像换了个人。沉默、羞涩、恍惚、敏感……若有所思。所以说，人到深情、真情以后，往往是朴素的，并不能玩弄绝技杂巧。

今晚被Diamanda Galas的歌声深深打动。

《忧郁的星期天》。这首据说是世界上最抑郁的曲子。它的曲调无疑是抑郁的。更有传说一百五十七人的自杀与这首曲子有关，甚至其原作者匈牙利作曲家鲁兰斯·查里斯自己和未婚妻也是自杀的。据说查里斯死前曾后悔地说："我真没想到这首曲子让如此多人走上不归路。让我的灵魂到另一个世界去接受上帝的惩罚吧。"

这首曲子被称为"魔鬼邀请书"，在二战期间曾令全世界恐慌，并遭到了禁播。

我听过三个版本。

莎拉·布莱曼天籁般的嗓音，让人觉得这世间的凄婉忧伤仍然让人心有不舍……这样的声音是不太会让人自杀的。

BILLIE HOLIDAY，人称爵士女王的比莉·哈乐黛，要沧桑和荡气回肠很多了。

听得出这样的声音是有思想的。而她的个性也是桀骜不驯的。

但Diamanda Galas无疑是最惊世骇俗的。这位希腊人的后裔，世界知名的歌唱家、钢琴家、作曲家和诗人，我们这个时代最令人吃惊的艺术家之一，她从小就接受正规的古典音乐教育，她的音域可以跨越四个八度，同时她那独一无二的足以让人肝胆俱裂的破坏性的演唱方式也为她赢得了"高音女妖"的称号。她的第一张专辑是用法文来演唱的，而且没有一点伴奏，她的声音就像女巫对末世纪人类的诅咒，人们在她的声音中恐惧，紧张并为之震惊。

"她演奏钢琴如同急雨涂抹在混凝土上，她唱起歌来如同魔鬼即将投入战争，像蜥蜴女王向死去的人寻求报复……她如此深邃，严酷，无限，可怕和强迫，聆听她就是冲刷你自己的灵魂。"

这是我第一次听到她的歌声。我承认我给惊呆了——我听到了情感，我只听到了情感。强烈以及无耻到——已经完全掩盖了她那无与伦比的演唱技巧的情感。

6. 何处惹尘埃

我在报上看到一条新闻。一次类似于文学讲座或者创作座谈会的时候，我的一位朋友在会上发言。他说了大致这样的话——

"这些年我也一直在思索文学的精神究竟是什么？年轻的写作者还能为生活中的点点滴滴所感动，这样的东西也只属于年轻人，因为我感觉自己心灵上落了不少尘埃。"

他还说了这样的意思——有的写作者正在成为文坛"老江湖"的过程中，身上的尘埃越来越厚，他们也就丧失了最初的那种"何处惹尘埃"的朴素真挚。

我看得有点感动。心里突然有种澄澈干净的感觉。

想起一句书里面的话——如同一个大人，到了成年，没有恶念，但具有一种令人恐惧的智能……

是呵，这世间之人事，有哪一件经得起细细推敲，慢慢琢磨。临到头来，又哪一个不是千疮百孔、遍体鳞伤。但是且慢，到底从什么时候起，我们被渐渐地、一层一层地蒙上了尘土？看不见、听不到，成了聋子、瞎子和周身麻木的人？

我们的本心……它到哪里去了？

7. 情到深处

和女朋友们会谈到爱情。在爱的时候你是不知道什么是爱的。后来谈到的爱是另外一种东西。

前面是一种雾气。后面的是有形状的。或者窄，或者宽，并且看得见边缘和界限。

"爱着的时候，心里种了水果、雾、河流、鹿和大面积的舍弃。"它掩盖了很多本来的面目——生活的面目、他人的面目、你自己的面目……

我有很多有才华的女朋友，要么为情所困，要么心灰意冷……或许正如桑塔格所说的，回忆的伤害性质似乎专属于女人——越是有才华的女人，杀伤力越大。女人竟会因为回忆而重复生命的苦难，有时候还因此互相抚慰，"分享别人的记忆是一种愉快。记忆中的一切都亲切、可爱、动人和珍贵。至少过去是安全的——尽管那时我们意识不到这一点。现在我们意识到了。因为它属于过去，因为我们挣扎过来了。"而男人，即便是与女人有很多共通处（比如才华和敏感）的男孩，自小也已具有将痛苦转嫁于外部世界的能力。对于他们，这是天性使然。

所以有时我会觉得爱情太窄了。太小了。对于创造者来说，我们需要的是深情。那种汪洋恣肆、但又不着痕迹的深情。爱情会削弱一个创造者的力量。但深情不会。因为它广阔而没有边际。因为它从来没有错误。

罗丹说得多好呵——你要有非常深刻的、粗犷的真情。真情，比技术更接近艺术。

罗丹一定不是在单纯而狭隘地诉说爱情。

8. 让我深深震撼的一句话

每次不把各种事物混成一团，归结为唯一的极坏的本质性的东西，那么写作除了可以是广告以外，就什么也不是了。

9. 怎样的邪恶

我发现我喜欢邪恶的事物。或许十年前我还不曾、不敢、也不会说出这样确定的话。但现在我又想了想，我还是要说——我喜欢邪恶的事物。

这应该并不是抱着一个危言耸听、或者希望惊世骇俗的想法。其实我只是想说另外的一层意思。我想说的是，我天生就理解这种荒诞的行为。这是长在我血液里最为顽固无耻的事物。它们与我心心相印、心照不宣——没什么了不起的。没什么大不了的。没有任何东西是不可以理解的……

是的。没有任何东西是不可以理解的。

最近我又重新热爱起邓肯和杜拉斯来。因为她们自由、精彩、极端、肆无忌惮……更让我反观到自己近期的麻木与迟钝。

杜拉斯。她总是反潮流，对世界和事件的态度模棱两可，感情捉摸不定，说话与别人不一样。她最想说的，是谁也不能对别人有偏见，谁也不能指责别人生活失控、冲动和产生命中注定、不可避免的欲望。

这或许并非一个完全正常的生活的态度。但这一定是一个艺术家、一个创作者正常的态度。

在生活中她或许是魔鬼。但在艺术的天堂里，她是插满翅膀在祥云里飞的天使。

才华是有很多种类的。才华与才华之间的区别，有时甚至要比天与地的区别还要大。

自己和自己也是有很多区别的。我今天说的话，很可能就会遭到明天的我的强烈反对。

但这些基本都不是真诚与否的问题、善与恶的问题……真正的问题是找你性情里最能表达你的感觉（像每一个人不同的体味那样的东西），直到炼出金子来。如果艺术有捷径的话，这就是一条。

即便那是一条通向邪恶的窄路。

10. 赤子之心

人近中年还谈什么赤子之心似乎是可笑而矫饰的。

然而写作其实真是需要天真的。没有对人性的信念，没有对存在之秘密的好奇之心，漫长而持续的写作是难以想像的。需要很大很大的天真，大到把自己都骗过去、把张爱玲说的那些"丝缎上的虱子"都骗过去的天真。

前几日夜宴，微醺而归。在车上突然听到一首熟悉的英文歌。完全记不清这是首什么歌了。它的名字、内容、歌者……但仿佛这些年我一路走来，这熟悉的旋律一直伴随左右，从未稍离——

那冬雾里带着小饭盒上学的女孩；那些青涩之路；那些哭泣、欢笑、那些现在看来微不足道或将铭记一生的生离死别……它一直都在那儿。它们忠实、赤诚，只要内心清明安静、或者有什么东西触动心灵的时候，我就能无比真切地触摸到它们。它们一直就在那儿。

就如同一只带着温度、却常常被我们忽视的手。

后来我还是找到了这首歌——《斯卡博罗集市》。1968年奥斯卡获奖电影《毕业生》中的主题曲。有意思的是，网上还有人用诗经体的格式将它翻译了出来，与英文相对照的时候，几乎看不出哪个是原创，哪个是译文。

问尔所之，是否如适。

蕙兰芫荽，郁郁香芷。

彼方淑女，凭君寄辞。

伊人曾在，与我相知。

嘱彼佳人，备我衣缁。

蕙兰芫荽，郁郁香芷。

勿用针砧，无隙无疵。

伊人何在，慰我相思……

其实我们生而长大，大都会由纯真而变得世故。然后如果修得好境界，反而可能拥有"更加纯真"的心态。这就是具有创意的心态，也是生而快乐的心态。

我很赞同一个朋友说的话——在创作中，通常不是由于聪明，而是由于我的天真让我高兴。

但我也知道这其实是件大难之事。

就如同成年人是很难达到一个初恋者的境界的——穷尽所爱，不过一吻。

11. 最好的时光

没有什么更多的要说了……

把生命里的肺腑之言说出来。把任何一个罗丹和毕加索都不能给予的经验说出来……把一个绝不完美、然而真实可感的自己亮出来。

甚至并不需要与别人一样的成功。

这就是现在、此刻。沉着，充实，坚定，圆满……这是生命里最好的时光。

图书在版编目（CIP）数据

莉莉姨妈的细小南方/朱文颖著. －北京：作家出版社，
2011.4

ISBN 978－7－5063－5778－4

Ⅰ.①莉…Ⅱ.①朱…Ⅲ.①长篇小说－中国－当代
Ⅳ.①I247.5

中国版本图书馆 CIP 数据核字（2011）第 024393 号

莉莉姨妈的细小南方

作　　者：朱文颖
责任编辑：汉　睿
装帧设计：周　晨
出版发行：作家出版社
社址：北京农展馆南里 10 号　　　　邮码：100125
电话传真：86－10－65930756（出版发行部）
　　　　　　86－10－65004079（总编室）
　　　　　　86－10－65015116（邮购部）
E－mail：zuojia@ zuojia. net. cn
http：//www. zuojia. net. cn
印刷：北京明月印务有限责任公司
成品尺寸：142×210
字数：200 千
印张：9.875
版次：2011 年 4 月第 1 版
印次：2011 年 4 月第 1 次印刷
ISBN 978－7－5063－5778－4
定价：26.00 元

《迷恋·咒》——

"迷恋使我们活下去，感觉使我们飘飘然，情欲使我们上天堂。"

中国真正的"现代派"作家、天才艺术家刘索拉最新长篇小说。

刘索拉继2003年《女贞汤》后首部长篇。

小说以美国曼哈顿为背景，采用"黑色幽默"的笔法，勾勒荒诞现实中的荒诞人物。只有她能将如此世俗的人类情感讲述得如此疯狂，自由而不拘。

《迷恋·咒》中，刘索拉将爱情、婚姻、情欲、音乐、迷恋学说打碎、排贴重塑，只有她能将如此世俗的人类情感讲述得如此疯狂，自由而不拘一格，并富有哲学探索精神。

刘索拉

中国最神奇的音乐家和作家。小学四年级因家庭受到政治风波冲击而失学，成为"文革"中中国少见的叛逆前卫的"嬉皮一代"。1985年发表中篇小说《你别无选择》。文字代表作还有小说《寻找歌王》、《混沌加哩格楞》、《大继家的小故事》；散文《行走的刘索拉》等。她发表的为数不多的几部小说几乎一直是中国先锋小说的一面旗帜。

《迷恋·咒》 刘索拉／著 定价：28.00元

隐秘盛开　蒋韵　著

"一个人，负活而重若干的地爱，在心中隐秘盛开，穿越时空二十年而不减分毫，自愿坠入深渊，永不超生。"

《隐秘盛开》传达出的那种对爱情近乎宗教般的信仰，为现代人建立了一个爱的乌托邦，重塑生命的热忱。这个乌托邦是如此美好。小说里那种纯粹的情痴使其在当下的叙述中罕见地保有一种歌咏精神爱恋的挽歌气息。它碰触了我们内心深处久已尘封的柔软角落。"爱，也许，从来都和被爱者无关，爱永远是一个人的事。"小说中，女主人公面对爱情的战栗与虔诚叫人动容。

《隐秘盛开》　蒋韵／著　定价：26.00元

《隐秘盛开》分两个晚上看完，哭了两大场。蒋韵的文字，像一朵红云，带着我们的心思，经过阴晴圆缺的夜空。她写的爱情，平凡而忧伤，淡然而宿命。在命运的安排下，二十年光阴里，滴着悲凉的眼流，却温暖醇厚。对于爱，这里没有歇斯底里的报复，只有坚贞不渝的信仰。暗恋的情愫，化成一股涌入整个生命的泉水，暖暖地流着，直到生命的尽头，依然是潺潺不尽。这场暧恋，它远离微恶，远离阴暗，远离诡谲，是你心水中，是面朝大海，是春暖花开而不败。

看完这篇小说，我久久不能平静。蒋韵老师，我们爱你，谢谢你把这个浪漫爱情，孤独执守又痛断肝肠的故事讲给我们。

父与子：

他不曾孕育，他跟孩子相处太少，他做了父亲却并不懂得孩子。

母与子：

孩子使她张开了另一双眼，再看这个世界时不一样了。女人一旦有了孩子，就算有了一个身不由己必须执行的时刻表。

夫与妻：

挑老婆如同选干部，选干部首先看什么？第一看条件能力是否符合岗位需要，第二才是你的个人喜好。光喜欢不行，再喜欢，再感情浓烈，在刚性现实面前，也难持久。